非常人傳奇

三千年死人

三千年死人 · 異軍

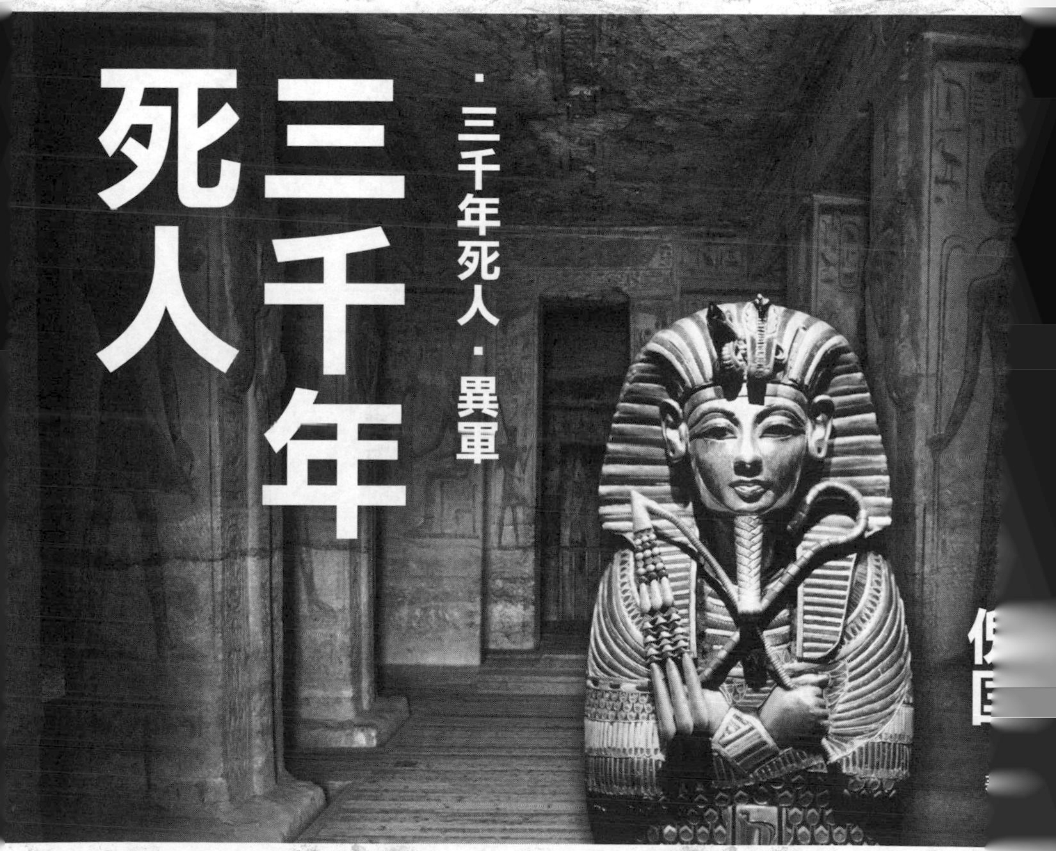

CONTENTS

三千年死人

大鷹

異軍

自序

「非人協會」的故事專輯

在超過三十年的創作生涯當中，不斷在小說的取材方面，尋求新的變化——再沒有比千篇一律的故事更悶人的了。在尋求的過程之中，有時會有「神來之筆」，有時苦苦思索之下，乎有所得。

很有趣的是，所得的效果好或壞，何得到的過程是信手拈來或是辛苦得來完全無關。一系列「非人協會」故事，就是隨手偶得的，忽然想到了，寫成了故事，怪誕莫名百分之一百幻想，可是故事卻又十分熱鬧。這個題材，可以一直寫下去，但不知道為了什麼，只寫了六個故事，就沒有繼續。

一定有原因的，但真的不記得了。

重新整理出版時，回想當年寫下這些故事時的情形，竟連片段都不記得，悵然良久，無可奈何。

倪匡

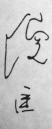

三千年死人

手表人

推薦的會員是三千年死人

大會議室的光線很柔和，看起來好像暗淡了一點，外面其實是陽光普照的，只不過厚厚的窗簾，將陽光全都摒在窗外了，只有一絲陽光，從窗簾的隙縫中射了進來，射在牆上一隻西藏藍蝶的標本之上，使得那隻藍蝶的翼看起來閃耀著夢幻一樣的銀色光彩。

在會議室中的六個人，各自坐在寬大，舒適的安樂椅上，這時，五個人的目光，都集中在一個頭髮花白，看來約莫五十歲上下，修飾得十分整潔的中年人身上，每個人的臉上，都有著一種期待的神色。

這是「非人協會」六個會員的年會，這一次年會有點不尋常。

有一位會員用聽來很平靜的聲音說道：「我也要推薦一位新會員，這位受推薦的新會員，他的情形很特殊——」

他在講到這裡之後，略頓了一頓，道：「他是一個死人，死了已經超過三千年。」

同樣的話，如果是在別的場合之下提出來，一定會引起一陣驚詫聲，但是現在在開會的每個人，全是「非人協會」的會員，要成為「非人協會」的會員，本身要具有和普通人完全不同的特性。

一生之中，也必然經歷過許多做夢也想不到的怪誕的事情，所以，當那位會員說出了這樣的話之後，並沒有引起驚詫的聲音，只不過使大家的目光集中在那位會員的身上，但每個人也都不免帶著一種期待的神色，等著聽一個意外的故事。

那位要推薦一個死了已經超過三千年的人加入「非人協會」的會員，在那一剎之間，看來像是沉入了沉思之中，好一會不出聲。

這位會員就是卓力克先生。

卓力克先生是六個會員之中，行蹤最為飄忽神秘的一個人，其他會員雖然一樣不知行蹤，但多少總還和總管保持一定的聯絡，但是即使是「非人協會」的總管，也不知道卓力克先生的行蹤，他到了要出現的時候，自然會出現，不然，誰也找不到他。

這時候，卓力克先生呷了一口酒，道：「正確地說，這個人已經死了三千零二十四年。」

各人欠了欠身子，仍然沒有人出聲。

「非人協會」的會員具有各方面的知識，這時候，他們的心中或許都在想：三千零二十四年之前，那時候發生過一些什麼事？有什麼異乎尋常的人，是在那時候死去的？當然，他們也會想：為什麼一個已經死去了超過三千年的人，會有資格成為「非人協會」的會員。

這是一個謎，現在，瞭解這個謎的謎底的，自然只有卓力克先生一個人。

卓力克忽然嘆了一口氣，他像是看透了各人的心事一樣，說道：

「這個人，在當時並不是什麼大人物，他的身分很難說，他是埃及人，我可以肯定，他的名字，叫做魯巴。」

卓力克已經開始了他的故事，每一個人都明白，一個死去了超過三千年的人，而又有資格參加「非人協會」，那一定是一件十分不平凡，而且講述起來，一定是相當長的故事，所以他們每一個人都盡量使自己坐得很舒服，準備聽卓力克先生的敘述。

沙漠中的怪聲

不錯，卓力克先生的故事，是一個相當長的故事。

風很猛，被烈風刮起來的沙，在半空之中互相傾軋著，發出一種細得直鑽入人心肺的尖銳、細微的聲音，那種聲音，幾乎是只能「感覺到」，而並不可以聽得到的，當你仔細傾聽的時候，可能根本不覺得這種聲音的存在。

但是當你在烈風之中，吃力地踏著地上鬆軟的沙漠，彎著腰，向前一寸一寸挪移著身子之際，你就可以感到這種聲音的壓力，在挫刮著你身上的每一根神經，使你感到自己的身子可以在十分之一秒的時間內爆散，全化為無數的細沙，消失於一望無際的沙漠之中，了無痕跡。

卓力克對於這種情形，是早已習慣了的，他今年五十六歲，足足有五十年，是在沙漠中渡過的，他的足跡踏遍了世界各地的沙漠，他在沙漠中，完全不像是一個人，而像是根本生活在沙漠裡的一條蜥蜴。

他曾經有五個月橫跨撒哈拉大沙漠的記錄，當人家問他，在找不到水源的時候怎麼辦，他的回答是：晚上當沙漠中的氣溫驟然降低之際，他就含著冰涼的沙粒來解渴。

這時，天還沒有黑，所以在一片黃濛濛的境地之中，就快西下的太陽，看來就只是一個棕色的圓圈，一切全是黃色的，只不過深淺略有不同而已。

卓力克彎著腰，頂著風，一步一步在向前移動著，每當他提起腳來，深深的腳印，立時就被捲過來的細沙完全淹沒。

這也是卓力克喜歡沙漠的原因之一，沙漠看來好像是亙古不變的，但是實際上，卻每一秒鐘都在千變萬化，億兆粒細小的沙不斷在動，可以淹沒一切，可以令得所有發生過的事，在一眨眼間就無影無蹤。

棕黃色的太陽終於消失不見，天黑了下來。烈風並沒有減弱的趨勢，卓力克也沒有停下來的準備，這次他在沙漠中的行程，並不是無目的的。

戰爭爆發之後，「非人協會」的年會曾經休會過一次，因為各會員全在各地，因戰爭而無法分身。那一年，只有范先生一個人是例外，范先生是在印度東南岸的一個荒島之中，對都加連農灌輸現代知識。

卓力克早就來到了非洲沙漠，在那裡，德軍進兵神速，盟軍節節後退，德軍的坦克兵團，在非洲沙漠上建立了強大的基地。卓力克參加了盟軍這一方的工作，他的地位十分特殊，擔負的任務也十分艱巨。

這一次，早在三天之前，他就看出沙漠上的天氣要有巨大的變化。在沙漠上天氣變壞的時候，根本是沒有人敢出外活動的，當然，除了他。

而盟軍的偵察飛機，早已經探明了一個建立在沙漠中心，供應縱橫非洲的德軍坦克所用的燃料的油庫。盟軍曾先後派出六個敢死隊想去加以破壞，都沒有成功。所以，任務就落在卓力克的身上。而卓力克就揀了一個這樣的壞天氣出發。

他估計這樣的壞天氣要持續六天以上，而他的步行速度雖然慢，在第五天可以到達那個油庫，他有足夠的時間來準備破壞那個油庫。

他所帶的二十磅烈性炸藥只要一經引爆，就可以使得整座油庫和油庫外的保衛軍隊及其一切裝備，全都變得完全未曾存在過一樣。

這已是他第四天的行程了，當天色完全黑下來之後，氣溫驟然下降，卓力克的腳步反而更快了一點。他沒有帶指南針的習慣，天上的星也完全看不見，但是卓力克對沙漠實在太熟悉了，他可以從沙粒的移動及風聲的呼嘯中，判別正確的方向。

他一直走到午夜才停下來。在這樣的惡劣的天氣中，他才停下來不到一分鐘，柔軟的沙粒就已經掩過了他的膝蓋，卓力克並不打算休息，他只是背風的站著，用雙手遮住鼻孔，連續地吸幾口氣，然後拔出腳來繼續向前。

就在卓力克再次向前邁步之際，他聽到了那種異樣的聲音。

處在烈風呼嘯的沙漠之中，要辨別出其他的聲音來，具備這種本領的人，雖然不能說世界上只有卓力克一個人，但是以卓力克對沙漠的所知之深，他還未曾遇到過第二個人和他一樣，是具有這樣能力的。

他一聽到了那種異樣的聲音，立時又停了下來。

在那一剎間，他不禁也有點懷疑自己這種從小就訓練出來的特殊能力。因為那簡直是不可能的，在這樣的天氣下，在這樣的沙漠之中，怎麼還可能有動物在活動，而發出聲響來？

那究竟是什麼聲音？乍一聽來像是鼓聲，那或許就是守衛那個油庫的德軍，在虛張聲勢地開炮射擊？

但是卓力克隨即否定了這個想法，那不是炮聲，不是槍聲，也不是鼓聲，那聲音聽來好像是敲門的聲音，好像是有一個人，被禁錮得實在太久了，急於想出來，所以一下接一下在敲打著金屬製造的門，發出那種怪異的聲響來，聽了令人心震。

卓力克呆立了並沒有多久——事實上，他要是呆立太久的話，他整個身子都可能被沙掩埋起來，而在那極短的時間內，他已經決定，他要弄清楚那聲音的來源。

卓力克並不是放棄了他的任務，而是根據他的判斷力，他估計在這樣的風力之下，聲音傳出來的地方和他相距不會太遠，以他目前的移動速度，大約一小時就可以到達目的地了。

他已經在那極短的時間之中，作了千百種設想，設想那種聲音的來源，但是卻沒有一個可以令他自己滿意的答案，所以，他非要自己去看一看不可！

他改變了方向，循著那種奇怪的聲音一直向前去，半小時之後，他放眼所能看得見的，仍然只是在黑暗中渾沌的沙漠，他的全身彷彿是在一大團實質的黑暗之中，身子四周全有東西包圍著。

而那種聲響，卻越來越清楚了。

卓力克已經可以肯定那是一處撞擊聲，他也已經可以作出假定，那種撞擊聲，是由於一個沉重的物體撞在一塊相當厚的金屬板上所發出來的。

他繼續向前走，速度加快，在沙漠中移動，那樣做，事實上很不適宜的，因為那會使體力消耗增加，而使人需要吸進更多的空氣，而在細沙飛舞之下，要吸進一口空氣，是相當困難的事。

不過卓力克在那種怪異的聲響越來越清楚之後，他的心底產生了一種莫名的興奮。因為以他在沙漠中的經驗而論，從來也未曾有過同樣的事情，他心中隱隱知道，他一定可以發現一樁極其奇特的事情了。

卓力克的腳步更快，風也更猛烈，他幾乎完全無法看得清眼前的情形，他只是循著聲音向前走著，突然之間，他又聽到在風聲之中，有一種尖銳的呼嘯聲，他倒是可以辨得出這尖銳的聲音是由旋風造成的，但是在如今這樣的情形下，除非是地形上有了變化，有一個很深的洞穴，或者是一座孤峰，不然烈風是向前吹去形成旋風的，而這裡的地形又不應該有什麼變化。

卓力克心中剛在疑惑著，同時一腳踏向前去，就在那一剎間，變故發生了！

卓力克一腳踏空，他想穩住了身子時已經來不及了！

他的身子一直向下滑下去，這實在是難以想像的，卓力克在沙漠中活動了幾十年，可是從來也沒有發生過如今天這樣的事情。

他的身子在向下滑去，他完全無法阻止自己下滑的趨勢，他勉強鎮定自己，天色是如此之黑，烈風又如此之強勁，以致他完全無法弄清眼前的情勢。

他只是覺得，自己在一個約莫六十度的斜面上向下迅速的滑著，斜面上很平滑，好像是由極大的石塊砌出來的，那種情形，有點像他正從一個金字塔的頂上，循著金字塔的一個斜面在疾滑而下。

當然，斜面上也還有沙粒，但斜面上的沙粒只有更增加他向下滑的速度，卓力克越是向下滑，心就越向上懸，他絕不是一個經不起意外的人，可是當他那一刻不停滑了約有五十公尺之際，他再也忍不住大叫了起來。

當他張口一叫，他又發現了奇異的一點，本來，沙漠中的烈風是如此之盛，一張開口，沙粒便無情地向口中撲來，迅速塞滿了嘴巴。但這時，卓力克張口叫了幾聲，雖然一樣有沙粒撲進了口中，可是數量卻不是十分多，他勉力定了定神，也就在這時，他滑到了盡頭。

卓力克仍然無法知道自己滑到了什麼地方，但他知道，自己不再向下滑了，那種聲響聽來也更加清楚，就在他的腳下響起，每響一下，他所處身的地方就震動一下，那種震動雖然十分輕微，但還是可以清楚地感覺出來。

卓力克雙手按著，勉力站了起來，可是他卻站不穩，強風還是呼嘯著，在他站立地方的四周，形成一股旋轉的巨大的力量。

那種強風所形成的旋轉力量極其巨大，好幾次，卓力克感到自己像是要被那股力量擲得向上直飛了上去一樣。

卓力克在試了幾次，無法站直身子之後，只好放棄了站直身子的努力，他心中想，首先，得先弄清楚自己是在什麼地方再說。

他不知道自己處身之地的形勢，但有一點卻是可以肯定的，那就是他向下滑了約莫有八十公尺，而他又是習慣於沙漠生活的，他自然知道，一旦有流沙掩了上來，就會將他埋在八十公尺深的沙底，那時候，就算他真的是沙漠中的土撥鼠，只怕也無法逃生了。

卓力克伏下了身子來，將他背在背後的背包移了一移，那背包之中，除了有烈性炸藥，乾糧和水之外，還有一支光度相當強的手電筒。

卓力克將手電筒取在手中，按著了它。

剎那之間，卓力克看到了他簡直無法相信的奇景！

只能出現三次的地下建築

他是在一個極大的深坑的底部，那深坑的底部只有三公尺見方，四面是四幅向上伸展，至少有一百公尺高的斜面，沙粒在斜面上滾動，不是向下，反倒是向上。

沙粒之所以向上，完全是因為強風在吹刮到了這個深坑的時候，因為四面斜壁的阻力衝撞，形成了一股強大的旋風，反而盤旋向上，就像是自然形成的龍捲風一樣，將沙粒帶出了深坑。

卓力克心中駭然還不止此，他藉著手手電筒的光芒也已經看清楚，四面斜壁的結構的確是和金字塔完全一樣的，全是用大石砌成的。

可是，砌出這樣的一個大坑，是什麼作用呢？卓力克對於古代建築也有極深的造詣，可是他從來不知道有這種形式的建築物。

而且，由於他在沙漠活動的豐富知識，他也可以知道，這個每邊都有一百公尺的大坑，平時是填滿了沙粒的，這時深坑之所以顯露出來，自然是因為那已經連續了幾天的強風的緣故。

強風在開始時，將坑面的沙吹走，又將別地方的沙吹來填滿，如果只是刮上一兩天大風，這個大坑也就永遠埋在沙下，不會被人發現，但強風如果一直持續下去，只要被帶走的沙多過填補的沙，那麼情形就會發生變化，當深坑中的沙堆漸漸被吹走之際，就會出現一個小坑，小坑會使強風變成旋風，捲走更多的沙，終於，會將深坑中所有的沙全被捲走，現出坑的底部來！

現在的情形就是那樣，這個大坑中的沙全被捲走了，現出了底部來。

而持續好幾天，威力不減的強風，在沙漠中也是極少見的，可能幾百年，也可能超過一千年才有一次！如果不是那樣罕見的強風，這樣一個建築宏偉的深坑，就一直埋到沙底下，絕不會被任何人發現，但是現在，它卻出現了！

卓力克的心狂跳著，沙漠考古簡直是他的狂熱，而他在無意中的這個發現，可以說是人類自有考古學以來，從來也未曾有過的發現。

他的心狂跳著，甚至連深坑底部發出的「蓬蓬」聲也聽不到了，他手中的手電筒光照向下面，那一塊九平方公尺面積的石塊是整塊的，上面還刻著花紋和文字，卓力克立時看出，文字是古埃及的象形文字。

卓力克是懂得讀埃及象形文字的，這時候，他情緒的興奮更到了頂點。

手電筒的光芒並不能遍照九平方公尺的底部，但是在手電筒的光芒之下，一塊塊石板看得清清楚楚，旋風仍然在繼續著，沙粒在石板上打轉，刻著花紋和象形文字的地方，因為是凹痕，裡面聚滿了沙粒，是以看來像是潔白的石板寫著黃色的流動的字，那種情形能給人有一種極之幻妙的感覺。

卓力克屏住了氣息，他逐個字逐個字地看下去。懂得古埃及象形文字的人，世界上並不多，卓力克可以說是其中最精通的一個，但是全世界有關古埃及象形文字的知識，不過是來自一塊石碑，所以即使是卓力克，對那兩行文字，還是有幾個不認識的，不過他卻以自己的想像完全猜測出整句話的意思來。

整句話的意思翻譯出來是：

「從建築成功到永遠，這裡一共有三次出現的機會，不停的強風會將沙全部捲走，當聚在這裡的沙漸漸被捲走之後，石板上的負擔減輕，就會發出聲響來，就會有幸運的人前來。當你讀到這段文字之際，應該緊抓住你的幸運。」

風仍然那麼強烈，在強風中呼吸是很困難的，卓力克讀通了那段古埃及的象形文字之後，不由自主的張大口，喘著氣。

他的口中已經沾滿了細沙，但是那並沒有使他覺得太不舒服，因為他的全副精神都放在思索那一段文字的意義之上了！

這段文字在翻譯出來之後，乍一看來，是相當淺顯的，但是多看幾遍，卻又深奧莫測！

這一段話，每一句話都很淺白，但是仔細看起來，卻是每一句話都不可解的，第一句就是那樣：「從建築成功到永遠，這裡一共有三次出現的機會。」什麼叫「到永遠」呢？難道說，建造這個好像倒了的金字塔一樣的人，計算出連續的強風可以將沙全部捲走，而又知道從建築之後一直到永遠，只有三次強風的可能？

這簡直是不可思議的，人類在近三十年來的科學發展，以幾何級數的方式在躍進，但是，沒有人能預測風從什麼時候有，什麼地方發生，也沒有人能預測風會持續多久，能有多大的力量。

除非建造這個地方的古建築師對於風有預測的能力，不然，這一句話，就無法明白。

而且，「一共有三次」，現在，這個地方出現了，那是第幾次出現呢？不管是第幾次出現，距離這裡建造成功，估計至少已經有三千年了，要是說這個古建築師不但有預測風的來臨，而且可以預測到三千年之後會有那樣的一股強風，那簡直是絕無可能的事。

卓力克迅速地轉著念，他只好假定留下這段文字的人計算錯誤了，從建築開始到永遠，根本不止三次，而是有無數次出現的機會，只不過沙漠之中一直沒有人，所以這地方也一直沒有人發現，現在自己被那種聲音引了來，自然是十分幸運的一個人。

然而卓力克又開始不明白了，那段文字叫人「緊抓住幸運」，這又是什麼意思呢？

卓力克完全明白，只要強風一止，大量的沙又會像流水一樣地淹過來，使沙漠恢復平整，使這個潛在的深坑完全消失。

就算現在就記下了絕對正確的方位，再要讓這個深坑重現也是很困難的，要使這個深坑重現，就得將深坑中的沙移去，那就得先在深坑的四周圍建上堤壩，阻攔沙的移入，然後才能移去坑中的沙。

這是規模極大，行動極艱巨的工程，現在正在戰時，根本沒有可能進行，而戰爭不知什麼才結束，如何「抓緊幸運」呢？

卓力克不禁苦笑了一下，他在石板上坐了下來，這個時候，石板下的那種猶如重物撞擊的聲音，仍然在一下又一下有規律地傳過來，每一下，都令他感到一下輕微的震盪，狂風呼號著，在坑中形成的那股旋風，既然能將沙全部捲出來，力量之大也可想而知，卓力克像是隨時會被吹上天空一樣。

卓力克坐了大約三分鐘，在這三分鐘之內，他想了不知多少問題，而他最須要考慮的一點就是：他根本不能在這裡逗留太久，他是有極重要的任務在身的！

他負責爆破供應沙漠上德軍坦克兵團油庫的任務，而他也必須依靠著沙漠上的強風的掩護，才能夠接近警衛森嚴的油庫。如果他在這裡耽擱得太久，旋風過去了之後，他就無法接近油庫，也無法完成任務。

但是，如果這時他離開這裡，那麼當他再回來的時候，一切一定全被沙漠掩沒，他身邊又沒有確定方位的儀器，就算他對沙漠再有經驗，他也無法在一望無際的沙漠之中找到哪一處的沙下面，埋藏著如此偉大的一座建築。

那也就是說，在兩件事中，他必須放棄其中之一！

卓力克真正面臨決斷的關頭了，他雖然是「非人協會」的會員之一，對處理任何事都有超人的本領，可是這時候，他也躊躇起來，無法下決定。

他所負責的任務極其重要——要不是這件任務重要，盟軍在中非方面的統帥部也不會請他出馬。

他的任務，直接關係著數萬盟軍官兵的生命，間接關係著數以千萬計德軍淪陷區內人民的生活。照這一點考慮，卓力克自然應該放棄這裡，當作什麼事情也沒有發生過，繼續踏上征途！

當卓力克想到這一點時，他幾乎已經要起身，向那廣闊的斜面爬上去了。

可是他才站起身來，望著四面宏偉的動人心魄的石壁，他的決定又動搖了。

現在，他正處身在人類文明從未觸及過的一個偉大的建築之中，人類歷史上的一大片空白，可以由他的發現來填補，而且他也肯定，在好些平整的石板之下，一定另有天地，可以帶給他前所未有的發現，要是錯過了這個機會的話，整個人類的發展會受到極其重大的損失！

比較起來，似乎又是留在這裡，探索這裡的一切來得重要！

卓力克翻來覆去地想著，又過了五分鐘之久，仍然無法下決定，他的心中焦躁無比，他從來也沒有這樣子焦躁過，他在生自己的氣，何以這樣沒有決斷力，他用力跺了一下腳。

這一腳用力頓下去，一切全改變了，而且，接下來發生的事，用不著他再去動腦筋，因為一切已經突如其來地發生了。

神奇的魯巴之門

卓力克重重一腳頓了下去，剛好頓在深坑底部，九塊石板中的一塊，也就是刻有古埃及象形文字的一塊，他的動作雖然是無心的，可是由於心中的氣惱，力道也相當大。他一腳才踏下去，就覺得腳下的那塊石板突然向下一沉。

卓力克的反應也算得是快的了，他一覺出石板向下沉，身子立時向外跳去，跳出了一公尺左右，可是就在他身子向旁跳出之際，那九塊一公尺見方的石板，已一起豎了起來，當他身子落下的時候，已經踏了個空，直向下跌了下去。

當他才開始向下跌去之際，他還可以看到天空，和許多沙隨著他一起落了下來，但接著，眼前一黑，那九塊石板已經闔上了。

剎那之間，四周圍變得出奇地靜，沒有了呼嘯的風聲，也沒有那種蓬蓬的撞擊聲，沒有了任何聲音，卓力克可以聽到自己的心跳聲。

但是那竟只是極短時間內的事，不到半分鐘，他的身子已經碰到了一樣軟綿綿的東西，那東西很有彈性，當他的身子碰上去之際，立時被彈了起來，接著，又落了下去，再彈起來，連續六七次之後，才停了下來。

卓力克大口喘著氣，石板下面一片黑漆，但空氣似乎很清新，在大力吸氣之際，不用擔心會有大量的沙鑽進鼻孔和口裡。

他一直緊握著手電筒，這時，當他的身子靜止在那軟綿綿的東西上之際，他立時按亮了手電筒。

首先，他看到自己是在一張大約九平方公尺的網上面，那張網，是用一種質料十分堅韌的皮條結成，網的四角，固定在四根直徑約有一尺的圓形石柱上，石柱上刻滿了人物和獸類的圖案，刻工十分精緻，看來像是圖騰，石質和外面建成深坑石壁的大石塊是一樣的花崗岩。

四根石柱，每一根，在約有十公尺高的距離上面，還有十公尺，也就是說，卓力克自上面跌下來，跌了將近二十公尺！

卓力克一看到這一點，他心中所想到的第一件事就是：我沒有辦法出去！因為就算上面的那九塊石板一頂就開，而他又攀上了石柱頂上的話，還有八公尺多的距離，他是沒有法子跳得上去的。

當卓力克才一想到這一點時，他的心中不禁起了一陣戰慄。

但是他立即鎮定了下來，因為他究竟是一個對各種非常變故有十分經驗的人，他是「非人協會」的會員之一！當他發現自己已無法改變事實之際，他絕不憂慮，而是立即想著如何竭盡自己的力量，去解開奧秘。只要他還活著，他就有許多事要做。

那張網，離地只有一尺多，卓力克輕而易舉地從網上跨了下來。

這時，他才發現，建造這個奇特地方的建築師十分喜歡應用斜面。

他站在平地上，平地的地面，也是用將近一公尺見方的石板鋪成的一個四方形，每一邊，大約有六塊石板形成一個上銳下方，十分寬闊的空間。

在這個空間的上面斜壁之上，也全是各種各樣的石刻畫，那種線條和作風，一看就可以看出來，那是埃及文化全盛時代的傑作。

這樣的石板，只要將其中的任何一塊運出去，放在哪一個博物館之中，就可以立即成為收藏古埃及文物的權威！

反正已經下來了，而且暫時又沒有法子出去，卓力克的心境反倒平靜下來。

他先靜靜地想了想，這裡的空氣清新，他呼吸的空氣，可能還是幾千年之前建造這裡的時候就留下來的，他一個人在這樣的空間，空氣的供應是沒有問題的。而他的身邊，有四天的食物和水。就是說，他至少可以支持四天之久。

當然，在沒有了食物和水之後，他還可以支持三四天，問題就在於，強風並不會一直持續下去，一旦風勢減弱，上面的九塊石板會給億萬噸沙粒壓住，那時，他絕沒有法子可施了！

卓力克呆了極短的時間，才又用手電筒去掃射，這一次，他看到在一邊斜面上，有一扇巨大的門，那門是極其光滑的整塊大石所製成的，上面有四個極大的古埃及象形文字：**魯巴之門**。

門緊閉著，卓力克先不向門走去，轉著身，四面照射著，他又看到了一個巨大的石頭人。那個巨大的石頭人，足足有五公尺高，雕刻很粗，石頭人的手中，是一隻極大的石鎚，石頭人站在一塊圓形的，顯然是可以轉動的石盤之上。

石盤這時並沒有轉動，在石頭上的頂部，有一根細長石柱，直伸向上，抵在斜壁的一塊大石上。

卓力克吞了口口水，他立即想起上面石板上的那一段小字：「當聚在這裡的沙漸漸被捲走之後，石板上的負重減輕，就會發出聲響。」

他知道，在石頭頂柱所抵著的那塊石板之後一定有著機械裝置，通向頂上的九塊石板，負重減輕，那九塊石板向上升起，就會觸動機械裝置，使石人站立的圓盤轉動，石人手中的石錘就會敲在石壁上。

卓力克可以肯定他自己的料想，因為在離石鎚成弧線的石壁上，有著被石鎚敲擊過的痕跡。地下還有許多石屑，在石壁的凹痕之上好像也有著字，卓力克走近去，手電筒光芒射上去，當他看清楚凹痕的字跡之際，他不禁呆住了。

那兩行字刻著：「**你是第三次，也是最後一次機會來到這裡的，誰進魯巴之門，可惜的是我們的年代隔得太遠了！**」

卓力克真正地呆住了！

旁人或者無法想到那兩行字如何來的，但卓力克卻想得到。

看到地上的石屑，卓力克就可以料到，那些字是早已刻上去的，在石盤轉動，石人手中的石鎚可以撞到的石壁之上，一定一共有三層文字。

當第一次發生強風時，上面深坑中細沙被捲走之際，石鎚就打破了第一層的石板，現出字跡來。

如果在第一次這地方出現就有人進來，那麼他看到的文字，可能是「你是幸運者，這地方第一次顯露，你就進來了。」之類。但是這地方第一次顯露時顯然沒有人進來。

卓力克不知道這地方造成之後到第一次顯露，中間隔了多少年，算它是一千年吧，顯露的機會一閃即逝，然後又是寂寞的一千年，誰也料不到一望無際的沙漠之下，會有這樣偉大的建築物。

然後，便是第二次顯露，一樣的，沒有人發現，於是又是一千多年的寂寞。

直到現在，第三次顯露，他來了！

卓力克這時還不知道這地方建造成功的正確年分，但是從古埃及象形文字看來，肯定已超過了三千年。這真正是不可思議的事，三千年前，一個還在使用如此落後的文字的人，有什麼方法可以預測三千年之後的沙漠上的強風的來臨？

卓力克呆呆的站立在石壁之前，望著石壁上刻著的字，好半晌，才轉過身來，望著那扇門。

那扇門上，刻著四個大字，「魯巴之門」。門是緊閉著，卓力克也想不到如何可以開啟它，但是他知道一定有方法的，因為石壁上刻著的字中，有「歡迎進魯巴之門」的字句。

「魯巴」是什麼意思呢？是一個當時埃及人所信奉的神的名字？但是卓力克的記憶中，在埃及人所信奉的各種各樣的神祇之中，似乎沒有一個叫「魯巴」的。

卓力克這時，整個人，整個心靈，已經完全沉醉在一種極其難以形容的、神秘的境地之中。

他一步一步向前走去，似乎完全忘記了自己，忘記了他擔負的任務，忘記了他背上的烈性炸藥，忘記了時代，忘記了戰爭。

他像是在一個悠遠的、不可捉摸的空間中向前進，每跨出一步，就是向過去接近一百年。

他屏住了氣息，因為他正走向人類一個極端的秘奧之中。

黑暗之中的魯巴

卓力克終於來到了那扇巨大的石門之前，他伸手去撫摸那光滑的石門，面對著石門上那四個大字，他真想虔誠地跪下來膜拜一番。

當卓力克的手碰上石門之際，他覺得那扇巨大的石門在緩緩移動。

卓力克怔了一怔，稍微用了一點力，整扇石門竟然被他向旁移了開來。

卓力克手中的手電筒向下照去，發現石門之下是一個凹槽，而在凹槽之中，全是一種膠質的油漿，整扇石門，就是「浮」在這種滑潤無比的油漿上的！

卓力克又吸了一口氣，當他在沙漠之上發現這個深坑之際，一切已經夠令得他驚奇了，但是和現在相比較，當初的那種驚訝簡直完全不是一回事！

卓力克再揚起手電筒向前面照去，在手電筒的光芒下，他看到眼前是一個走廊，環成四方形，走廊很寬敞，走廊一邊的石壁也是傾斜的。

卓力克曾經進入過不少金字塔，在大的金字塔中，也有類似的結構。

這時，卓力克完全明白了，整個建築物的主要部分，是一個深埋在沙下面達一百公尺深的一座沙下金字塔，上面的深坑部分，則是一個倒轉的金字塔，整個建築的情形，就像是兩隻碗，碗底互相連接，放在一起，在上面的那隻碗，就是深坑，而現在，他已經進入了下面的一隻「碗」之中，照每一層高度來看，這座地下金字塔，至少應該有四層之多。

卓力克無法想像，他將會在這四層的沙下建築中發現些什麼。

他先繞著走廊走了一轉，發現第一層，走廊的石壁上，是一幅極其大的圖畫雕刻，刻得很淺，但是十分清楚，實在巨大無比——可能是世界上最大的畫，它刻滿在走廊的壁上，約有兩百公尺長，二十公尺高，刻的是許多人正在從事建造工作。

卓力克仔細地看著，看到一小半，他就明白了，他看到的，就是七萬埃及人在建造這座偉大得不可思議的建築物的情形。

他看到上千人在開鑿大石塊，也看到上千人在運石塊，圖中所看到的搬運方法，可以解開埃及人何以能建造這樣巨大的建築物之謎。

卓力克看到的是，地上有一個巨大的油槽，槽中全是黑色的油漿東西，而巨大的石塊就是「浮」在這種油漿之上滑過去。

卓力克對這種油漿也不陌生，那「魯巴之門」就是「浮」在這種油漿之上的。一直來到了另一扇門前，那扇門上，刻著一個人，一隻手舉著，像是發號施令，和壁畫中其他的不同，他穿著十分奇特的服裝，他的雙眼在手電筒光芒照耀下，炯炯生光。

卓力克立時發現，那是兩顆極大的，奇妙的深黑色的寶石。

在那個人像之旁，有著另一行字，刻的是：「**魯巴在指揮監造魯巴之宮，魯巴之宮是人類最偉大的建築，從它開始建造起到永遠。**」

從人像上看來，「魯巴」顯然是一個人的名字，而且就是像上的這個人，看來他很瘦削，或許是由於那兩顆奇妙的黑寶石，使得他看來有一股懾人的力量。

卓力克已經知道這座建築物的名字了，它叫作「魯巴之宮」。

卓力克無法不承認石門上所刻的字句，它的確是人類所能造成的最偉大的建築物了。

卓力克又移開了門，門內是一個更大的大堂，中間部分是一個方形的孔，有石級通向下面，在那巨大的大堂中，有著各種各樣的石像，卓力克一眼就可以看出來，那是古埃及的諸神。

每一座石像都有十公尺左右高，使人在這些石像之間走動感到出奇的渺小。

卓力克如癡如醉地摸著每一座石像，連他自己也不知道在這些石像之間盤桓了多久。

卓力克像是有點醉酒一樣，走下石階，又到了下面的一層，下面一層，在走廊之旁，一共分為四間大石室，走廊上一樣刻滿了壁畫，同樣是建造「魯巴之宮」時的工作情形。

卓力克將每一間大石室的門全移了開來，他那如癡如醉的神情更甚了，甚至他的腳步也有點虛浮，腳步不穩，要扶住石壁才能前進。

這四間石室中，全是古埃及人所用的各種器具，四間石室中的陳設，完全是仿照埃及法魯王的官殿造成的，在石室的石像雕刻得更精細，也和常人一樣大小，每一個石像，都有不同的動作，而且每一個石像全有衣服，所有的衣服，看來好像全是金屬絲編織而成的。

卓力克在第四間石室之中，看到一個斜躺在榻上的美女，那美女手中提著一串葡萄，葡萄完全是紫晶的，而各種各樣的寶石，充滿在每一種裝飾品和器具之上。

卓力克不由自主，大聲叫了起來：

「魯巴！魯巴！你究竟是什麼人？」

他的問題當然得不到答案，只不過在寬大的石室之中響起了陣陣回音。

卓力克仍然不知道在這一層逗留了多久，但時間一定極長，他手中的電筒，光芒已開始變得微弱了，那至少已使用超過五小時以上了。

在通向第三層石級之際，卓力克坐了下來，並且熄滅了手電筒。他並不覺得疲倦，他的精神處在一種極度興奮的狀態之中，但是他卻必須節省使用手電筒中的電源，因為要是手電筒不能再發出光芒來，他就無法繼續察看這座偉大的、無匹的「魯巴之宮」下兩層的情形了。

當他熄了手電筒之後，就什麼也看不到了，而且什麼聲音也聽不到——說什麼聲音也聽不到，或者不是十分正確，應該說，什麼外來的聲音全聽不到。

自他身體之內發生的聲音還是可以聽得到的，而且比平常響了千百倍，他可以聽到自己的心跳聲，腸胃中發出來的咕嚕聲，甚至懷疑自己聽到了自己血流的聲音。

卓力克坐了並沒有多久，又著亮了手電筒，再向下一層走去。電筒的光芒已遠不如初著亮時那樣明亮，但是還可以看到四周圍的情形。

第三層也是四間石室，比上一層的四間大了許多，所放置的也全是大型的東西，有戰車，有石刻的馬匹，有各種巨型工具。

卓力克一間一間看過去，到最後一間，手電筒只剩下一絲紅線了。

終於，手電筒光熄滅了。

卓力克猶豫了一下，他不願意用火，因為用火會消耗氧氣。這時候，他根本沒有考慮自己是不是能夠出去，是不是能夠回到地面上。

他所考慮的，只是如何使自已留在這「魯巴之宮」內更久。他要毫不保留地弄清楚「魯巴之宮」內的一切，這時，他完全像是回到了三千多年前的古埃及社會之中，和古埃及人生活在一起，那些人或獸的雕像是如此栩栩如生，使他覺得他們似乎在講話，講著他所聽不懂的古埃及語言。

卓力克也已經有點明白這個偉大的人物建造這座「魯巴之宮」的目的了。「魯巴之宮」是盡可能地將古埃及的生活保留下來，好讓後世的人知道當時的文化已經發達到什麼程度，知道當時的古埃及人是如何生活的。

卓力克摸索著石級向下走去，當他在絕對的漆黑之中，覺得他已經走完了石級之際，他才燃著了一枝火柴，火柴的光芒很微弱閃耀著，但已足夠使他看到，那已經是最底的一層了。

最底的一層，並沒有間隔，全部是廣闊無比的一個大堂，在它的正中部分，有四根柱子，四根柱子距離相當近，和它們的高度相比，顯得很不配。

而在那四根石柱之間的，是一張床，不但有一張床，而且床上還躺著一個人。

卓力克剛來得及看清那床上的人，臉色不像是那些石像時，火柴已經燒痛了他的手指，熄滅了。卓力克像是發狂一樣，再去燃第二枝火柴，可是由於他的手在不能控制地竭力地發著抖，他浪費了三枝火柴，到第四枝才又燃著。

這一次，他真正看清楚了，他急速地走向前，來到床邊上。

床上躺著的，絕不是石像，而是一個人，這個人卓力克絕不陌生，在他下來第一層的時候，就在門上看見過他的刻畫。

那是魯巴。魯巴的屍體。

魯巴的屍體看來完全不像是木乃伊，完全像是一個熟睡著的人，卓力克一直來到床邊前，他呼吸急促，他手上的火柴又熄滅了。

就在他手上的火柴又熄滅之前的一剎間，他看到床上的魯巴彎著腰，慢慢坐了起來。

無與比擬的寶庫

燒完的火柴變成灰，眼前又是一片黑暗。

剛才，當卓力克看到床上有人躺著的時候，他還只是手在發抖，但剛才那一剎間，他眼看躺在床上的人竟緩慢地坐了起來之際，他的全身發起抖。

他並不是一個膽小的人，而事實上，在如今那樣的情形之下，在時間上，他已經跨越了三千多年，當然不會再顧慮到生死問題，因為人的生死，在時間上，至多不過一百年左右而已。

他的身子之所以會劇烈地發著抖，完全是因為神秘的氣氛，就像整座山一樣，天崩地塌地壓了下來，超過了任何人所能負荷的程度，卓力克還算是「非人協會」的會員，如果他是普通人的話，早已經變得瘋狂了。

卓力克全身發抖的結果，是他手中的火柴落到了地上，一聽到火柴跌在地上散落開來的聲音，卓力克震動了一下，連忙蹲了下來。

當他伸手在地上摸索著，想拾起火柴來之前，他深深地吸了幾口氣，使他自己更鎮定。

他的一隻手按在床邊上，床是石質的，摸上去滑膩而有玉的感覺。他在想：我剛才看到床上的是魯巴，又看到魯巴坐了起來，這是不是我眼花呢？

不單是魯巴在床上坐起來是不可能的事，即使是魯巴躺在床上，也已經是不可思議的了。

魯巴是距他進了「魯巴之宮」之前三千多年的人，就算他的壽命再長，他死了也已經有三千年左右了，一個死了三千年的死人，如何可以保持肉體不變，看來如生前一樣？「魯巴之宮」裡面又不是真空的，非但不是真空，而且空氣還十分清新，使人呼吸暢順。

要卓力克相信魯巴已經死了三千年，而肉體仍然絲毫沒有變化，他寧願相信魯巴還沒有死，他凌亂的思緒之中，迅速掠過人類長壽的傳說，以中國為最多，一個叫彭祖的人，據說活到八百歲。另一個叫東方朔的人，記不清自己活了多少歲，只說西王母花園中的桃子三千年一熟，他已經看見過桃子成熟了三次。

那麼，魯巴是不是還活著呢？

卓力克焦切地期待著，期待他能夠突然聽到魯巴發出的聲音。

可是，四周圍卻是一片死寂。

卓力克又吸了幾口氣，他不點火柴，而只是慢慢地向前去摸索。如果那人真的是魯巴，而且已經坐了起來的話，他是可以摸得出來的。

卓力克伸出手去，他伸手出去的動作十分緩慢，當然他不是為了害怕，而是為了享受，他要盡情享受那一剎那，證明床上的魯巴是不是真的坐了起來。

不管他伸手的動作是如何緩慢，他終於碰到了床上魯巴的手指，卓力克再慢慢向上摸索上去，他碰到的肌膚不像是人，而像是經過揉製的牛皮。

終於，卓力克可以肯定，魯巴的確是坐了起來了，他觸摸到魯巴的胸、額和他的頭，魯巴是坐著，直挺挺地坐著，證實他剛才並沒有看錯。

卓力克嘆了一口氣，他連自己也不明白為什麼要嘆氣，然後，他又燃著了一枝火柴。

當這枝火柴又發出光芒，使他可以看到眼前的情形之際，他不禁有點後悔自己為什麼不早一點燃著它。他這時已經弄清楚魯巴坐起來的秘密了，在魯巴的背部，有一根金屬棍，撐著魯巴的身子。

這根金屬棍，自然是有人來到床邊，床邊的石板有了重量的負擔，觸動了機械裝置而伸出來的，這或許是魯巴所安排的，是對來訪的客人一種禮貌上的歡迎吧。

但是，這至少又證明，魯巴雖然死了三千年，但是他的身體還是柔軟的。

卓力克一共燃了十枝火柴來察看魯巴的面部，同時，輕撫魯巴的肌肉，肌肉堅韌如牛肉，那一定是經過特殊方法處理的。

但卓力克對古埃及對屍體的保存方法雖然有研究，卻沒有一種方法是可以將屍體保存得如此之好的，這簡直是不可能的一種方法，在書籍中沒有任何記載，同樣地，「魯巴之宮」的存在，它的建造工程，在歷史上也沒有任何的記載。

直到第十一枝火柴，卓力克才注意到，在大堂的四壁全是一個一個的石洞，在那些直徑不到三寸的圓洞之中，看來全放著一卷一卷的羊皮紙。

卓力克又奔到牆前，這時，他真恨自己何以在上面幾層用完了手電筒的電，他隨便取出了一卷來，打開，羊皮紙上寫著清楚的字，全是古埃及的象形文字，卓力克頻頻劃著火柴，他完全無法看得懂那卷羊皮紙上寫的是什麼，他像是一個見到了極罕見的寶藏的人，但是在他和珍寶之前卻有一種無形的、無法突破的障礙一樣，那簡直要令他變成瘋狂。

卓力克取了一卷又一卷，每一卷之中，他至多只能看懂一兩個字，他直起身來，看到手中的火柴已經只有兩三枝了。

他真有點不能控制自己，他對著坐在床上的魯巴大叫道：「講給我聽，這些書上記載著什麼？講給我聽。」

他的呼叫聲響起巨大的回聲，他衝到了床前，這時，他才看到魯巴的右手也握著一卷羊皮紙。

同時，他也看到，在魯巴的右手下有一個瓶狀的東西，瓶中儲著那種黑色的濃油，還有著棉蕊，那一定是一盞巨大油燈。

卓力克點著了燈蕊，燈蕊上的油都乾了，所以在開始時，只是一點綠黝黝的火，接著，發出一陣極其輕微的，劈劈啪啪的爆裂聲，綠色的火光閃動著，漸漸變得明亮起來。

卓力克勉力使自己鎮定下來，他知道，他已經進入一個寶庫，一個真正的寶庫，那些一卷又一卷的羊皮，上面寫滿了他所不認識的字的羊皮，是真正的寶藏，比同樣大小的鑽石還要名貴。

他定下神來，只望著坐在巨大石床上的魯巴，這個死去了應該有三千年的人，屍體保養得如此之好，連臉上的每一條皺紋，都可看得清清楚楚，而每一條皺紋之中，都彷彿蘊藏著無窮的智慧和知識。

卓力克以一種極虔誠的心情，輕輕地去扳開魯巴的手指，將魯巴握在手中的那卷羊皮，小心地取了下來，當他取下那卷羊皮之際，他甚至有一種幻覺，感到魯巴正在向他微笑。

卓力克將那卷羊皮放在床上，就在魯巴的腳旁慢慢展開來，在那一刻，他要竭力控制著自己，才能使自己的心臟不致跳得劇烈到無法負擔的程度。

和其他的羊皮上的字不同，這一卷羊皮上的字，是用一種鮮艷的紅色的墨水寫成的，那種紅色，至少已經經歷了三千年，但是看來還是如此艷紅奪目，就像是才自人體內流出來的血。

卓力克無法將整捲羊皮攤平，他只好隨攤開來隨看。他仍然不能完全看得懂上面的古埃及象形文字——如果給他充分的時間，例如三年，他有信心可以將之完全讀通，但是現在，遇到他看不懂的地方，他就只好跳過去，貪婪地讀著下面。

那卷羊皮上，約超過一千字，卓力克可以認識的不過十成中的三成，但就在他看得懂的三成之中，已足以令他幾乎窒息了。

卓力克看完，再看一遍，在第二遍中，他並沒有能多認出一兩個字，但就他所看得懂的部分而已。他也可以瞭解這卷羊皮上，以艷紅墨水所寫的，就是魯巴的一份自述。

一開始，魯巴就說他的知識、他的能力是超越時代的，他如何有這樣的能力，連他自己也不明白，他不斷地做著當時其他人不能瞭解、不能明白的事，他是超卓而無法比擬。

他曾經為當時的統治者奉命建立金字塔，這裡，「魯巴之宮」就是他建造金字塔所得的報酬，而統治者並不知道「魯巴之宮」的規模，比任何金字塔更偉大，更壯觀。

在羊皮上，並沒有太多的文字記述「魯巴之宮」建造的經過，事實上那是不必要的，因為在每一層走廊上，那詳盡的雕刻壁畫已經展示了全部的建造過程。

接下來的一大段文字，是卓力克幾乎完全看不明白的，魯巴在這段文字之中，好像提到他的上代，也好像提及他的那種本領，智慧和知識，是他上代遺傳而來的一種本能。

卓力克在努力揣摩這一段文字的含意之際，忍不住仔細打量這時高「坐」在他面前的魯巴、想努力找尋出他和普通的人有什麼不同之處來。

但是，在外表上來看，是絕對分不出有什麼不同來的，魯巴的外形，完全是一個普通人，甚至頭也不是特別的大，卓力克實在無法明白，魯巴為何會有自己的才能是由他的祖先遺傳而來的那種想法，因為他既然是一個普通人，他的祖先自然也是普通人，而且人類的歷史文明，是越向前去越是落後的，何以落後的祖先會有智慧上的優良遺傳，帶給比他們進步的後代？

卓力克由於思索過甚，臉上滿是汗珠，他也顧不得去抹掉，只是一直看下去。再接下來的一段，他倒可以看懂一大半。

那一大段，說的是他的許多想法和他的知識根本無法為當時的人所接受，所以，他就將之完全寫了下來，以供後人研究，他預言，經過若干年之後，他所想到的一切一定會實現的，這就是他建造魯巴之宮的主要目的。

卓力克看了那一段，只好苦笑，他早已知道，那幾千卷羊皮上，他看不懂的文字之中，蘊藏著無可估計的知識和智慧，但是只怕魯巴也料想不到，他的魯巴之宮終於被人發現，但是他使用的文字卻已沒有人看得懂了。

前後才多少年？不過三千年算得了什麼？可是就在那微不足道的三千多年之中，一切全改變了，當時的文字完全是不可解的謎。

卓力克深深地吸著氣，這時，他已看到了最後的一段了。最後的一段，是致看到這卷羊皮的人的，卓力克也可以看懂三四成。

在羊皮上，魯巴寫著，他希望「魯巴之宮」是在第一次顯露之際就有人進來，他最不希望的是最後一次顯露出來才有人看到。

魯巴又寫著，如果是最後一次顯露才有人來到，來到的人，應該注意四壁上端圓洞中的羊皮卷，那上面記載的東西才是最有價值的，但即使那時候，距他建造「魯巴之宮」已經有三千多年，他預料他的想法還不一定能為那時的人所接受。

卓力克抬頭向上看著。在四壁的圓洞中全是羊皮卷，最上端的離地很高，當然，壁上全是圓孔，要攀上去取也不是什麼難事。

卓力克也無法明白，什麼叫作即使在三千年之後，人家也不能接受魯巴的想法。然後，到了這卷羊皮的最後一段了，最後一段，卓力克倒是全可以看得懂的。

魯巴在最後一段中，指示著離開魯巴之宮的辦法，沒有別的辦法離開通道，還是進來的那地方，進來的人，必須趕在烈風靜止之前出去，不然就得永遠留在這魯巴之宮內。

出去的辦法是在那張大網之下有著機械裝置，可以利用大網的彈力將人彈上去，上面的石板會自動打開，使人能夠離開。

直到這時候，卓力克才想起來，自己來到魯巴之宮不知道已經有多久了，烈風可能已經停止。

但不論如何，他必須將魯巴之宮寫下來的一切盡量地帶出去，羊皮實在太多了，他一個人根本不可能完全帶走，而且，他沒有太多的時間了，現在只能照魯巴的指示去做，因為他是在魯巴之宮最後一次顯露才進來的，所以他應該取走最上端的那些羊皮。

永遠的失去

卓力克發出了一下沒有意義的呼叫聲，奔向石壁，就著石壁上的圓洞向上攀去。在卓力克的足尖伸入圓孔之中，手攀在圓孔之中向上攀去之際，圓孔中的羊皮卷紛紛跌了下來。

每跌下一卷，卓力克就感到難以形容的難過，因為他知道每一卷羊皮上，都有著可供他畢生研究的知識，他像是一個面對著太多的食物而又只允許他在一小時內盡量吃的兒童一樣，幾乎忍不住要哭了出來。

他攀到了石壁的最頂端，伸手在圓孔之中，將羊皮一卷一卷地拿出來，拋下來，他的身子像是壁虎一樣，在石壁上移動著，即使是在最上面的一排圓孔中的羊皮，也有兩百卷以上，卓力克在取到了其中的一大半之後，實在已經精疲力盡，再也支持不下去了。

他自然要考慮到，如果僵硬的手指再也無法支持他的體重，他就會從二十公尺的高處跌下來，如果那樣跌下來的話，他就只好在這裡長期和魯巴作伴了。

卓力克在又拋下了一卷羊皮之後，他咬著牙，心裡在叫著：原諒我，我實在支持不下去了。

他開始緩慢小心地向下移動，足尖循著圓孔，他終於回到了地上，然後，一停不停將他拋下來的羊皮集中起來。

他早已拋開了身上的炸藥，和他為了完成那次爆炸任務所攜帶的一切，這時，他又撕破了一件上衣，將之撕成一條一條的布條連結起來，將他自石壁最上端的圓孔之中取到的羊皮一起紮起來，然後又塞了兩卷在褲袋中，後退著，來到那最下一層宮殿的入口處，再望了坐在床上的魯巴最後一眼。

然後，他向上奔去，雖然他的精力過人，體力超人，但這時，如果不是在魯巴之宮內所遭遇的一切，使他處在極度的興奮情況之中的話，也絕沒有氣力再奔上那幾百級石級的了。

他終於又來到了第一層的大堂中，他攀上了那張網，照著那卷羊皮上的指示，在黑暗中摸索著，摸到了一個凸起的槓桿，然後將那槓桿用力地壓向下。

在那一剎間，卓力克腦中所想的實在太多了，以致他事後根本無法正確地回想起當時的心情，但是有一點，他肯定是可以出去了，他是唯一到過魯巴之宮的人。

小槓桿被壓了下去，卓力克只覺得那張網陡地向下沉去，緊接著，就向上疾彈了起來，他和他帶著的一大捆羊皮卷一起被彈得向上，直飛了起來，而也就在那一剎間，他見到了亮光。

可是也就在那一剎間，卓力克覺得事情有點不對頭了，他的身子被彈得向上飛起，上面的石板也翻下來，使他可以彈出去，他也看到了亮光，這一切，和魯巴的指示是完全一樣的。

但是，他所見到的亮光，卻只是極小的一點。

極小的一點小亮點。在剎那之間，卓力克根本無法明白，這究竟是怎麼一回事，那一點小亮光，看來只不過拳頭大小，他是絕對無法在這麼小的一個空間中穿射出去的。而卓力克也根本沒有別的辦法可想，因為他身子懸空，正因為那張網的極大彈力，彈得向上飛起來。

卓力克的錯愕只是極短時間內的事，他立即知道，魯巴的指示並沒有錯，錯的是，他已經遲了一步。

一定是烈風已經漸漸靜止了，在上面那個深坑中被烈風捲走，但只要風勢一弱，沙就會回來，這時，沙已經回來了。

沙在深坑的底部，已經積聚了相當數量，石板一翻下，沙就像是瀑布一樣從四面八方瀉下來，只留下當中一個小圓孔。

當卓力克明白了這一點，眼看他自己迎著狂瀉下來的沙向上彈去之際，他發出了一下大叫聲。

他那一下大叫聲只叫出了一半，整個人已經穿進狂瀉而下的沙瀑之中，那股力量令他身子陡地向下一沉，也就在那一剎間，雙手一齊向前伸出。

他在雙手向前抓出之際，實在並不希望抓到什麼，最大的可能是，他抓到兩把沙，然後，整個人隨著下瀉的沙瀑再落下來，然後永遠沒機會出去。

但是，或許是魯巴的設計夠好，或者是他的運氣夠好，他雙手伸出去，抓到了石板的邊緣。

他的身子穩住了，沒有隨著沙瀑向下落去，但是他的全身都在沙瀑之中，狂瀉滾動的沙粒，向他的眼，耳，口，鼻子灌進來，沙粒似乎要進入他的每一個毛孔之中，他被埋在沙中，不但是被埋在沙中，而且是被埋在高速滾動的沙瀑之中。

卓力克畢生在沙漠中活動的經驗，到這種緊急的關頭發生了作用，他並不張皇失措，而是勉力運用雙臂的力量，使自己的身子升向上。

他努力的掙扎，使他的頭部首先離開沙，他用力搖著頭，呼著氣，睜開眼來。

當他睜開眼來之後，他所看到的，是難得一觀的奇景。

卓力克看到大深坑底部的沙，已經積有兩尺深，烈風還在繼續著，人的感覺，可能覺不出風力的強弱有什麼不同，但實際上，風已減弱了，所以，沙在大深坑四面廣闊的斜壁上奔瀉著滑下來，而深坑的底部，因為石板已經打開，沙在向下漏去，奔瀉著的沙粒，就像是奔瀉的水一樣，在爭著向下漏去之際，現出沙的漩渦來。

卓力克好像是在一個巨大無比的漏斗的底部，而這巨大無匹的漏斗，正有大量的沙傾瀉而下。卓力克知道，自己實在是沒有太多的時間了，就算把握每一秒鐘，是不是能爬上這巨大廣闊的斜壁也在未知之數。

深坑底部的積沙在迅速增高，自四面寬達一百公尺的斜壁上滾瀉而下的沙，數量遠遠超過自石板翻下出現的洞所能漏下的沙，卓力克才掙扎著探出頭來。

不到十秒鐘，沙又來到了他的頷下，他再掙扎著，身子冒上了沙來，可是，沙瀑在他的身子上流過，使他的皮膚像是被刀子刮過一樣地疼痛。

而當他的身子掙扎著冒出沙來之際，他的身子就像是通過了一個恰好能供他身子通過的容器一樣，他身外的一切全都被擠出去，消失了。

卓力克在一回頭之際，還可以看到那一大捆羊皮的一角，在沙瀑中現了一現，然後，立時隨著那沙瀑瀉了下來，從哪裡來的，還是回到那裡去了。

卓力克先生大聲叫了起來：「不。」

當然不會有人聽到他的叫聲，當他才掙扎出來之際，積沙在他的股際，他叫了一聲，積沙已來到他的腰際，卓力克忙從沙中爬出來，自四面斜壁上滾下來的沙勢如萬馬奔騰，就算他能來到斜壁的面前，他的力量也絕無可能對抗沙瀑狂瀉的力量，他是絕不可能在斜壁上向上爬上去的了。

那麼傾斜而光滑的石壁，就算完全沒有沙粒在上面，要向上爬去，也不是容易的事，何況是現在。

卓力克只不過向四面看了一眼，他剛才還是站在沙面上的，這時，沙又來到了他的小腿肚，他忙又拔出了雙腳來，他感到自己在移動，彷彿是要被沙向下漏去所形成的那股漩渦扯得向下跌去。

他忙又伏在沙上，勉強向前，掙扎出了幾步，重又站了起來。

才一站起，沙又蓋過了腳面，卓力克抬頭望向上，頭上是廣闊的天空，風勢顯著減弱，已經可以看到蔚藍的天空，而卓力克只是抬頭看了看天，沙又已來到了他的腿彎，每一秒鐘沙增高一尺。

卓力克真正沒有辦法可想了，他那時所想到的，只有一點：我出不去了。我出不去了。

可是，當他再度將腳拔出來，又踏在沙面之際，他陡地發出了狂喜的呼叫聲。

他在那一剎間，真恨不得為自己的愚蠢而打自己兩個耳光。

他所想到的，竟是去爬上巨大寬闊的斜壁，而事實上，他是完全不需要那樣做的。他只要不斷將埋進沙堆中的小腿放出來，再踏在沙面上，四面傾瀉下來的沙瀑積聚的沙，就會以每秒一尺的速度，湧得他向上面升上去。

才由絕望而變得可以生存，那又是一陣異樣的興奮，隨著風勢的迅速減弱，四面斜壁上的沙瀑來勢也格外兇猛，沙的積聚也更快，那也就是說，他上升的速度也來得更快。

卓力克並不知道究竟過了多久，斜壁已經完全被沙淹沒，他也可以看到廣闊的沙漠風勢更弱，一切全像是完全沒有發生過一樣，只有在沙漠的一點之上，有一個小小的凹痕可以看得出，那是沙向下漏著所出現的一個小漩渦。

沙粒將會像水一樣漏進魯巴之宮，細小的沙粒會佔據魯巴之宮的每一個空隙，將之緊緊塞滿，完全充滿了沙粒。在那樣的情形之下，就算能記下正確的地點，也無法再令魯巴之宮顯露出來的了。

卓力克怔怔地望著那個小凹洞，不多久，那個小凹洞也消失了，那就表示，魯巴之宮已經被漏下去的沙所注滿了。

卓力克在剎那間突然覺得異樣的疲倦，再移前一步也不能了，他仰天躺了下來，沙漠上的風已完全停止，卓力克就這樣一動不動地躺著。

他的腦中在一剎那間幾乎是一片空白，什麼都沒有了，「魯巴之宮」，他的爆炸任務，以及一切的一切，似是完全消逝了。

卓力克只是躺著不動，和風靜止了的沙漠一樣，看來是完全靜止的。

一直到天色又漸漸黑了下來，一陣摩托聲傳了過來，幾輛吉普車駛了過來，車上全是軍人，每輛車上，都有人用望遠鏡在搜索著，而其中兩輛車上的軍人一起叫了起來：「前面有人。」

卓力克被盟軍的搜索隊發現了。

逐漸恢復的上一代記憶

「非人協會」大客廳中的光線已很黑暗，也沒有人提議開燈，彷彿每一個人都感到在黝暗的光線之下，聽卓力克先生敘述他的經歷，似乎更適合一點。

卓力克也靜了下來，過了好一會，范先生才道：「那任務呢？你沒有完成。」

卓力克道：「是的，我沒有完成爆炸油庫的任務，但是，我並不感到有什麼不對，一場戰事的成敗，只能改變幾十年的歷史，而人類的歷史是永恆的。」

其他幾個會員稍為挪動一下身子，那可能是表現他們對卓力克的話的異議。

史保道：「所以我以後沒有再聽到有關你的任何消息，你脫離了沙漠部隊，躲在什麼地方？」

卓力克輕輕地嘆了一聲後，說道：「在我離開了戰地醫院之後，我過著幾乎與人世隔絕的生活。」

大客廳中又靜了下來，很明顯，卓力克在他的故事還沒有開始之際已經說過，他要推薦一個已死了三千年的人做會員，這個人，當然就是魯巴。

而從他的敘述來看，魯巴這個古埃及人真的很了不起，如果在當時就有「非人協會」這個組織的話，他毫無疑問的可以成為會員。

但是，他無論如何是三千多年前的人了，他的想法再卓絕，也無法和現代人相比，那麼，卓力克的推薦是不是可以被接納，就大有研究的價值了。

所以一時之間沒有人出聲。

突然，一下咳嗽聲打破了靜寂。

那是阿尼密。

不愛講話的阿尼密開口講話了，他的聲調很低沉而緩慢，道：

「就像所有的超現實故事一樣，你的經歷結果是什麼現實的東西也沒有留下，只不過剩下了你的經歷。」

這幾句話，聽來很不客氣，很有點指責卓力克的經歷根本是他自己編造出來的味道。

其餘會員在聽得阿尼密這樣說之後，一起向卓力克望去。

范先生有點感慨地道：「是啊，沙瀑將你帶在身上的羊皮全沖走了。」

卓力克先生的神情卻很平靜，道：「沙瀑沖走了我繫在身上所有的羊皮，這是極其令人痛心的事情，但是，我在來之前還抓了兩卷羊皮，硬塞在褲袋中，這兩卷羊皮，卻留了下來。」

各人一聽得卓力克這樣講，都現出了一絲絲的興奮，連一直坐在陰暗角落中的阿尼密，也直了直身子，發出了「啊」地一聲。

由於他是一個不喜歡講話的人，所以他只是發出了「啊」地一聲，並沒有對他剛才的那幾句話向卓力克表示歉意。

卓力克又道：「你們以為我躲起來是為了什麼？是躲避戰爭？不是，我每天幾乎工作二十小時以上，我在努力想讀通那兩卷羊皮上的古埃及象形文字。」

大客廳中又靜了下來，一陣窸窣的聲響，卓力克取出了兩卷羊皮來，放在一張几上攤開，兩頭都用鎮紙壓起來，使羊皮全部顯露出來。

那兩卷羊皮攤開之後，一卷面積極大，約有兩平方尺，另一卷是狹長的，只有一平方尺。面積大的那一卷，上面的文字，是用鮮紅色的顏料寫上去的，雖然光線很暗，但是那種鮮紅一看之下，像是能直紅到人心中去。

范先生欠了欠身，著亮了那盞燈，又調整了一下燈光照射的角度，使燈光能夠直射在那卷攤開了的羊皮之上。

除了卓力克之外的五個會員，就算對古埃及的象形文字，多少有點認識，但是其程度也絕及不上卓力克，更何況卓力克又對之研究了近兩年之久。

所以，他們都一起望著卓力克，史保指著那張有鮮紅的字的那一張羊皮，道：「這就是魯巴手中的那一張，你曾說過，這是他的自述？」

卓力克道：「可以這樣說，當時，其中有一大段我看不懂，經過了兩年來的苦心揣摩研究之後，我還是不能完全懂，但已明白他的意思了。」

范先生「嗯」地一聲，說道：「你所懂的那一段，是關於什麼遺傳，他究竟說了些什麼？」

卓力克的手在那卷羊皮的鮮紅色的字上輕輕撫過，他的臉上，同時也現出了一種極其虔誠，崇敬的神色來。

卓力克先吸了一口氣才道：「他的那一段記載是很難解釋的，他說，人類的智力是得自祖先的遺傳，每一個人都不一樣，有的人得的多，有的人得到少，有的人甚至完全得不到。」

范先生道：「這很容易瞭解，人生下來本就有聰明和愚魯之分。」

卓力克的神情很惘然，他指著一個字道：

「你們看，將這個字解釋為『祖先』，是我的揣測，在古埃及象形文字中，『祖先』並不是這個字，可是這裡，這個字一共出現十六次，可見它是占著極重要的地位，我勉強將它譯成『祖先』，是因為這樣在文理上才可以接得上去。」

卓力克在解釋了一番之後，才又對范先生道：

「魯巴的意思，還不是說人生下就有聰明和愚魯之分那樣簡單，他的意思是，人類文明的進步，全是依靠人類的想像力而來的，而人的想像力是無邊無涯的，對一件具體物件的想像力，是來自遙遠的記憶。」

各人都皺著眉，卓力克的話十分難以明白。

卓力克又道：「所以，遙遠的記憶比遺傳來得恰當，或者說，是遺傳而來的遙遠的記憶。譬如說，愛迪生發明電燈，在大家都使用油燈的年代中，他必須先有想像，先想像有一盞燈，不用油，不會被風吹熄，明亮，方便。這種想像是怎麼來的呢？照魯巴的解釋是，本來就是有這種燈的，人類的祖先見過、用過，但後來不知怎麼消失了，但是用過、見過這種燈的記憶，卻遺傳了下來，在愛迪生的腦中成為一種想像，愛迪生是有了這種想像，才能不怕失敗地去做，終於將電燈製造成功的。」

各人互望著，卓力克又道：「照魯巴說，人類『祖先』的一切文明，會逐年逐年在不知道什麼人的腦中形成記憶，於是，一項新的發明誕生，一種新的想法形成，實際上，這全是人類祖先早已有過的，而他自己——」

卓力克頓了一頓，指著羊皮：「在這上面，他表示了痛苦，因為他和他的時代不適合，他過早地得到了太多的遺傳的遙遠的記憶，早了六千年。」

范先生站了起來，又坐了下去，道：「早了六千年！魯巴已知道了今後三千年人類科學的發展？」

卓力克堅定地道：「照魯巴的說法，是人類科學的恢復，逐步逐步的恢復。」

卓力克的聲音有點激動，而「非人協會」的客廳中，其他的會員卻都保持著沉默。

卓力克望著各人，苦笑了一下，道：「這很難使人相信，是不是？」

范先生伸手在臉上撫了一下，道：「卓力克，這或者只是魯巴的一種想法，是沒有事實根據的，我是說，這種想法，本身也是魯巴的想像力之一。我個人承認魯巴是一個有著豐富想像的天才，像他那樣的天才，在他的時代之中——」

范先生講到這裡，略頓了一頓，瘦長個子的立時接了上去，說道：「那真可以說超時代的了。」

卓力克皺著眉，說道：「你們的意思是——」

另一個會員道：「我個人的意見是，魯巴的這種說法，沒有可靠的根據。」

卓力克的神情顯然有點失望，但是他一點也不氣餒，而且很像是胸有成竹一樣，他環顧各人，道：「那麼，如何解釋有些人會成為發明家，想出許多人類完全沒有的東西呢？」

卓力克的這個問題引起了一陣低語。

范先生首先道：「卓力克，我看你被『魯巴之宮』中的一切迷惑了，有的人能成為發明家，想出許多人類未曾有過的東西，就客觀而論，那是人類文明一點一滴進步的結果，有了先前的許多進步。才累積起來成為某一種成果。在主觀方面而論，那是由於這個人本身的努力——」

卓力克插口道：「先要有一種想法，但想法是很多人會有的，人想飛，就有了飛機的發明，想飛的人很多個，不止一個——」

卓力克還沒有說完，范先生卻作了一個手勢，阻止卓力克斷他的話，插口講下去，道：「以你說過的愛迪生發明電燈這一點而論，就是文明累積的結果，如果沒有富蘭克林先發明了電，愛迪生的想像力再豐富，也不能有電燈的發明的。」

卓力克緩緩地搖著頭，道：「是的，所以魯巴生不逢辰，他太早得到了『遺傳』，所以無法配合那時代，照我的意見，富蘭克林之所以能夠發現電，應用電，也是祖先特殊『遺傳的因素』——」

各人雖然都耐心地在聽卓力克說著，但是從他們的神態上都可以看得出來，他們的意見和卓力克是完全不相同的。

卓力克又道：「如果說，愛迪生是所有人之中，第一個想到『電力』這樣東西的人，那當然是不對的，在愛迪生之前，可能不知道有多少人『想』到過，但因為時代的不適合，所以他們的『想法』未曾得到實現，這就是時間的配合。」

其他的會員都不出聲，在「非人協會」的聚會之中，是很少出現這樣情形的，可是卓力克卻充滿了信心，他又道：「如果我告訴你們，魯巴在三千年前已經知道了相對論的理論，你們有什麼意見？」

最神秘的會員阿尼密又咳嗽了一聲，道：「用古埃及象形文字寫上的相對論？」

卓力克取過了另外的一卷羊皮來，手在上面撫摸著，說道：「我還不能夠十分肯定，但是這卷羊皮上，你們可以看到，這些奇怪的符號——」

卓力克指著羊皮上的文字，事實上，大家早已看到那些符號了。

這種符號，在看不懂的人來說，是完全沒有任何意義的。

范先生道：「這是什麼？就是愛因斯坦的那個著名的公式？卓力克，我看——」

看范先生的神態像是想打斷卓力克的這個話題，不讓他再說下去了，卓力克也看到了這一點，所以他的神情有點激動，道：

「等一等，我還沒有說完。」

卓力克的神態十分嚴肅，以致范先生揮了一下手，表示了他的歉意，客廳中又靜了半晌。

卓力克又道：「我花了很多時間，想弄明白這些符號表示什麼，但是我失敗了，不過，有點文字我是可以讀得通的，大家不妨聽一聽。」

各人都沒有反對的表示，又靜了十幾秒鐘，卓力克才一面指著那卷羊皮，一面緩緩地讀著。

卓力克讀得很緩慢，而且有時候跳過幾個字，顯然那幾個字是他不認識的，所以他讀的語句甚至是斷續的，不連貫的，但是，在座的人卻全可以聽得出他在念的是什麼。

卓力克念道：「光在一種人不能生存的環境中，沒有人能呼吸的東西，看來和普通環境沒有不同的環境中，行進的速度，是永恆的。………兩個……作相同的，永不相交的方向行動，靜止的時間，比動作的時間較短……動作和靜止……同一時間，而並不同時……」

史保在卓力克讀到這裡時，陡地站了起來，揮著手叫道：「別念。」

卓力克先生立時靜了下來，史保的臉上現出一種很駭然的神色，其餘各人也是一樣。

只有阿尼密，因為在陰暗的落角中，所以看不見他的神情。

但是卻可以聽到他在喃喃自語，道：

「相對論，相對論。」

史保又坐了下來，卓力克的聲音聽來很平靜，道：

「這裡還有一段文字說明，這種理論出現之後，人類的科學就會突飛猛進，到達一個新的紀元，然後，是另一種新的理論再出現，再將人類的科學面貌推進到另一個更新的階段。」

不知道是什麼人，發出了一下微弱的聲音，道：「那又是什麼理論？」

卓力克道：「別忘了魯巴得到的『遺傳』，超越他生存的年代六千多年，這種新的理論，可能是我們這年代很久以後的事，我們當然無法知道。」

各人都不說話，卓力克又道：

「不過，有幾句說明，倒是可以看得明白的，魯巴說，當科學推進到這個新階段——我應該說，回復到這一階段之際，人類得到的是一種用之不竭的寶藏，成為一切動力的來源，而這個來源，和太陽有關，你們看，這裡，太陽這個字，一共出現了三十二次，你們總可以認識這個字。」

當然，誰都認識「太陽」這個字，在古埃及的象形文字中，太陽就是一個太陽的符號。卓力克道：

「我的推斷是：一種新的理論，造成了科學的發展，由此而導致太陽能的廣泛的利用。我們不能不承認，地球上的生命全是由太陽而來，而人類對這生命泉源的利用實在是太少了，是不是？」

其餘五個會員都點著頭。

卓力克又嘆了一聲，道：「可惜的是，我只帶了兩卷羊皮出來，要是將魯巴之宮中的羊皮全帶了出來，而我們又能將之讀通了的話，那麼，人類歷史的進展，一下子就可以推進三千年。」

史保搖頭道：「也不會有這樣的情形，你忘記了時間因素的限制？」

卓力克立時道：「我當然不會忘記，但有誰知道，那種新的理論不是可以突破時間限制的呢？」

各人又靜了片刻。

卓力克望著各人，知道大家對他的提議已不再反對了，他又道：

「現在的問題是，我將之讀作『祖先』的這個字還有一點問題，在這個字的字形上，有著極其遙遠的含義，和我們普通所說的祖先這個字眼不同，我的意思是，那是『上一代』——這代人已完全毀滅了，在他們毀滅之後的若干百萬年，地球上又出現了生命，神秘的遺傳仍在發生作用，生命又開始慢慢地依照遺傳的安排而進化，終於出現了人，而人則依照遺傳的安排，而恢復其文明。」

這可以算是卓力克先生的結論了。

范先生有點苦澀地笑了一下，道：「這個字，或者可以解釋為從遙遠地方來的人？人類本來不是生活在地球上，而是從老遠的外地來的？」

卓力克道：「誰知道呢？或許魯巴知道，或許我們以後的人會知道。魯巴是這樣的偉大的一個人，所以他——」

其餘五個會員齊聲道：「他應該我們協會的會員。」

卓力克滿意地笑了起來。

〈完〉

大鷹

人鷹對峙

「非人協會」的會員又聚集在會所大廳之中，自然而然，所有會員的眼光，都集中在那個身材結實，留著平頂頭的會員身上，因為自范先生起，每人都講述過他們近兩年的經歷和他們所要推薦入會的新會員，現在，只有他一個人未曾說什麼了。

那位會員在各人的注視下，伸手撫摸著頭上的短髮，他的頭髮又短又硬，是接近黑色的深棕色，他的身形很結實，個子並不高。膚色相當黑，單憑外型看來，實在無法揣測他是什麼地方的人。

這時，看他臉上的神情，像是他心中猶豫不決，不知該如何開口才好。

各人等了一會，他仍然沒有開口，范先生以大哥的姿態揚了揚眉，說道：「金維先生，要是你不準備提出什麼人加入『非人協會』，我們——」

那位會員忙道：「不，不，我準備推薦新會員——」他有點不好意思地笑了一下，又道：「只是，我不善於說話，不知道該如何說才好。」

金維先生看來不但不善於說話，而且他的法語還來得十分生硬。

「非人協會」的會員，每一個都有著非凡的才能，人類錯綜複雜的言語對他們來說，是完全不算一回事的，幾乎每個會員都能操二十種以上的不同語言，其中還必定包括一些極其冷僻的語言在內。

當他們在瑞士的總部舉行年會之際，習慣上是用法語的，但是金維先生的法語顯然稱不上流利，僅僅做到詞可達意而已。

不過，金維先生的態度很認真，他看見各人聽得很吃力，覺得十分不好意思，抱歉地笑著，道：「事實上，我只能這樣講述，法語是我唯一能夠說得比較好的外語，這還是海烈根先生教我的。」

提到海烈根先生，各人的臉上又現出了尊敬的神采來。端納先生點了一下頭，說道：「那麼，你原來是說什麼話的，我們或許能懂。」

金維還沒有開口，范先生已先站了起來，道：「你一定不懂，這裡沒有人懂，世上會說他那種話的人，不會超過一千人。」

各人雖然未曾出聲，但卻現出了疑問：他是那裡人？

范先生緩緩地道：「他是中國西康的彝族人。」

各人聽了范先生的話，都不由自主地發出了「哦」地一聲。

儘管各人對中國並不是沒有認識，可是西康是中國最神秘、特殊的一個省分，由於交通不便，西康省即使是在最詳細的地圖上，也有很多地方是空白的，沒有人知道住在那裡的是一些什麼人，也沒有人知道那些地方是怎樣的。

金維先生入會的年數已經不少，但是直到范先生說了出來，其餘的人才知道金維先生原來是來自中國的西康，那個充滿了神秘的地區。

金維先生隨即道：「詳細地說，我是彝族中的一個分支，屬於黑彝中的格倫彝族。我們這一族的人並不多，據說，祖先是大涼山上的黑彝，因為受不住白彝的壓迫，三家人家相約逃亡，離開了大涼山，一直向西走，越過了雅瀧江，再一直向西流浪，『格倫』在我們的語言中，就是尋找的意思，我的祖先要尋找一個新的可以安居的天堂才這樣命名的，而他們在逃亡之前，曾經經過周詳的計畫，在商討的時候，為了怕被白彝發現，又自創了一套暗語，這套暗語，後來就成了我們的語言，所以這是除了我們族人外，無人會說的語言。」

金維先生的話，引起了其他會員的興趣，他們都用心地聽著。

金維先生繼續說：「當年他們是怎樣開始長途跋涉，和其間的經過究竟怎樣，已經沒有人知道了，只知道時間經過相當長，至少有幾十年，三家人的子女互相婚配，人越來越多，最後，他們找到了理想的定居樂園，就住了下來，不再流浪，不過，那地方離開大涼山已經有一千兩百多公里了，我們定居在西康西部的葉格狼湖湖畔。」

他略停了一停，又不好意思地笑了笑，道：

「我對自己的家鄉有一點偏愛，所以說得詳細一點，葉格狼湖的確是世外桃源，湖的西北面，是終年積雪的念青唐古拉山，山勢險惡高聳，南面是安日里山，一樣高得上接雲霄，葉格狼湖是在群山環抱之中，它的四周卻又全是肥沃之極的草原，完全沒有其他人來侵擾，我小時候，喜歡怔怔地看著那些高山，同時懷疑我們的祖先是如何越過群山，找到了這樣的人間天堂的。」

金維先生極其神往的聲調，講到這裡時，吁了一口氣，才道：「我在離開家鄉之後，海烈根先生教了我很多事，而我很懷念家鄉，戰爭一起，我實在討厭戰爭，才想到回家鄉去逃避的。」

金維先生是取道印度北上的，當他到達印度的時候，曾和當時在印度的范先生見了一次面，然後，他穿過了喜馬拉雅山隘，一直北上，經過了多尚山口，渡過了浪花湍急，任何人渡過都不免全身透濕的雅魯藏布江，在雅魯藏布江北岸，規模宏大的喇嘛寺——鐵馬寺中，住了一個短時期，再啟程北上。

當他離開鐵馬寺之際，已經是十二月分了，擺在他面前的是海拔四千公尺的安日里山，金維並不怕翻山越嶺，那可以說是他與生俱來的本能，他可以徒步在崇山峻嶺之上，追到疾馳著的黃羊，他在山嶺裡，就像是魚在水裡一樣地自在，不過，當他開始攀山之後的第二天，天氣開始變壞了。

那天晚上，金維是睡在一間相當狹窄的山洞內，半夜，他就被一種極其尖利的尖嘯聲吵醒，那種聽來淒厲，尖銳得像是千軍萬馬在搏殺的聲音，實在令人心悸。

金維知道，那是狂風和山崖在作殊死戰，狂風呼嘯而來，吹刮著聳立的岩石，想將岩石摧毀，而岩石則挺立著，沒有絲毫一點屈服的意思。千萬年來，猛烈的狂風和岩石鬥爭的結果，是使岩石變得更尖削挺立，迎風的一面，銳利得像刀鋒一樣。

金維翻了一個身，當他在準備過夜之際，他就看到天氣會起變化了，所以他才選擇了一個特別狹窄的山洞來過夜，在這樣的狂風吹襲之下，如果選擇寬敞的山洞，忽然之間有一股狂風捲進山洞來的話，在山洞中過夜的人可能會整個人被狂風捲了過去，從此之後不知道他的下落了。

金維翻了一個身子之後，將身上的羊皮裹得更緊了一些，風在吹過洞口之際，聲音更加淒厲，像是有成千上萬的魔鬼都想擠進山洞來一樣。

金維嘆了一口氣，他也不怕惡劣的天氣，但是他卻為山上其他的行人擔心，山上總會有些人趕路的，看來那些人一定凶多吉少了。

醒過來沒有多久，金維又睡著了。第二天早上，當他醒過來時，風聲已完全消失了，非但沒有風聲，而且靜到了極點，簡直一點聲音也沒有，而在狹窄的山洞口，耀目的光芒映得人連眼都睜不開來。

金維略怔了一怔，他並不需要走出山洞去，就可以知道外面正在下著大雪。他呆了片刻，才將羊皮裹在身上，慢慢來到洞口。

不是在高山上見過下雪的人，絕難想像天上會有那麼多的東西倒向人間的。

才一走出山洞口，大團大團的雪自天上飛了下來，根本看不見天，也看不見山，什麼都不見了，能看見的，只有飄舞著的雪團，而雪團也不像是在飄舞，根本是一大堆一大堆壓下來的，其間的空隙極小，人一到了雪下，就像是進入了一大堆略為撕鬆了的棉花中一樣。

金維嘆了一聲，伸出手來，他的手掌上很快就是滿滿一捧雪，他將雪送進口中，等雪在口中融化了之後，才吞咽了下去。

這樣的大雪，使得任何人都不能在山中趕路，連金維也不能，而在雪止了之後，世界上有極少數的人可以趕路，金維幸而是這少數的幾個人之一，不然他一定會被困在山裡，而他所備的糧，是絕不夠維持到來年春天的。金維在洞口站了一會，輕輕拍下了身上的積雪，回到了那個山洞之中。

他留在洞口，望著連綿壓下來的雪片，那些雪，有的到來年春天會融化，變成晶瑩的山泉，而降落在山頂上的那些，就永遠留在那裡，不會融化了。

一直到中午時分，雪才疏了一點，山間又有了點風，金維在洞裡生起了火，烤熟了一塊肉，他沒有別的事可做，只能等雪停。

大雪一直下了兩天，是在傍晚時分停止的，天氣也恢復了清朗，金維整理了一下行裝，他決定在夜間趕路，這兩天來，他已經休息夠了。

夜間趕路本來不是十分適合的，不過月色很好，滿山積雪，明亮得和白天沒有什麼分別，對有經驗的人來說，這和白天趕路也是一樣的。

金維離開了山洞之後，走了沒有多遠，就將攀折到的樹枝連接起來，接成了一根大約六七尺長的竿子，每當他感到有可疑的地方，他就先用竿子向積雪中插下去，試試積雪的深淺。

在大積雪之後的山中走路，積雪的陷阱是最致命的，若是一腳踏進了一個積雪比人還深的雪坑中，整個人就會陷下去，完全被積雪所埋沒，別看雪花這樣輕柔，這樣美麗，當人陷進了積雪包圍之中，是絕無生路的。

即使像金維這樣有經驗的人，他也絕不敢大意，所以行進的速度相當慢，他的身影在月光下緩緩移動著，在一片銀白之中，留下了唯一的黑影。

到了午夜時分，金維正準備坐下來歇上一歇，突然間，他看到雪地上，在他的黑影之旁，另外有一個黑影正在迅速地擴大。

金維在乍一看到那個黑影之際，心頭陡地一怔，他實在無法明白那黑影究竟是什麼造成的，因為在他的周圍沒有任何東西。而且，那黑影在迅速地擴大，就像黑影的本身就是生命一樣。

金維呆立著，但是，他呆立的時間極短，至多一秒鐘，當他看到那黑影已大到了足有一丈長短，而且在他的頭頂也生出一股旋風，那股旋風令得他身子四周圍的積雪陡地捲了起來之際，他已經知道是什麼造成那個黑影的了。

金維一明白了那黑影的由來，身子立時倒向雪地，而且極其迅速地向旁滾了開去。

金維料得不錯，當他的身子迅速向旁滾了開去之際，他看到了那頭大鷹。

大鷹只是普通人的叫法，正確的名稱應該是羊鷹，普通的鷹叨的是野兔或母雞，但是羊鷹叨的是黃牛，四五十斤重的黃牛在山間跳躍如飛，可是，和羊鷹的凌空一擊的那種迅速和準確相比較，黃牛就注定了是失敗者，成為羊鷹裹腹的食品。

金維這時所看到的那隻羊鷹，雙翅打橫伸展開來，足有一丈五六尺長，牠銳利的雙爪縮在腹際，隨時可以發出閃電般的一擊，牠炯炯的雙眼，在雪光的反映之下猶如漆黑的寶石，這樣的眼睛，可以在幾千尺的高空看到地面上一個拳頭大小的物體。

大鷹是自半空中直衝下來的，當金維的身子疾滾開去之際，大鷹雙翅扇動所發出的風力將積雪成團地扇了起來，又打在金維的頭臉上。

金維忍著雪團打在臉上的疼痛，他知道，他必須比大鷹的動作更快，才能夠逃避大鷹再來的一擊，而這種迅疾，根本是絕不容易再作考慮的了。

他的身子再向外翻出去，在那一剎間，那頭大鷹貼著雪地，疾掠了過去，在雪地上留下了極深的一道痕，然後，幾乎是立即地又升向上，在空中一個翻騰，捲起更大的旋風，再度向金維撲了過來。

就在大鷹那一個迴旋之間，金維也完全準備妥當了，他已經甩下了他身上的羊皮外套，將羊皮向著大鷹，抖起羊皮大衣來，向大鷹迎了上去。

這一切，全是在同時間不容髮的時間發生的，金維才將羊皮大衣向上迎了上去，手中就陡地一緊，他已經是立即鬆手的了，可是一抓住了羊皮外套就立時騰空而起的大鷹，還是將他帶了起來。

大鷹將金維帶起了五六尺高空，所以，當金維的手鬆開之際，他是自五六尺高空下直跌下來的，下跌的力量，使他的身子跌在半是柔軟的積雪之中。

而當他拂開臉上的積雪再去看那頭大鷹之際，那頭大鷹抓著他的羊皮大衣，看來已經只是黑色的一小塊，接著，就消失在溶溶的月色之下了。

也一直到這時候，金維才有機會吁出了一口氣，緩緩地站了起來。

他的思緒，在那一剎間可以說是完全麻木的，不過，那也只不過是短時間內的事，接著，他就開始為剛才的事而奇訝了。

在山裡，有大鷹出現，那絕不是值得奇怪的事，可是，羊鷹居然會在夜間出現，那就奇怪得很了，羊鷹是絕不在夜間出現的，鷹就是鷹，一切的行動都是在光天化日之下進行，在白天出獵，而絕不在夜間偷襲，可是那頭羊鷹為什麼會在夜間出現呢？

這實在太不尋常了。

金維解開了背囊，取出一條毛毯裹在身上，他並不急著趕路，那頭羊鷹的行動是如此反常，使金維覺得，自己雖然用敏捷的手法，用獵人抵禦羊鷹攻擊下的唯一方法使得那頭羊鷹飛走，但是事情只怕絕不是如此就可以結束。

他四面察看著，然後，急急向前走出了十幾步，躲在一塊大石之後，這樣，也可以防止大鷹的再度來襲。

他人躲在圓拱之中，而留下了一個小圓孔，他抓了一把雪撒在臉上，然後，抬頭望著天空。

天上明月皎潔，繁星點點，看來一點動靜也沒有，但是金維耐心等著。

果然，不出所料，過了沒有多久，他就看到月光之下有一個黑點，正在迅速移動著，這一次，金維不必等到雪地上出現大鷹的影子就知道鷹飛來了，大鷹在天空上才一出現，他已經看到了。

那頭大鷹的來勢是如此之迅疾，才一入眼，一眨眼間就有只許長短，再一眨眼，已經有五六尺長短了，緊接著，離地不過一百尺高下了。

金維的雙眼睜得極大，他看得很清楚，那頭大鷹的一隻爪上，仍然抓著那件羊皮大衣，而且在越來越低之際，鬆爪將羊皮大衣放了下來。

羊皮大衣在四五十尺高空上飄了下來，落在雪地上，大鷹雙翅略束，也落了下來，就停在大氅之旁，離開金維藏匿的地點不過二十尺。

那頭羊鷹停了下來之後，足有一個人高，月色之下，翎毛如鐵，看來神駿之極，那種站立的姿勢，看來是如此高傲，尊貴，凜然不可侵犯和唯我獨尊，使人不由自主要屏住氣息。

大鷹的頭略側，像是在傾聽四周有什麼聲息，金維連眼都不敢眨，以免發出聲響來。

他雖然料到事情不會就這樣完結，但是大鷹回來得那麼快，而且還將羊皮大衣先拋了下來，表示牠已經知道自己受了欺騙，這卻是金維預料之外的事。

他感到，如今和那頭在二十尺開外站著的大鷹在對峙，並不是在鬥力，而是在鬥智，那頭大鷹好像有著極高的智慧。

金維從來沒有見過這樣的鷹，如果這時在他面前的不是一頭鷹，而是另一種猛獸，譬如說是山狼的話，他一定會從隱身之處走出去，尋求進一步的辦法了。

可是，偏偏那是一頭羊鷹。

面對一頭山狼，有經驗的獵人可以自衛，也有取勝的機會，就算是情形再壞，也還可以逃走，但是面對一頭羊鷹，人的力量卻實在太薄弱了，一被羊鷹帶到了空中，就算還能夠掙脫牠的利爪，誰又能從超過一千公尺的高空跌下來而生存？

所以金維沒有別的辦法，只好僵持著。

大鷹居住的孤峰

那隻羊鷹看來很優閒，用牠的尖喙剔理著翎毛，而且不再東張西望，只是直視著金維藏身之處。

金維更覺得不妙了，他用極緩慢的動作，握住了獵刀的刀柄，而也就在這時，大鷹陡地又騰空而起，離地約有七八尺疾飛過來，在金維的頭上掠過。

大鷹的雙翼扇出的巨風，令得金維用積雪堆起來的那個用來隱藏身子的圓拱完全摧毀，金維立時轉過身來，大鷹也已經又落地，站著，側著頭，看著金維，大有「看你再怎樣掩藏」之勢。

金維吸了一口氣，將腰際的獵刀慢慢抽了出來。

獵刀是彎月形的，一個熟練的刀手可以在一揮之間，將一頭犁牛的頭整個砍下來，金維握刀在手，刀尖向著大鷹的頭。

大鷹如果向他撲來，他就準備揮刀砍向大鷹的頭，成功的機會自然極微，但不能不試一下。大鷹卻沒有再向前撲來，仍然只是站在離金維二十公尺處，側著頭，金維緊張得全身都在冒汗。

大鷹的樣子看來更優閒了，牠先將左翅緩緩伸直，伸到最直，翼上的翎毛忽然全豎了起來，發出了一陣簌簌的聲響，之後，一根一根烏光油亮，看來像是鋼鐵打成一樣的翎毛又緩緩偃伏了下來，強勁有力的羽翼也慢慢收了回來，然後，牠又慢慢地伸開了右翼。

當牠做那些動作之際，牠晶亮的雙眼始終注視著金維。

鷹的臉上應該是不會有什麼表情的，可是，實實在在，金維感到那頭大鷹正在嘲笑他：看，我是多麼輕鬆，你是多麼緊張，你的手中有刀來幫助你，你可能還有別的武器，而我身上的一切，全是我與生俱來的，你有什麼法子對付我？你是萬物之靈，可是看來，你現在多麼可憐。

金維非但有這樣的感覺，而且這種感覺越來越強烈，那種感覺令得他幾乎無法忍受。

他是族中最好的獵人，不但是彝族中的英雄，而且，幾乎整個西康，甚至到西藏都沒有人不知道他的威名，他的名字金維，在彝語來說，本來就是「大鷹」的意思，可是如今，他在一頭真正的大鷹之前卻顯得如此狼狽。

金維深深地吸了一口氣，仍然盯著那頭大鷹，他熟悉一切深山中猛獸禽鳥，這是他最大的長處，所以，他也可以看出，那頭大鷹絕沒有離去的意思。

夜間飛翔的大鷹，這一點已經足夠奇怪的了，而居然對著獵物會作耐心的守待，而不發出牠最擅長的閃電一擊，這一點，更有點不可思議。莫非那頭大鷹也知道自己不是普通的獵物，所以要小心從事。

一想到這裡，金維不禁有一點自豪，能令得一頭這樣的羊鷹有反常行動的，可能只有自己了，在任何活的、能移動的東西之中，只有自己一個。

不過，這樣對峙下去，對他來說，一定是十分吃虧的事情，大鷹看來優閒得很，他卻全身神經沒有一根不是在緊張狀態之中。

他究竟能夠支持多久，連他自己也不知道，而可以肯定的一點是，如果雙方之間的搏鬥無法避免的話，那麼，他先發動一刻，就有利一分。

金維握住利刃的柄略鬆了一鬆，然後，再度將刀柄握緊，向前跨出了一步。他那一步，跨得十分小心，作用是在試探。在離他約二十公尺外的大鷹立時有了反應，本來牠是懶洋洋站著的，這時陡地挺立起來。

換了第二個獵人——事實上，根本沒有第二個獵人有勇氣面對一頭羊鷹那麼久，這只不過是個假設而已。換了第二個獵人，一看到那頭大鷹有了這樣警覺的神情，一定會慢上一慢再思對策的，但是金維卻不，他剛才跨出那一步的動作十分慢，但是緊接著，他的動作卻快到了極點。

他的身子陡地向前竄了出去，才一竄出去，身子著地，已經打了好幾個滾，那二十尺的距離，他簡直是「飛」過去的，然後，他手中的利刀猝然揮出，揮向大鷹的利爪。

他自然知道。大鷹雙爪的那一節不但皮鱗若鐵，而且骨骼組織極其堅硬，是最不容易攻擊的一環，但是他還是那麼做了。

因為他知道，所有的動物，包括人在內，都有著自然而然保護身上最弱的一部分受傷害的本能，這時，他最理想的攻擊部位，當然是那頭大鷹的胸口柔軟部分；可是他也知道，他出刀雖然快，一定快不過大鷹的自然保護動作，所以他才去砍大鷹的雙爪。

他的獵刀極其鋒銳，是他從小就佩帶的，淬著泉水精鍛出來的，一刀砍去，就算不能將大鷹的雙爪一起砍下來，至少也可以砍斷牠的一隻爪。當大鷹受了這樣的創傷之後，再要對付牠，自然就容易得多了。

金維的一刀如風一樣，貼著積雪揮砍了過去，刀風帶起積雪。

他已經蓄足了全身的勁力，準備向外滾去，因為這一擊不論擊中與否，大鷹的反擊一定是極其強烈的。

金維的手臂揮盡，身子已經準備彈了起來，可是就在那一剎間，他的手上突然一緊，他手中的刀，完全不能再動了。

金維在揮出那一刀之前經過極其精密的計算，已經將種種可能發生的情況都估計在內了，可是他卻絕未曾估計到他手中的刀忽然會停留不動，那令得他完全不知如何反應。

他一抬眼，看到大鷹的一隻爪已揚起，抓住了他的那柄刀，刀口是如此之鋒利，可是大鷹的爪抓住了他的刀，就像是鐵鉗一樣。

金維立即知道自己應該怎麼做了，他立時鬆開了手，繼續他原來的動作，整個人向外彈了出去，可是他的身子才一懸空，一股勁風就直撲了下來。

金維不但覺出一股勁風壓了下來，連氣也難喘，而且，眼前也陡地一黑，那是大鷹當他的身子打橫彈出去之際，陡地伸長了左翼，向下拍了下來。

金維無法和那股大力相抗，他的身子陡地向下墜來，「撲」地一聲，幾乎整個人都陷進積雪之中，再接著，背上突然一緊，他可以感覺到，有什麼東西已經緊緊地抓住了他的背心，再接著，他整個人離開了雪坑，離開了積雪，雪團成百上千地打向他的臉上，令得他什麼也看不清楚。

當他什麼也看不清楚之際，有一點他倒是可以感到的，那就是他的身子已經懸空了。他被大鷹抓了起來。

等到金維勉力定下了神，身子四周圍的旋轉的勁風，也不再令得他無法呼吸之際，他看清楚了自己的處境。

他的確被那頭大鷹抓了起來，而且，在那麼短的時間中，大鷹已經飛得很高，他剛才和大鷹搏鬥的那個山頭，已經完全在眼底之下了，向前望去，一個接一個山頭，銀白色的山峰連綿不絕。

金維抬頭向上看去，可以看到大鷹橫展的雙翅和大鷹的腹際，大鷹的一隻爪抓在他的皮背心上，另一隻爪，還抓住了他的那柄獵刀。

金維的第一個念頭就是先將那柄獵刀奪過來，他立時伸出手去，抓住了刀柄。

他才一握住了刀柄，大鷹的爪就鬆了一鬆，使得他能夠輕而易舉就將那柄鋒利的獵刀抓到了手中。

當獵刀到了他手中之際，金維不禁苦笑了起來。

自然，他可以在這時輕而易舉一刀戳進大鷹的胸口，而大鷹受了這一刺之後，也一定非死不可，可是對他來說，有什麼好處呢？這時候，離下面的山頭至少有一千尺，唯一的結果就是，他在一千尺的高空直摔下去。

高空的風很勁很冷，金維的臉上就像有小刀在刮著一樣，他沒有再想什麼，只是緩緩地將獵刀插進了腰際的皮鞘之中。

同時，他又用小心的動作，將繫住皮背心的帶子扭得緊了一些。

大鷹抓住了他的皮背心，要是帶子鬆了，那麼他就會摔下去。就在這時候，大鷹像是知道他在不放心一樣，另一隻爪伸了過來，抓住了他的皮褲。

如果不是濁風那麼勁，使得他根本無法笑出來的話，他一定會大笑起來了。

他，金維，誰都知道他的身手，最矯捷最為最勇敢的獵人，這時卻像是一隻小雞一樣，被大鷹抓著，在高空飛行，一點反抗的能力都沒有。

大鷹在繼續向前飛著，金維的心中也漸漸鎮定了下來，他第一次想到了一點：這頭惡鷹對他，可能並不存在什麼惡意。

當他一想到這一點之後，他更是迅速地冷靜了下來。

照理說，羊鷹和一切在地下行走的動物，不論是四隻腳行走的，或是兩隻腳行走的，都是世仇，地上的動物或者和大鷹沒有什麼仇恨，但是大鷹卻非要將之擒殺不可，因為他是大鷹維持生命的食物的唯一來源。

可是，這頭大鷹太不尋常，牠在夜間飛翔，更奇在牠自第一擊開始，就一直放棄了很多早就可以將他抓死的機會，好像牠的目的只是帶著他飛，而不傷害他。

當然，金維也想到，可能這頭大鷹的鷹巢之中有著飢餓的，嗜吃活的食物的小鷹在，但是這種推測，無論如何是匪夷所思的，鷹就是鷹，沒有鷹會揀飲擇食的，然而，金維也不敢再輕視鷹了，眼前這頭鷹，不就是如此之特出麼？

金維覺得自己應該試探一下那頭大鷹的意向了。

首先，他覺得自己這樣被大鷹抓著來飛，十分不是味道，至少應該變成他抓住大鷹，那樣，雙方之間的地位才會平等一點。

他打定了主意，慢慢轉著身子，反伸過手去，抓住了大鷹爪上的一節腿，腿粗糙得很，而他的手指又凍得很僵硬，簡直沒有法子可以將之握得緊。可是金維還是咬緊牙關，盡自己的一切力量緊緊拉住了鷹腳。

他感到，他必須表現一點自己的力量，尤其是那頭鷹真的沒有惡意的話，他更需要表現自己的力量和勇氣，鷹是那樣高傲的動物，牠絕不會看得起一個由得牠抓了來飛行的人。

金維的右手終於緊緊抓住了鷹腳，他的身子已經半轉過來，可是他的左手卻無法再碰到鷹腳了，而要憑一隻手支持自己的體重，那是沒有可能的。

金維躊躇了一下，大鷹抓住他背心的爪忽然鬆了開來，金維連忙轉過身，左手也抓住了鷹腳，手指漸漸收緊，同時急速地喘著氣。

當他的雙手一起抓住鷹腳之際，大鷹另一隻抓住他衣褲的爪也鬆了開來，金維的雙手順著大鷹的腳桿猛地向下一滑。

那向下一滑，只不過滑了半尺左右，可是金維的心卻向下陡地沉了不知多少。

他覺得手心一陣劇痛，大鷹粗糙的腿腳皮膚一定將他的手心割破了很多，可是金維還是咬緊了牙關，他的手指凍得幾乎完全不聽他的指揮，他要用最大的毅力才能將鷹腳抓緊，使他自己的身子吊在空中。

他也感到，自己這樣做，實在是一件很愚蠢的事，在一頭大鷹面前，不顧粉身碎骨的危險來表現自己的毅力和勇敢，是愚蠢了一點。

但是金維卻仍然不改變自己的主意，他忍受著最大的困苦，只求證明一個事實，他不是被大鷹抓了來，而是大鷹帶著他來的。

這看來仍然是很愚蠢的事，對於一個勇敢的、有人格的人來說，這種在聰明人眼中極其愚蠢的事，卻又極其重要。

掌心的刺痛，痛入心腑，手背的關節在格格作響，手背像是在不斷伸長，伸到了和全身完全脫離關係的地步。

但是金維自己可以看得到，他的身子能懸在空中，完全是依靠自己的手臂。大鷹好像越飛越高，金維咬得牙齒格格作響，忽然之間，在月色之下，他看到了一座高崖。

那座高崖聳立在群山之下，迎著大鷹飛去的那一面，崖下的積雪並不多，露出黑褐色的，巍峨的山石，每一塊石頭看來全像是鐵塊一樣。

山崖下的積雪並不多的原因，不外乎兩個，一個是它太高，太聳立，太孤獨了，當狂風掃過來之際，絕對不可能有任何其他的東西替它擋住一點風，所以崖下的積雪，就被狂風掃了下去，另一個可能就是，金維看到的，是山崖背風的一面，而且太陡峭了，連雪片都沾不上去。

金維對那個山峰並不陌生，事實上，任何曾在山中行走過的人，對這個山峰都是不陌生的，那座山峰，太特別，太孤傲了，遠在幾里之外的山頭上，就可看到這一座孤峰。

這座孤峰，山中的人對它各有各的名稱，金維知道，彝族人稱它為「特斯奧里卡峰」。「特斯奧里卡峰」就是「孤傲的勇士」之意，而這座孤峰在遠處看來，也真像是一個挺立的，勇敢而高傲的戰士一樣，絕不許有什麼東西接近它，或許它的本意不是如此，但是它的外表卻的確如此。

從來也沒有人接近過那座孤峰，連金維也沒有。金維記得很清楚，他曾經想過，要攀上這座孤峰，他也已經成功地越過了三道小冰川，到達了和這座孤峰相當接近的一座山峰之上。

他也是在那座山峰下，認識了海烈根先生的，海烈根先生和他懷著同樣的目的而來，也一樣成功地越過了三道小冰川，來到了那個山峰上。

可是，就在他們和那座孤峰之間橫著一道更大的冰川，冰塊和霜雪在緩緩移動，卻是任何物體的墳墓。

海烈根先生和金維將一件皮襖拋向大冰川，皮襖在緩慢的移動之中向下沉，不到十分鐘就消失在冰雪之下，永遠不能再為人們所見了。

金維和海烈根先生在那個大冰川之旁，耽擱了一年之久，用盡了各種方法，都無法使自己可以踏上那大冰川半步才廢然而返的。

在海烈根先生的一生之中，這件事，可以說是唯一的失敗，但是，在這件事中，他也有成功的地方，那就是他將金維介紹進「非人協會」。

這時，金維在高空之中，看到那座孤峰迎面而來，使他自然而然想起了往事，他低頭向下看去，大冰川橫在他的下面看來像是一條發光的帶子，當他再抬起頭來時，看到高崖離他已越來越近了。

金維陡地想起，目的可能就是在這座孤峰。

也只有這樣的大鷹，才能有資格居住在這樣孤僻的高峰之上。

大鷹飛得更快，冷風和那座高崖看來一起向他疾撲了過來。很快地，金維看到，孤峰的懸崖上有一方石坪，石坪上的積雪相當厚，而大鷹就是在這石坪的上面盤旋著下降，終於到了離石坪只有十幾尺的高空。

金維知道那是自己離開大鷹的時候了，可是他緊握著鷹腳的手指竟然無法鬆開來，那是他在剛才大約半小時之中用的力道實在太大了。

他的手指根本已經麻木，大鷹再做了一個盤旋之後，離石坪更低了，石坪上的積雪幾下飛濺，金維用盡了力量，才將左手手指鬆了開來，再用左手將右手的手指一隻一隻拉了開來，他的身子向下跌了下去，落在積雪之上。

神秘怪人

金維落在積雪上，幾乎一動也不動。

金維的臉貼在冰涼的雪上，雖然在感覺上，他的臉幾乎凍得一點知覺都沒有，但實際上，他的雙頰是火辣辣的，貼近他臉上的雪迅速融化，變成了水，流進了他焦渴的口中。

那使得金維的精神振了一振，但是他仍然無法挪動他早已用脫了力的雙臂。他只是扭動著身子，慢慢掙扎著坐了起來。

當他坐起來之際，他看到那頭大鷹就站在離他不遠處，仍然是那個姿勢，側著頭看著他。

儘管大鷹的姿勢一點也沒有改變，不過金維卻可以極其強烈地感覺到，大鷹在看著他的時候，是一種尊敬的神態，而不是剛才那種嘲笑輕視的神態，也就是說，他剛才的努力並沒有白費。

那比什麼都令得金維興奮，一挺身，他站了起來，大鷹仍側頭望著他，金維舔了舔唇，說了一句很傻氣的話，道：「好了，你想怎樣？」

這句話一出口，他自己立時笑了起來，大鷹抖著身子，全身的羽毛都在抖動之間聳立了起來，然後又迅速偃伏，金維用力揮動著自己的雙臂向那頭大鷹慢慢走了過去。

當他來到大鷹的面前，和大鷹面對面之際，他的雙臂已經可以活動自如了，他伸手在大鷹的翼上輕輕拍了一拍，大鷹的反應像是很愉快，陡地昂起了頭來。

也就在這時候，金維看到了在石坪的一頭，近峭壁處，另有一塊大石，而在那塊大石之下，有著一座用許多樹幹搭成的建築物。

金維只能用「建築物」來表示他第一眼看到那用樹幹搭成的東西的印象。事實上，他的第一個印象，那應該是一座最原始的房子。

可是，金維的知識告訴他，那是不可能的，在這座孤峰之上不會有什麼房子，有的應該是鷹巢，但是那些樹木搭成的，卻又絕不是鷹巢。

金維望了大鷹一眼，看到大鷹也向那「建築物」望去，金維吸了一口氣，向那座建築物走了過去。

在那一小時之中，金維遭遇到的事實在太奇特了，奇特到了他根本無法靜下來好好想一想。

他心頭跳得很激烈，當他來到了那建築物前之際，他已經可以肯定，那是一座房子。因為它的正面不但有門，而且有窗子。

那不但是一座房子，而且，肯定是一座人住的房子。

金維來到房子的門前，回頭看了一下，大鷹仍然站在原來的地方。

金維看到門關著，他清了清喉嚨，道：「有人麼？」

那屋子中傳來一下聲響，金維的確是聽到了一下聲響，而且可以肯定，那一下聲響，一定是什麼人所發出來的，可是他卻無法明白這一下聲響是什麼意思。那一下聲音，聽來像是呻吟聲，又像是答應聲，有一種說不出來的詭異意味。

金維皺了皺眉，一時打不定主意該怎麼做，他又回頭向大鷹望了一眼。

那頭大鷹雙翅略伸，身子向前騰了一騰。在大鷹而言，那只不過是略為挪移了一下身子而已，但是金維卻已覺得一陣勁風撲面而來，他連忙轉過臉去，而且用力站穩了身子。

這時候，他是站在孤懸聳立的山峰之上的一個石坪上，而石坪上又有著積雪，如果他一不小心，跌倒在石坪上，而又向外滑出去的話，極有可能一個收不住勢子，就此跌出了石坪，墜進萬丈深淵之中。

他定了定神，看到大鷹已經來到了他的身邊，就站在那間奇特的建築物的門口，緩緩地伸開右翼，用翼尖將那個建築物的門推了開來。

門一推開，金維忙向屋子內看去，他看到屋中很亂，堆滿了各種的獸皮，以黃羊皮為最多，那些羊皮顯然未曾經過熟練的硝製手續，所以發出一種極濃的腥膻味，門一被大鷹的翼尖推開，那股腥膻的味道就直衝了過來，教人十分難聞。

金維略側著頭，避開了正面衝過來的難聞的氣味，深深地吸了一口氣，再向屋子中看去，這次，他看到在獸皮堆中，像是有什麼東西在緩緩地動著。

那東西的全身被厚厚的黃羊皮裹著，只有頭露在外面，看得也不很清楚，不過可以肯定的是，金維剛才聽到的聲音，就是那東西所發出來的，因為這時，又有一下同樣的聲響傳了過來。

而大鷹的右翼，在推開了門之後，繼續向內伸去，一直伸到了那東西的頭部，然後，以翼尖的翎毛在那東西的頭部輕輕拂著。

金維看到這種情形不禁呆住了，他絕想不到，這麼威猛剛烈的大鷹會有這樣輕柔甜蜜的動作，那裹在羊皮中的是什麼東面？是一頭生了病的小鷹？那頭羊鷹是找他來醫治生病的小鷹？

金維的心頭充滿了疑問，這時候，大鷹的右翼已緩緩縮了回來，大鷹的動作十分小心，像是怕驚嚇了屋中的那東西一樣。

等到牠將羽翼完全收回來之後，牠跨出了一步，將門口讓了開來，那顯然是讓金維進屋子去的意思，金維略為猶豫了一下，深深地吸了一口氣，向屋子走去。

當他一走進門之後，那種腥膻的臭味更是令人難忍，可是由於金維看清了屋中的那東西，他心中的驚訝，使他忘記了那種難忍的臭味。

他在未進屋子之前，曾經想到過，裹在黃羊皮中的，可能是一頭生了病的小羊鷹，但這時，當他看清楚了那東西之後，他實在太驚訝了。

那絕不是一頭小鷹，很明顯地，那是一個人。

那人的頭相當大，比普通人的頭要大得多，他的身子雖然裹在黃羊皮之中看不真切，但是也可以看出，那人的頭雖然大，但是身子卻相當矮小。

當金維向那人注視之際，那人也睜大著眼向金維望著，眼睛很大，一眨也不眨。

在這樣的孤峰之上，竟然會有一個人在。

金維揉了揉眼，心緒很亂。

但是在極短的時間內，他已經想到，這個人的身形既然如此地矮小，他有可能是黑彝中的一族，矮黑彝族人。矮黑彝族人身型矮，頭大，手足都短，可是卻兇悍絕倫，不但是最好的獵人，而且是戰場上勇往直前的戰士。

金維又向前走了一步，用矮黑彝族的話問道：

「你，你是怎麼到這裡來的？」

那人一聽金維開口，陡地震動了一下，開了開口，自他的口中發出了一下極其難聽的聲響來，當他的身子震動一下之際，覆在他頭上的一張黃羊皮被震落了下來，現出他的頭頂。

那人的頭頂是光禿的，一根頭髮也沒有，額頭十分高，看來樣子十分奇特。

金維一看到這種情形，立時知道自己弄錯了，那人不會是矮黑彝族人。

矮黑彝族人，每一個都有著又濃又厚的頭髮，而且膚色很黑，不像那個人這樣的灰白色。金維呆立著，一時之間不知如何才好。

那人又張大口，發出了幾下難聽的聲響，而且不斷地動著，看他的樣子，像是想掙扎著站起來，但是卻又沒有力量做到一樣。

那種情形，使金維很快就看出，他是一個病人，而且還病得很重。

金維在認識了海烈根先生，加入了「非人協會」之後，跟隨著海烈根先生到文明世界居住了相當久，這次他再回故鄉，也隨身帶了不少文明世界的東西，他的背囊，在大鷹將他抓住，飛向這個孤峰的時候已經失去了，可是他身上還帶著一些藥品。

當他發現那個形狀奇特的怪人是一個病人之際，他點了點頭，又走近了幾步。

當他向前走去之際，那怪人勉力掙扎著，叫著，身子一直向屋角縮去，而在這同時，在屋子外的那頭大羊鷹也變得極其不耐煩，不斷撲著翅，將強勁的風捲進屋子裡來。

金維一面做著手勢，一面不斷以黑彝話道：

「別怕，如果你有病，我可以幫助你。」

事實上，那人根本不懂得金維所作的手勢，也聽不懂金維的話，他一直在向屋角拖動著他的身子，到最後，他不再移動身子，並不是他覺出金維沒有惡意，而是他的身子，已緊靠在屋角上不能再動了。

金維來到了那人的身前，俯下身來，他想去拉那人的手，可是那人卻將手縮在羊皮內，不肯伸出來，金維沒有辦法，只好伸手去按那人的額頭。

當金維的掌心一碰到那人的額角之間，金維陡地嚇了一大跳，忍不住發出了一下呼叫聲，而且，立即縮回手，不由自主吞下了一口口水。

那人的確是在生病，因為他的額角，燙得就像是一壺剛沸騰的水一樣，不但燙手，而且，他的手真正被燙痛了，他的掌心在他努力抓住鷹爪之際已經受了割傷，這時又陡然被燙一下，更是痛不可忍。

金維在迅速地縮回了手來之後，真正怔住了。

那人仍然睜大著眼睛望著金維，眼中好像充滿了恐懼的意味，可是他卻沒有再發出那種難聽的怪聲來。

金維喃喃地道：「你究竟是什麼人？究竟是什麼人？」

這也正是金維心中的疑問，這個頭大身小，一根頭髮也沒有的怪人，究竟是什麼人呢？他的額頭如此燙手，看來好像是他在發高燒，可是事實上，世界上又有什麼人，能夠燒至這種程度仍然生存的？

金維呆立了一會兒，又吞了一口口水，實在不知道該怎麼樣才好，他回頭向屋子門口看了一眼，只見那頭大鷹正將頭伸了進來，鷹眼炯炯，向內望著。

金維不禁苦笑了一下，他和那頭大鷹是絕對無法通話的，看來，還是只有對那個人說話，才能弄明白一切。不過金維也已經從剛才的情形中體察到，那個人可能也不懂他的話。

這時候，金維的心中已經有了一個新的設想：在彝人部落之中，不但牛、羊會被巨大的羊鷹叨了去，連小孩被羊鷹叨走的事情，也時有所聞。而今這個人，就有可能是被羊鷹叨了來又養大的人。

然而，金維在設想這一點的時候，又不由自主搖了搖頭。如果是一個從小被羊鷹叨了來的孩子，當然他不會有能力攀下這座孤峰了，也不會任何人類的語言，可是，他也沒有道理會替自己建造一座這樣的房子。

金維苦笑了一下，這時，由於大鷹剛才在門口的那一陣撲騰，令得大量新鮮和寒冷的空氣捲了進來，所以屋中的腥羶味已不如剛才之甚，可以令得他深深地吸一口氣了。

他又做著手勢，指著自己的口發出聲音，他的意思是，要那人說話，不論他說什麼，只要是西康境內生活的部落中所通用的，他就有辦法聽得懂。

那人的眼神一動不動地望著金維，看來，他也明白金維的意思了，他不斷地張口合口，那情形，和普通人在說話時完全一樣。

可是，自那人口中發出來的聲音，卻全然是毫無意義，極其難聽的聲音。

金維極其用心地聽著，想聽清楚那人究竟在說些什麼，可是他全然無法聽得懂那人所說的「話」——如果自那人的口中所發出來的毫無意義而又刺耳的聲音，可以算是「話」的話。

金維嘆了一聲，攤開手，搖著頭，表示他完全無法明白那人的話，那人靜了片刻，身子擺動著，將他的右手，自緊裹在他身上的羊皮之中伸了出來。

當那人伸出手之後，金維又呆了一呆，那人的手臂很細，看來一點力道也沒有，皮膚很皺，肉也很鬆，整個手背很短，手指卻相當長，他伸出了手之後，在一塊羊皮上用手指畫著。

由於羊皮上並不能畫出任何痕跡來，那人又畫得十分快，所以金維完全看不出他在畫些什麼，金維忙向那人做了個等一等的手勢，轉身向外走去，來到了屋外，用衣服兜了一大兜積雪進來，來到那人的身前，將積雪抖了下來，拂平，再向那怪人望了一眼。

那人很快就明白了金維的意思，他細長的、看來很柔軟的手指，在雪上畫了起來。金維用心地看著那人在積雪上畫出來的痕跡，那人顯然不是在亂畫的，他手指畫出來的痕跡，有一定的規律，一連串的圓圈和半圈，看來和拉丁文字的結構很有一點相近。

那人過了一會兒抬頭向金維望來，雙眼之中，充滿了期望的神色。

金維的心中感到難過，毫無疑問，那人是在雪上寫下了一些什麼文字，而且是想藉這些文字來和金維作思想上的交通。

但是，和剛才那人口中發出的那種難聽的聲音一樣，金維完全無法知道，在雪上那人畫出來的半圓和全圓組成的一連串記號是什麼意思？

金維當然也無法說出他不懂那一連串的記號，不過他的神情，也可以叫那人知道是怎麼一回事了。

那人頹然地停手，又將手縮了回去，過了好一會，他才又將手伸了出來，再次在雪上畫著。

金維的視線跟著那人的手指移動，不一會，金維就感到極度的興奮。這一次，他看懂了那人在雪上畫出來的是什麼東西了。

那人在雪上，用簡單的線條畫了兩個人，那兩個人和他是一樣的，頭很大，身子很小，他畫這兩個人倒在地上，一旁是山峰，山峰挺立，顯然就是他們身處的那座孤峰。

那人所畫的線條雖然簡單，但是用意並不算難明，他是在說，在這座山峰上還有兩個人，那兩個人是和他一樣的，他畫出來的兩個人倒在地上，可能是說那兩個人已經死了。

金維望著那人，點頭表示明白，而那人卻像是已經十分疲倦，縮回了手去，不住喘息，發出一陣陣的呻吟聲，金維趁機在那人的手腕按了一下，發覺那人的脈搏快得驚人，至少比正常人快了三四倍。

金維明知那人有病，他身上帶了點藥物，可是他卻不知那人是生了什麼病，也不敢亂給他吃藥，他呆立了一會，慢慢地來到了門外。

一到門外，那頭大鷹就向他望過來，金維道：「你帶我來這裡就是為了要我看這個人嗎？」

大鷹的反應很奇特，牠又伸翼進屋子，翼尖在那個人的頭上輕柔地撫摸著。然後張開翼來，陡然騰空而起，伸爪一把抓住了金維，這一下變故來得如此之快，金維連抗拒的念頭都不容起。

這一次，大鷹抓著金維，不容金維有任何反抗的念頭，就已經飛高了幾十丈，在另一塊更大的石坪上停了下來，放開了金維。

金維一個翻身，坐了起來，他立即明白大鷹為什麼要帶他來到這裡的，因為他才坐起來，就看到在石坪的一塊大石旁有著兩副白骨。

這實在是觸目驚心的，在那塊大石的四周，積雪相當厚，可是金維還是清清楚楚地看到了那兩副白骨，而且，他絕對可以肯定，那是人的骨骼。

金維吸進一口令他冷得全身發顫的空氣，高山上的空氣非常稀薄，當他的心情開始緊張之際，他的身體需要更多的空氣，那令得他不住地吸氣。

他呆了片刻，去看那頭羊鷹，那鷹將他帶上來之後，又盤旋著飛了下去。

這時，金維根本未曾想到自己如何下去，如果那頭羊鷹不再飛上來的話，因為眼前的景象實在太奇特了，在他的心中引起了一連串的疑問。

這兩個人是怎麼樣上這座孤峰來的？他們何以會死在這裡？在下面那石坪上，屋內的那個正在生病的人，和這兩個人又有什麼關係？

飛抵鐵馬寺

金維一面想著，一面向前走去，來到了那塊大石的近前，仔細端詳著那副白骨。那兩個人和下面石坪中木屋內的病人，一定有著極其密切的關係，金維一眼就可以肯定這一點了，因為那兩具白骨的頭骨十分巨大，而四肢的骨骼，看來則相當細小，手指骨特別長，這些特徵，和那個病人是一樣的。

凝結在那兩具白骨上的雪，實際上已經成了一層堅冰，所以將那兩具白骨保持得十分完整，從骨骼的形態上，金維還可以分辨得出，一個是男人，一個是女人。

當金維分辨出其中一具骨骼是屬於女人之際，他心中更是詫異不止，他實在無法想像，一個女人竟能夠攀登上這樣不可能攀上的孤峰來。

金維在白骨之前呆立了很久，才用他僵硬了的手指慢慢地解開皮帽的帽耳，脫下帽子來，表示他對這兩個已死之人的敬意。

金維根本不知道這兩個人是什麼人，但不論這兩個人是什麼人，能夠到達這座山峰之上，都是值得金維由衷地尊敬他們。

默立了片刻，金維就開始在兩副白骨的附近仔細地尋找起來。

那兩個人已經死了，只剩下骨骸，他們的身體在這樣寒冷而空氣稍薄的高峰之上，本來應該不會腐爛的，如果他們屍體還完整地保持的話，那麼對金維而言，要推測他們是什麼人，可能容易得多。可是事實上，他們只剩下了骨骼。

金維知道，這兩個人的身體一定已經成了雪峰上特有的雪鼠的食糧。

雪鼠能在積雪之下鑽行，根本無人能找到牠住的洞穴。不過那也不是件很重要的事，重要的是希望能找到這兩個人的遺物，他們總不會是空手攀上這樣的高峰來的，總該有點什麼東西留下才是。

繞著那塊大石轉了一轉，金維看不到什麼，他開始蹲下來，用手撥著積雪，希望能發現一點什麼。

這時候，天色已經漸漸放明了，不多久，東方出現了一道金光，在高峰之上，可以清楚地看到，巨大的光芒萬丈的日輪冉冉浮了上來，將觸目可以見到的所有的一切，全都染成了不能逼視的金黃色，整個人像是置身在火爐之中，可是那些火卻又是冷的。即使對金維來說，那也是極其奇異的經歷。

金維背對著旭日，在那兩副白骨之旁，他未曾找到任何東西。這實在是不可思議的。

那兩個人的衣服，可能也被雪鼠咬成了碎片，而飄落下山峰去了，但是他們身上，總還有點雪鼠不感興趣而且破壞不了的東西，譬如說，他們要攀上這樣的高峰，鑿子是不可少的工具，為什麼在他們的身邊會沒有鑿子呢？

雪鼠的鼠牙再鋒銳，也絕無法咬碎一支鑿子的。

金維呆立著，心中充滿了疑問，他注視著自己的影子漸漸縮短，太陽漸漸向上移，也就在這時，金維陡地看到，自己所站的那個石坪，有一個巨大的缺口。

石坪本來是半圓形的，突出在峭壁之上，那個巨大的缺口看起來也格外顯眼，金維略呆了一會，移動著腳步，來到那缺口之前。

他不敢離得那缺口太近，因為山上的風勢是根本無法預料的，說不定什麼時候就捲來一股強風，他要是站得離那缺口太近，就有可能被強風直捲下山峰去。

而且，事實上，他不必離得太近就可以看得出來，那個缺口並不是天生的，而是被什麼東西以極其巨大的力量硬撞出來的，缺口附近的石塊還有很多裂紋，可以想像那次撞擊力量的巨大。

金維呆了片刻，抬頭向上看了一看，山峰上面如果有巨大的石塊滾落下來過，就可以造成這樣的撞擊，但是他卻無法看得到，或許鬆落的大石是來自他目力所不能及的峰頂的，他所在的這個石坪距離峰頂至少還有兩千尺，以千噸計的巨石如果是從峰頂滾落下來——

金維想到了這裡，陡地打了一個寒顫，聳立的山峰也令他感到目眩，他連忙低下頭來，從那個缺口處去看峰腳下的情形。

在陽光下，環繞著那座孤峰的大冰川閃閃生光，看來像是一條巨大無朋的鑽石環。在大冰川之上，當然什麼也看不到，不論是什麼東西，在落進大冰川之後，就會被冰川吞沒，再也不會被人發現了。

金維又深深吸了一口氣，他才離開極度繁華的世界，現在又置身在這樣荒涼的境地之中。世界只不過是一個小小的球，和整個宇宙相比較，更不過是一粒微塵而已，然而，就在這粒微塵之上，就有著如此不可思議的事。

觸眼可及的山峰，在地球上已經聳立了多少年？不論是多少年，它的計算法，一定是以「萬年」為單位的，而且，必然還將再聳立若干萬年，而人在地球上生活的時期，不過是一萬年的百分之一，在那麼短促的光陰之中，還要勞勞碌碌，還要互相殘殺，還要弄出各種各樣的花樣來，大抵世界上沒有比人更愚蠢的動物了吧？

金維又轉回身來，他看到石坪上，映出羊鷹的影子，影子迅速變大，石坪上的積雪飛舞起來，那頭羊鷹又停了下來。

羊鷹停在離金維的不遠處，側著頭，用牠銳利的眼睛望著金維。在那一剎間，金維的心中有一個強烈的感覺，那頭羊鷹像是在問他：你發現了什麼？

金維苦笑了一下，攤了攤手，道：「什麼也沒有發現，事情太奇怪了。」

他一面開口，一面就自己告訴自己，和羊鷹交談實在是多餘的，就算那頭羊鷹可以聽得懂他的話，他也無法聽得懂大鷹的回答，那個病人分明是一個人，他也無法明白對方發出來的聲音和畫出來的符號，何況是一頭羊鷹？

可是，金維仍然無法控制自己，他一面向那頭羊鷹走去，一面仍不斷在道：「你一定是知道整件事發生的經過，是不是？你一定知道他們的來歷？知道這兩個人是怎麼死的？知道一切的，是不是？」

羊鷹沒有回答，只是抬起了一隻腳來。

金維嘆了一聲，明白了大鷹的意思，大鷹是要帶他離開這個石坪了，他點了點頭，表示自己已經準備好了，大鷹向上騰起來，金維立時竄向前，雙手抓住了大鷹粗糙的腳，緊緊地抓著。

大鷹盤旋著向下降落，不一會，就降到了原來的那個石坪之上，金維鬆開手，雙手用力搓著，又走進了那間屋子。

那病人的情形看來更嚴重了，他看到了金維，掙扎著想坐起來，可是又坐不起來，他的口中不斷發出急促難聽的聲響來。

金維也做著手勢，不斷道：「我看到了上面石坪上有兩個早已死去的人，這兩個人是你的什麼人？你們是怎麼會來到這座山峰上的？你們——」

金維本來是不斷地在說著話的，可是他說到這裡，陡地停了下來。

因為他感到，自己說下去，實在是一點意義也沒有，他既然聽不懂對方所發出的那種急促而尖銳的聲音是代表什麼，那麼，在對方聽來，他所說的話也是一連串毫無意義，低沉而音節不同的聲音而已。

他停了下來，伸手去扶了扶那個人，那人的身上依然是燙得駭人，令得金維忙不迭縮回手來。

金維作了個手勢，令那人躺下來，然後，又不斷作手勢，表示他要帶那人下山去，去找醫生，而且要借助羊鷹的力量。

那人瞪大眼睛，望定了金維，金維全然無法知道他是不是懂自己的意思。

但是有一點，金維倒是可以肯定的，那就是這人和那頭羊鷹之間必然有著某種聯繫。他之所以會來到這裡，見到那人，也是由於那頭羊鷹的緣故，而且，建造這所房子的，自然是那個人，但是那些圓木，必然是羊鷹從很遠的地方帶來的，在這座山峰上根本沒有樹木，有的只是供雪鼠咀嚼的苔蘚。

金維也感到，要和那人互相溝通，比和那頭羊鷹講話還要來得困難，所以，他轉身出了屋外，羊鷹就停在屋外，金維向著牠大聲道：

「我要將這人帶下山去，要靠你的幫忙。」

那頭羊鷹側著頭，左爪有點不安地在雪地上畫著，金維也不再去理會牠，自己去作準備。

他先在屋子周圍找尋可以供他利用的東西，結果發現他除了利用那些獸皮之外，沒有別的東西可以利用。

金維用自己的獵刀，將一塊堅韌的狼皮割出一條條，然後，利用那些皮條將其餘的幾張獸皮連在一起，形成了一個兜。

他將那個兜帶進了屋子裡，站在那人的旁邊，將兜放在地上，自己先躺進了皮兜之中，然後，再站起身子，示意要那人躺入兜去。

金維的動作十分形象化，那人顯然明白了金維的意思，他用一種充滿了疑懼的眼神望著金維，金維則神色堅決地望著他。

那人呆了半晌，才掙扎著，向金維製成的那個皮兜爬了過來，金維看他的行動這樣吃力，俯身用羊皮將他的身子裹好，抱著他，放在那個皮兜之上。

當金維抱起他來之際，只覺得他的身子很輕，大約不會超過七十磅。

將那人放在皮兜上之後，金維將皮兜拖出了屋子，一直來到了鷹的腳下，將皮兜的四角紮了起來，緊緊繫在大鷹的腳上。

羊鷹一動也不動，由得金維去安排，金維紮好了皮兜，那人的身子已經全在羊皮之中，金維才在自己的手腕上纏上獸皮條，紮在大鷹的另一隻腳上，然後，雙手緊抓住了大鷹的腳。

等到他雙手緊握了鷹腳之後，大鷹雙翅展開，一陣勁風撲面，已經騰空而起。

這一次，那頭羊鷹飛得十分穩，滑翔著下去，和上次牠帶著金維飛上來的時候，大不相同。

金維早就看出，大鷹和那個人之間的關係，是羊鷹在照顧著那個人，現在看來，更加可以證明他的推斷不錯了。

大鷹越飛越低，在下了山峰之後，來到了離山峰下的大冰川只不過幾十呎高處，大冰川上冰塊的反光，閃耀得令金維睜不開眼來。然後，羊鷹就維持著這個高度，一直向前飛去。

金維心中本來想定的主意，是要將那人帶到鐵馬寺去的，因為附近只有鐵馬寺中有最好的喇嘛醫生，而且，鐵馬寺中有許多有學問的喇嘛，其中或者可以有一個人，懂得那人的語言和他所寫的文字，那問題就可以迎刃而解了。

可是，金維卻無法通知那頭大鷹飛行的方向，他抓住了大鷹的腳，整個人懸在空中，完全無法對大鷹發號施令，漸漸地，金維已發現，大鷹正在飛向他昨天躲避大雪的那個山頭之上。

大鷹的確是飛向那個山頭，不多久，金維就看到了自己的那件羊皮大衣，也看到了自己大半埋在雪地裡的背囊，而大鷹也在那時候降落了下來。

金維解開了皮條，奔過去，將羊皮大衣穿上，再背上了背囊。他本來是離開了鐵馬寺之後入山的，如果只是他一個人的話，在大雪之後，他要趕回鐵馬寺去，至多也不過兩天的路程，可是帶著那個人，他卻全然沒有把握趕到鐵馬寺去，因為那人是一個病人，根本無法行動。

金維在撿回了自己的東西之後，來到了羊鷹的身邊，他發現羊鷹只用一隻腳站著，另一隻繫著皮兜的腳縮了起來，以避免踏在皮兜之上。

金維將皮兜拔開了一些，看到那人緊閉著眼睛，呼吸十分急促。情形看來像是十分嚴重。金維直起身子，拉著大鷹的翼，向著鐵馬寺的方向指了一指，道：「往西飛去，一直到我叫你下降。」

大鷹側著頭，金維沒有再說什麼，只是一直向他要去的方向指著。然後，他又將自己手腕上的皮條繫在大鷹的腳上，再用力在大鷹的腹際踢了一腳。

大鷹立時又飛了起來，等到大鷹一飛上天空，金維就吁了一口氣。

那頭羊鷹真是獨一無二的羊鷹，牠完全明白了金維的意思，牠正向金維所指的西南方向飛出去，不但飛得穩，而且飛得十分快。

一個個山頭在下面掠了過去，金維估計，照這樣速度向前飛，只要四五個小時，就可以飛到鐵馬寺的上空了。

雖然空中的風強勁而寒冷，但是金維還是盡可能睜大眼，望著下面，因為附在鷹腳之上，在高空飛行，這種經歷畢竟不是經常發生，金維想到，自己可能是有這種經歷的第一個人。

金維抬頭向上看，根據太陽移動的位置來判斷時間，等到中午時分，金維已經可以看到下面的山坳中，有著牛隊，在空中看來，一隊隊的犛牛就像是螞蟻一樣，再向前飛去，他看到了在山澗行走的商隊。

在上空看來，商隊是完全靜止不動的，商隊行進的方向，正是鐵馬寺，金維忍受著冷風的吹襲，向前看去，他已經可以看到鐵馬寺了。

金維並不是第一次到鐵馬寺，可是在空中看鐵馬寺卻還是第一遭。寺院巍峨的建築自空中看下去，只不過是一堆灰褐色的小石塊而已。

在鐵馬寺附近的房子，看起來更連石塊也不是，就像是山石上的一點一點的斑跡。

鐵馬寺越來越近，終於，到了鐵馬寺的上空，金維鬆開了一隻手，用力扯動著聯繫著他的手腕和大鷹腳之間的皮條。

開始的時候，大鷹看來完全不明白他的意思，但是沒有多久，牠就開始下降，盤旋著，越來越低，鐵馬寺的屋頂看來逐漸接近，終於，大鷹落在鐵馬寺之後的一個山坡上。

喇嘛與智者

那一場大雪的範圍十分廣，鐵馬寺後的那個山坡上全是新積的雪，大鷹一落下來，金維就解開了後腕上的皮條，再解下皮兜，然後，雙手向上擺著，對著大鷹吆喝著，道：「走。走。」

大鷹向旁撲出了幾步，又轉過頭來，望著那個皮兜，看牠的表情，好像很不放心。

金維仍揚著手呼喝著，再奔過去趕著大鷹，大鷹撲騰著翅膀，低飛了一會兒，終於騰空飛了起來，金維抬頭著牠，只見牠盤旋著，越飛越高，漸漸地看不見了。

也就在這時候，金維聽到了人聲，他轉過頭去，看到有兩個喇嘛向他走了過來。

那兩個喇嘛來到了近前，向金維合十為禮，金維還了禮，不等那兩個喇嘛發問，就道：「我是康力克喇嘛的朋友，有要緊的事要找他。」

鐵馬寺中的喇嘛，人數並不一定，但經常在寺中常駐的，至少有兩千個以上，喇嘛雖是宗教的信徒，但是大喇嘛寺中，喇嘛和喇嘛之間，等級的分別十分嚴格，在鐵馬寺中，有七個最高級的喇嘛，金維所說的康力克喇嘛，就是這七個為首的喇嘛中的一個。

那兩個喇嘛一聽得金維提起了康力克的名字，立時換了一副極其尊敬的神色，可是他們那種疑惑的神情，卻依然未曾消退，一個喇嘛問道：「你是怎麼來的？」他一面問，一面四面看看，在四面山坡上，積雪上一點有人走過的痕跡也沒有。

金維笑了笑，道：「我告訴你，我是從天上來的，你們是不是相信？」

那兩個喇嘛互望了一眼，不說什麼，金維來到了皮兜前，這時他才發現，當他和那兩個喇嘛在說話之際，那個人已經將皮兜拉開了少許，睜大眼望著他們。

金維用力提起了皮兜，將那人負在背上，和那兩個喇嘛一起向前走去，走進了鐵馬寺的石圍牆，在一扇小門之中，走進了鐵馬寺。

鐵馬寺的建築十分宏偉，深邃和神秘，在鐵馬寺中，究竟有多少佛像，究竟有多少經書，究竟寺中有多少房間，究竟有多少財產，是完全沒有人知道的，以前沒有人知道，以後也不會有人知道。

鐵馬寺是一個極著名的地方，也是一個極其神秘的地方，常駐在寺中的喇嘛中，有的終生不出寺門一步，有的連自己的年齡也忘記了。有的窮一生的力鑽研堆積如山的經書，有的只是靜坐冥思。

喇嘛之中，也有著各種各樣的人才，有的是妙手回春的醫生，有的能讀得通最古老的，世上已沒有什麼人認識的文字寫成的經書，有的還有著如同神話傳說中的武技，有的甚至可以經年累月，只吃些令人難人相信的食物。

在寺中，那一重又一重，一進又一進，一條又一條陰暗的走廊兩旁，陰暗而氣氛神秘的房間之中，幾乎每一個角落裡，都可以遇到外間難以想像的奇事，而那一級一級被踏得光滑了的石級上，也不知留下過多少奇異的喇嘛的腳印。

金維是鐵馬寺的常客，從第一次起，他每一次來到鐵馬寺，一見到古老，灰黯，但像是永恆聳立在那裡的建築，一聞到佛殿中焚燒的香所發出的那種奇異的氣味，他總會由心底深處升起一股異樣的虔誠之感。

事實上，每一個初入鐵馬寺的人，幾乎全是一樣的，這座神秘的喇嘛寺，有一股奇異的感染力量，使得每一個人的行動都變得緩慢而不急躁，講話的聲音也盡量壓得很低。所以，鐵馬寺中的人雖多，可是到處都是靜悄悄的，只有悠悠的鐘聲和磬聲，清脆的鈴聲，和幾乎不可辨認的誦經聲蕩漾在空氣中。

金維背負那人走了進來，經過了幾個院落，再登上幾十級石級，從一個圓拱開的門中走了進去，眼前就陡地黑了下來。

金維略停了一停，那是一個殿，佛像前香煙繚繞，佛像古老而莊嚴，身上的金箔有的已經剝落，鑲嵌的寶石也因為年代的久遠而失去了它原有的光采。有幾個喇嘛坐著，在低聲誦經。

金維並沒有打擾他們，在殿旁穿了過去，又經過一條長而黝黑的長廊，在那條走廊的兩旁，有很多間房間，全是上了鎖的，有的鎖已經生了銅青，這些房間，全是坐關的喇嘛所住的，他們將自己禁閉在一個小空間裡，長年累月地思索，探求真理和自我。

金維終於來到了這條走廊的盡頭，那是兩扇半閉的木門，木門厚重黝黑，金維先在門口合十致敬，然後，慢慢推開了門，門內更黑黝，也更靜。

金維才進來時，幾乎什麼也看不見，但是這裡他也是來過的，進門之後，他反手將門掩上，貼著牆向前走了幾步，腳尖碰到了一個蒲團，他就停了下來，他先將肩上的那人小心地放了下來，放在那個蒲團之上。

他本來想扶起那人的身子，令他坐在蒲團上的。可是，當他那樣做的時候，那人卻發出了一下痛苦的呻吟聲來。

自從進了鐵馬寺之後，那人還是第一次出聲，那一下呻吟聲，使得金維改變了主意，任由那人躺著，然後，他自己踏前一步，在旁邊的一個蒲團上坐了下來。

這時候，他的眼睛比較能夠適應黑暗了，他看到四壁上全是大大小小的神像，屋中唯一發光的光源，是一尊佛像前面，發著黝紅色火光的那一簇香頭。

就憑著那點光，金維看到了趺坐在佛像前的那位喇嘛，那位喇嘛坐著，一動也不動，就像他就是眾多神像當中的一尊，也不知道他是根本沒有生命的，還是生命已進到了更高的，普通人不能企及的境界。

當金維看清楚了那喇嘛之後，他不覺呆了一呆，那不是他要來找的那位，而是一個他以前未曾見過的。但不論那位喇嘛是誰，他能夠在鐵馬寺幾個重要的地方之一靜坐，那一定也是鐵馬寺中品級十分高，有著特殊才能的一位。

金維緩緩吸了一口氣，道：「有人病了，我需要幫助。」

那喇嘛微微睜開了一下眼來，隨即又合上，用十分平淡的聲音道：「是人都會病的。」

金維忙又道：「這個人有點特殊，我是在那座孤峰上找到的，他和一頭大鷹在一起，他病得很厲害，希望能夠將他治好，再探討他的來歷。」

那喇嘛又睜開眼來，金維看到他並不是望向自己，而是望向那個人。

金維轉頭看去，只見那個人的上部也露在外面，同樣勉力睜著雙眼，在望著那喇嘛。

那喇嘛慢慢站了起來，道：「我是貢加喇嘛。」

金維立時伏下身子，向貢加喇嘛行了一個至高的敬禮。他雖然是第一次見到貢加喇嘛，但是他卻也知道，鐵馬寺的貢加喇嘛，是人們心目中的活佛，他慶幸一進來就見到了這位高僧。

貢加喇嘛向前走來，他每走一步，臉上驚訝的神情就增加一分，當他來到那人的身前之際，他緩緩伸出手來，同時俯下了身子，在那個人的臉上碰了一下。

當他碰到那人的臉，即使是一個靜修了數十年的喇嘛，也無法掩飾他心中的驚駭，他突然縮回手來，望著金維，一時之間顯然說不出話來。

但是這種驚惶的神態，卻是一閃即逝，他立時又轉過身來，在他剛才所坐的那只蒲團之旁，取起一隻銅鈴，緩緩搖了幾下。

銅鈴發出了清脆的聲音，門隨即推開，一個較年輕的喇嘛走了進來。

貢加喇嘛低聲道：「去請木里喇嘛來，快。」

那年輕的喇嘛也陡地震了一下，他從來也想不到，會在貢加喇嘛那樣有修養的人口中，聽到一個「快」字的。

他知道事情一定極之不尋常，所以立時轉身急急走了開去。

貢加喇嘛在蒲團上坐了下來，又對那人看了一回，才道：「我對醫治病人，並不是十分在行，但是木里喇嘛——」

他頓了一頓，金維忙道：「是的，我知道，木里喇嘛最精醫道。」

貢加喇嘛點了點頭，然後道：「是的，他不但能醫人的病，而且能醫各種各樣生物的病，凡是有生命的，而生命中又有了痛苦的話，他都能解除他們的痛苦。」

金維呆了一呆，貢加活佛的話，聽來是全然沒有意義的，但是仔細一想，金維想到了他話中的深意，他不由自主又向那人看了一眼，然後道：

「你……你是說，他不是人？」

貢加喇嘛的聲音，已完全平靜下來，他道：「我沒有這樣說，可是，你見過這樣的人麼？」

金維回答不上來，他並不單是一個在山區活動的獵人，他到過很多地方，見到過很多很多種人，可是，他的確未曾見過這樣的人。

屋中靜了下來，不多久，一陣輕微的腳步聲傳了過來。門推開，木里喇嘛走了進來，貢加喇嘛立時站起來，兩人一起到了那人身前交談著。

他們談的聲音很低，講得又很急促，用的又是一種特殊的，自梵文演變出來的語言，所以金維完全聽不懂他們在講些什麼。

然後，金維就看到貢加喇嘛抱著那個人，而木里喇嘛則伸手進去，用雙手撫摸著那人的身子。金維可以清楚地看到，當木里喇嘛的雙手碰到那個人的身子之際，他臉上的驚訝的神色。

木里喇嘛的神色接著變得十分嚴肅，他雙手不斷在那人身上撫摸著，又和貢加喇嘛低聲交談著，貢加喇嘛不住點著頭。

木里喇嘛雙手縮了回來，向金維望了一眼，道：「這——人是你帶來的？」

他好似是想了一想，才稱那個人是「人」的。

金維道：「是的，他是不是病得很重？」

木里喇嘛沒有直接回答金維的話，道：「我想你將他完全交給我，他是你的朋友？」

金維道：「不是朋友，事實上，我完全不認識他，只不過是一隻羊鷹帶著我去見他的。」

木里喇嘛呆了一呆，才道：「那麼你是不是放心將他完全交給我？」

金維道：「當然放心，不然，我也不會將他帶到鐵馬寺來了。」

木里喇嘛點了點頭，伸出雙手，在貢加喇嘛手中將那人接了過來。

在經過了木里喇嘛的全身安撫之後，那人的神色像是平靜了許多，閉著眼，看來已經睡著了。

木里喇嘛抱著那人來到門口，又轉過頭來，道：「你說的那頭鷹在什麼地方？」

金維道：「不知道，說起來你們或者不相佰，是那頭鷹將我由孤峰帶來的，在天上飛著，來到這裡的。」

貢加喇嘛笑了起來，道：「我們相信一切事。」

木里喇嘛沒有說什麼，走了出去，金維當然不會不放心，他知道，木里喇嘛的經房之中，有著最古老神奇的醫書，也有著最難搜集到的藥材，一定能夠治好那人的病的。

貢加喇嘛又一動不動地坐了下來，金維也靜坐了片刻，才悄悄地離開，當他又走出了那條走廊之後，他又轉了幾個折，來到了另一座閣上。

那座閣是鐵馬寺中一個十分奇特的地方，住在這裡的主要人物，並不是喇嘛，而是一種被人尊稱為「智者」的特殊人物。

「智者」，自然是具有大智慧的聰明人。

這些智者自然都是有著高深學問的人，他們在鐵馬寺中，一面幫助已有高深學問的喇嘛研究學問，另一方面也訓練對學問有強烈要求的年輕喇嘛，這地方，有點像大學中的研究所。

「智者」大多數來自印度和西藏，但也有的來自世界各地，金維知道，海烈根先生至少也在鐵馬寺中當了三年的「智者」。

登上了石級，智者集中的大堂之中，又是另外一種氣氛。

智者通常都在這個大堂中各自研究各自的學問，大堂的四周圍全是各種各樣的書，每個智者面前的桌上、地上也全是書，除了翻書的聲音外，幾乎沒有別的聲音。有的古老的經書，不知已有多少年代了，小心揭開封面的木板之際，抄寫經書的羊皮紙又黃又脆，要是不小心就會完全碎散開來。

金維進來之後，略停了一停，走向一個滿腮花白鬍子的智者身邊，用極低的聲音道：「我想知道，人是不是能和鷹互通心靈？」

那智者抬頭，望了金維一眼，他的回答，聲音也十分之低，他道：「什麼鷹？」

金維道：「羊鷹，一頭獨來獨往，鷹巢在孤峰上的大羊鷹。」

那智者吸了一口氣道：「我明白你的問題了，過十天你再來，我希望能給你答案。」

金維點了點頭，又走向另一個智者，在他身後站了片刻，直到那智者抄寫的工作略停了一停，他才道：「我想知道，世上是不是還有像人但不是人的生物？」

那智者十分瘦削，頭髮全禿光了，他聽了金維那個奇異的問題，連眼皮也沒有抬一下、就反問道：「你問的是哪一個世上？」

金維怔了一怔，他無法回答這個反問，只好也問道：「有很多『世上』？」

那智者直了直身子，道：「是的，很多，每一個人的心中都有，心外有，再外面還有，除了自己之外，我們無法知道其他，而我們簡直連自己也不知道。」

金維躬身而退，他不認為那智者的話不著邊際，只認為自己找錯了對象。

那智者研究的學問，並不是他極想知道的那一種。

金維抬起頭來，正當他在猶豫應該再向哪一個智者發問之際，看到一位智者正在向他招手。那智者雖然也和其他智者一樣，穿寬大的、灰白色的長袍，但是金髮碧眼，一看就知道是一個西方人，而且金維還覺得他很面善。

金維忙向他走了過去，那智者也離座而起，兩人都不說什麼，一直來到了一間小房間中，那智者才道：「還記得我麼？我們曾在漢堡的一個集會中見過，那時，你和我們的名譽院長，海烈根先生在一起。」

金維陡地想了起來，握著對方的手，道：「你好，尼達教授。你的傳心術研究──」

尼達教授搖了搖頭，道：「自從來到這裡之後，我才知道以前所作的研究只是小學生的遊戲，這裡有著對傳心術極其高深的學問的記載，唉，我想我的時間是無論如何不夠用的了。」

金維明白尼達教授的意思，面對著浩瀚如海的學問，一個人的生命實在是太短促了。

尼達教授望著金維，道：「你心中有一個奇怪的問題，是不是？」

金維也並不奇怪對方猜中了他的心事，事實上，尼達教授早就是西方研究傳心術者中的權威人物，他來到了這裡之後，自然更有進展。

當金維想到這一點的時候，他心中陡地一動。

他還未講出他想到的事來，尼達教授又笑著道：「你是在想，我能不能給你幫助，解決這個奇怪的問題，是不是？」

金維高興地道：「你真了不起，教授，告訴我，我和你之間可以發展傳心術，那是基於什麼？」

尼達教授道：「是基於我們有共同的思想，我可以用感覺明白你的思想，而並不是通過言語，自然，語言本身也是種感覺，但是那種感覺太強烈了，我研究的是一種極微弱的感覺。」

金維有點興奮，道：「有一個人，他說的話，我完全不懂，我相信你也不懂，他寫的字，你也不懂，但是他能用簡單的圖畫表示他心中所想的事，在這樣的情形之下，傳心術有用麼？」

尼達教授想了一會兒，道：「當然是有用的，我可以通過傳心術，明白他的心意。」

金維由衷地道：「那太好了。」

尼達教授道：「這人是誰？」

金維說道：「我也不知道他是誰，他現在病得很重，木里喇嘛在照顧他。」

金維略頓一頓，接著，便將他遇到那個人的經過，向尼達教授詳細說了一遍。

尼達教授用心聽著，極其高興，道：「你做的手勢、他是不是明白？」

金維皺著眉，道：「他好像明白，好像不明白。」

尼達教授說：「那太好了，我一直想找一個這樣的人來試驗我的傳心術，我這就去見木里喇嘛，你可以住在我的房間裡。」

金維也感到很高興，因為尼達教授的傳心術如果有用的話，那就等於可以和那人作簡單的交談，通過簡單的交談，他就可以知道那人如何會在那座孤峰之上，和一頭羊鷹在一起。

金維和尼達教授一起離開那間房間，繞過了很多建築物，走過了很多石級和走廊。

在來到木里喇嘛的經房前時，卻被一個喇嘛阻住了去路。

那喇嘛道：「木里喇嘛吩咐過，他有極重要的事，任何人不准打擾他。」

金維忙道：「我知道他在忙什麼，他在替一個人治病，這位智者，對木里喇嘛的工作很有幫助，請你去通知他一聲。」

那喇嘛仍然搖著頭，道：「你們來遲了，木里喇嘛帶著他的病人進了經房，經房已經鎖了起來，不是他自己將門打開，誰也不能進去。」

金維和尼達互望一眼，寺中的情形，他們當然是知道的，在這樣的情形下，的確是完全沒有辦法可想的了。

金維顯得很失望，反倒是尼達安慰他道：「不論那人病得多重，木里喇嘛一定可以治好他的，到那時候再說也不算晚。」

尼達和金維離開，在一個叉路口分了手，金維自己前去尼達的住處，在席墊躺了下來。

木里喇嘛神秘坐化

金維在鐵馬寺住了下來，每天好幾次到木里喇嘛的經房去打聽消息，可是一連七天，木里喇嘛的經房始終鎖著。

一直到了第七天的黃昏，金維正在寺中院子裡踱著步，突然聽到一下又一下的鐘聲傳了出來，鐘聲是從木里喇嘛經房那邊傳過來的，這種沉重的鐘聲，是表示寺中有一個重要的人物死亡了。

鐘聲才響至第三下，金維已經急步向木里喇嘛的經房走去，一路上，見到很多拿著法器的喇嘛向著同一個方向走去。

金維越過了那些喇嘛，一直來到了木里喇嘛經房前的院子中，有幾個人已早他而在，智者中的尼達教授也在，貢加喇嘛則才從經房中走出來，沉緩地宣布，木里喇嘛歸西了。

圍在經房門口的所有喇嘛，都不約而同響起了「啊」的一聲。那「啊」的一聲，只不過是表示他們心中的詫異，因為木里喇嘛看來是不應該去得那麼早的。

然而，常年累月浸沉在佛法中的人，對於死亡，幾乎可以說是沒有哀傷的，有的只是那麼一絲淡淡的哀思：人總是要死亡的，今天木里喇嘛去了，明天可以輪到別人，後天可能輪到自己，生命是那麼虛幻，短促而不可留，那還是為生命以外的事多花點功夫吧。

於是，在那一個低低的驚嘆聲之後，就傳出了一個誦經聲和敲打著手中法器的聲響，在誦經聲中，死亡登時變得完全沒有悲哀的氣氛了，人人都覺得那是必然會發生的事，在誦經的人，人人想著的，都是超越了死亡的那種異樣的寧靜。

聚集在木里喇嘛經房前的喇嘛越來越多，後來的喇嘛根本連問都不問發生過什麼事，只是立即參加誦經的行列，而貢加喇嘛也盤腿坐了下來，單手合十，一手緩緩地數著念珠。

在一片誦經聲中，一切都顯得那麼平靜，只有金維的心中絕不平靜，他想大聲地問貢加喇嘛，木里喇嘛是怎麼死的，可是他知道，在這樣的情形之下，貢加喇嘛是不會回答他任何問題的。

為了追憶木里喇嘛，金維雖然沒有誦經，他也低下頭默思了一會。

然後，他站了起來，緩緩走向木里喇嘛的經房。

木里喇嘛的遺體，一定還在他的經房內，這誦經的儀式可能會連續好幾天，然後，木里喇嘛的遺體才會被焚化，而鐵馬寺中，又會多了一座舍利塔，白色的，有著古怪的圓頂的塔，用來儲放木里喇嘛的舍利子。

金維那時走向經房的目的，倒不是為了想瞻仰一下木里喇嘛的遺體，而是他的心中充滿了疑問。

木里喇嘛何以會猝然死亡？是不是和自己帶來的那個怪人有關？如果是有關的話，那麼，這個怪人現在怎麼樣了？是不是木里喇嘛死了之後，就再也沒有人可以醫治他的病了呢？

在一片誦經聲中，金維緩緩向前走著，而在經過貢加喇嘛的身邊之際，他停了停。

金維之所以停了停，是想貢加喇嘛或者會有所表示，會阻止他進入經房，但是貢加喇嘛卻完全沒有這樣的表示，只是專心在誦經。

金維繼續向前走，經房的門虛掩著，金維推開門走了進去。

和所有喇嘛的經房一樣，房中的光線十分黑暗，大約黑暗的環境之中，特別可以體驗到生命的奧秘之故。木里喇嘛的經房所不同的是，除了藏香燃燒之際所發出的種種特殊的氣味之外，還有濃烈的藥味，那是各種各樣的藥混合起來的一種氣味。

金維進門之後，略停了片刻，他的眼睛比較可以適應黑暗之際，他看到了木里喇嘛。

木里喇嘛盤腿坐著，閉著眼，雙手放在膝上，看來和外面的那些喇嘛並沒有什麼不同，但是，他的生命已在他身體內消失了，或許他的生命已進入了另一個更高的境界，但他已經是一個死人，那是毫無疑問的事了。

木里喇嘛的身上披著一件紅、黃兩色的袈裟，那種袈裟，只有最高等級的喇嘛才有資格穿，而且只在最隆重的儀式中才穿，當金維看到木里喇嘛穿這種袈裟之際，他又不禁呆了一呆。

那是木里喇嘛死後，貢加喇嘛替他穿上去的嗎？看來不像，因為袈裟在木里喇嘛的身上一點沒有勉強的味道，那顯然是木里喇嘛自己穿上去的。

木里喇嘛為什麼要穿上只有在隆重儀式中才穿的袈裟呢？難道他自己預知自己的死亡？

金維一面想著，一面來到了他的身前，忍不住伸手在木里喇嘛的鼻端探了一探，木里喇嘛不但沒有了鼻息，連鼻尖也是冰涼的。

金維吸了一口氣，再向經房其餘的地方看去，經房的四壁和地上，全是各種各樣的經書和醫書，另外有許許多多或放在竹筒中，或放在木箱中，或放在錫罐、瓷罐中的種種藥材。

在一角，有一隻小炭藥爐，爐中還有著暗紅色快將燃盡的木炭，火爐旁，是一張小几，小几上有著藥罐和一隻瓷碗。

金維來到了几前，向那隻碗看了一眼，碗中還有一小碗熬好了的藥，金維並沒有特意去嗅那種藥，可是一股極其辛辣的氣味已經沖鼻而來。

然後，金維看到了那幾張羊皮，羊皮顯得很凌亂，那怪人卻不在羊皮上。

金維怔了一怔，那怪人不在，他到哪裡去了？

金維四面看看，這時候，他的眼睛已經完全可以適應經房中的黑暗了。

他可以看到經房中每一個角落的情形，可是，他看不到那怪人。

那怪人不見了。

這實在是出乎金維意料之極的事。木里喇嘛關起了經房的門，是為了替那怪人醫病，可是，現在木里喇嘛死了，那怪人卻不見了。

金維的心中極之疑惑，他提起了那兩塊羊皮來，羊皮上除了腥膻的味道之外，還有一股辛辣的味道，就是碗中那種藥液的味道。

那可能是木里喇嘛在餵那人吃藥時，那怪人掙扎反抗，濺灑了藥汁所造成的，那麼，會不會是那怪人的行動導致木里喇嘛死亡呢？

金維想到這裡，不禁打了一個冷戰。

金維知道自己不能再在經房中得到什麼了，他退出去，經過木里喇嘛身邊的時候，他向已死的木里喇嘛看了一眼，心中有一股說不出的歉疚之意。

他不知道木里喇嘛是為什麼而死的，但是木里喇嘛之死，必然和他帶來的那個怪人有關，那是毫無疑問的事情了，他在木里喇嘛的遺體前呆立了片刻。

經房內更黑了，而當他拉開門，來到外面時，天色也已經黑下來了。

大約有近百個喇嘛圍坐在經房之前，還在誦著經，十個小喇嘛在各個誦經的喇嘛之前，插上香，一眼看去，暮色濃黑，一點一點的香頭映著嚴肅的看不到任何表情變化的臉。

金維來到了貢加喇嘛的身邊，也盤腿坐了下來，想了想，壓低了聲音，問道：「木里喇嘛是怎麼死的？」

貢加喇嘛像是根本沒有聽到他的話一樣，自顧自低聲誦著經。

而就在金維以為他得不到回答之際，才聽得貢加喇嘛道：「死亡是最神秘的事，沒有人知道死亡是怎麼一回事，我也不知道。」

金維不禁苦笑了一下，他所需要的是切切實實的答案，而不是死亡哲學上的答案，可是貢加喇嘛的答案卻來得如此之玄。

金維等了片刻，又問道：「我帶來的那個人呢？」

貢加喇嘛搖著頭，道：「別再問他了，相信我，這個人比死亡更神秘。」

金維陡地呆了一呆，他不知道貢加喇嘛這樣說究竟是什麼意思，他接著又問了幾個問題，貢加喇嘛卻沒有再回答他。

金維的心中充滿了納罕，他站起來，看到一行穿著寬大白袍的智者緩緩走了過來。那幾個智者，在誦經的喇嘛後面停了下來，卻低下了頭，表示他們對離開人世的木里喇嘛的追悼。

金維苦笑了一下，他想到，在鐵馬寺中的智者或許可以回答一切問題，但是有一個問題，他們是一定沒有法子回答，那就是：什麼是死亡呢？

木里喇嘛的身體仍然好好地在經房中，可是他卻死了，他的身體少了什麼哩？什麼也沒有少，只是少了生命，但生命是多麼抽象，看不見，摸不到。說去就去，永遠追不回來。

金維看到尼達也在智者的行列之中，他慢慢地走了過去，來到了尼達的背後。

尼達轉過頭來，道：「木里喇嘛死了，那簡直是令人難以相信的事。」

金維對這一點也有同感，他只是苦笑著，沒說話。

尼達向木里喇嘛的經房指了一指，道：「你說的那個人，病好了沒有？」

金維又苦笑了一下，這一下，他的笑容更加苦澀道：「我不知道，他不在，不見了。」

尼達震動了一下，望著金維，金維也望著他。

在一剎那間，他們兩個人心中所想到的是同一個問題，但是他們想到的事，實在太可怕了，所以他們都沒有立即講出來。

為了怕他們的談話打擾了其他的人，所以他們都走了開去，走開了十幾步之後，尼達才開口問道：「那個人，照你說，他是一個很古怪的人，會不會是他害死了木里喇嘛？照你看——」

這正是剛才他們兩人同時想到的事，金維的聲音有點發啞，道：「我不知道，他不見了。如果——是他幹的，那一定得把他找來，他可能再害別的人。」

尼達向前去，天色已完全黑了下來，在黑暗中看來，一幢接著一幢的建築物更顯得幽邃而神秘，尼達搖了搖頭，道：「如果他躲起來了，根本沒有法子找到他。」

金維像是沒有聽到尼達的話，只是自言自語地道：「不過，他為什麼要害死木里喇嘛呢？我相信這七天來，木里喇嘛一定是在替他治病。」

尼達又搖頭，在他的心中，同樣沒有答案。

金維和尼達來到了他們的房間內，兩個人的心頭都很沉重，其實誰都不想說話，不過為了不想這種氣氛加重他們心頭的壓力，所以他們找著話來說，討論了好久尼達研究的課題傳心術，然後，尼達嘆了一聲，道：

「要是能找到那個人，對於我的研究，一定會有很大的突破。」

接著，又靜了下來，在幾乎完全的寂靜中，他們都聽到有輕微的腳步聲傳來，在他們的房門前停止，過了片刻，尼達說道：「請進來。」

隨著尼達的話，門緩緩地推了開來，本來幾乎靜止的燭火閃動了一下，他們都看到進來的是貢加喇嘛。貢加喇嘛進來之後，反手關上了門。

臉色很沉重，來到尼達和金維的身前坐了下來。

貢加喇嘛的神情看來很疲乏，好像很不想說話，但是他這時候來到，當然不是想來和尼達和金維靜坐，所以兩人等著，等他開口。

過了一會，貢加喇嘛才道：「今天，太陽西斜，已經快碰到山頂的時候——」

貢加喇嘛一開始說話，金維就全神貫注地聽著，他知道貢加喇嘛所說的，一定和木里喇嘛的死亡有關，也和那個怪人有關。

尤其是貢加喇嘛一開始就說出時間，太陽碰到山頂，那是黃昏的開始，而木里喇嘛的喪鐘，正是黃昏時分響起來的。

貢加喇嘛繼續道：「兩個小喇嘛過來對我說，他們聽到在木里喇嘛的經房中，有一種奇怪的聲音傳了出來，由於經房鎖著，而且木里喇嘛吩咐過，任何人都不能進去，所以他們不敢擅入，只是在經房外問了幾聲，得不到回答，而那種怪聲，則越來越甚，所以他們才來請我作主。」

金維趁貢加喇嘛頓了一頓之際，問道：「怪聲？是一種什麼樣的聲音？」

貢加喇嘛伸手在臉上重重撫了一下，道：「那兩個小喇嘛說不上那是什麼聲音，自然是因為他們從來也未曾聽到過那種聲音的緣故。事實上，我聽到了那種怪聲音，我也從來沒有聽過那種聲音——」

金維道：「至少，它像是什麼聲音？」

貢加喇嘛道：「像是母牛在生育小牛時所發出的那種哞叫聲，不過高昂和急促得多。」

金維的身子震動了一下，剎那之間，他感到一股寒意，他是記得那種聲音的。那種聲音，貢加喇嘛可說是形容得十分貼切，的確是犛牛在生育小牛時的那種哞叫聲，痛苦而惶惑，完全無依無靠的一種呼喚，金維記得很清楚，那種聲音，就是孤峰上那個和大鷹為伴的人所發出的聲音，那是他「說話」的聲音。

金維震動了一下，沒有說什麼。

貢加喇嘛繼續道：「我是在接了小喇嘛的報告之後，來木里喇嘛的經房之外聽到這種聲音的，那種聲音不斷自經房中傳出來，奇怪的是，這種聲音好像是由兩個人發出來的，那是木里喇嘛在模仿那種古怪的聲音，我想，木里喇嘛既然能發出這種聲音，他當然不會有什麼事，但是由於他關閉經房已經有七天之久，我總是有點不放心，所以我就敲打著經房的門——那是小喇嘛所不敢做的事。」

貢加喇嘛講到這裡，又停了下來，而且，現出了極難過的神色來。

這時候，貢加喇嘛並沒有開口，但是在一旁的尼達卻明顯地已「感到」他說了些什麼，所以他道：「貢加喇嘛，你不必難過，我相信整件事故中，你並沒有做錯了任何事。」

貢加喇嘛吶吶地道：「我不敢說我沒有做錯事，我敲了經房的門，我是準備隔著門問一問木里喇嘛，是不是有什麼不尋常的事發生了，普通的喇嘛不敢在這樣的情形之下敲經房的門，如果他聽到了敲門聲，一定可以知道，是地位和他相等的喇嘛在門外，他一定會回答的，可是，在我敲了門之後，經房中的聲音突然靜了下來，正當我不知發生了什麼事之際，我聽到了木里喇嘛的一下高叫聲，那是一種在極意外的情形之下才會發出來的叫聲，我立時用力拍著門，再大力撞著門，將門拉了開來。」

貢加喇嘛的呼吸急促了起來，這種緊張的情形，是不應該出現在一個有修養的喇嘛身上的，由此可知，貢加喇嘛拉開了經房門之後，一定看到了極可怕的事。

而就在貢加喇嘛喘著氣，暫停敘述之際，擅長傳心術的尼達教授又吶吶地道：

「鎮定一點，不論事情多麼可怕，都過去了。」

貢加喇嘛苦笑了一下，道：「門才拉開，由於經房中相當黑，簡直什麼也看不到，但是極短的時間，我就可以看到經房中的情形了，首先，我看到木里喇嘛披著紅黃相間，只有隆重儀式中才使用的袈裟——」

金維也進過經房，看過木里喇嘛的遺體，他也看到木里喇嘛是披著那種袈裟的，而且斷定木里喇嘛是生前就披上了那種袈裟的。如今貢加喇嘛的話，證明他的推斷不錯，可是貢加喇嘛接下來說的，和他看到的不同，貢加喇嘛略停了一停，又道：

「他站著，他的臉上現出一股極古怪的神情來——」

金維忙道：「站著？當我看到他的時候，他是趺坐著的。」

貢加喇嘛道：「是的，他後來坐了下來，在我進去之後不久、他看了我一眼，神情仍然是那麼古怪，而且，泛著一種難以解釋的笑容，那種笑容，好像表示他和我之間忽然有了很大的距離，他是高高在上，得到了一切的主宰，而我則是正在追求他所得到的東西，但是絕無希望得到的可憐蟲。」

貢加喇嘛又苦笑了一下，才又道：

「接著，他就趺坐下來，一手放在膝上，一手放在胸前，除了食指之外，其餘的手指都微微彎曲著，掌緣向外，直伸的食指，指著上面。」

金維和尼達都知道貢加喇嘛這樣詳細敘述木里喇嘛坐下來後手的姿勢的原因，是十分重要的一點，因為那種手勢，正是喇嘛教黃教的始祖宗喀巴坐化時的手勢，根據宗喀巴的大弟子解釋，宗喀巴的這種手勢，是表示他在臨坐化之前，已參透了天地間的造化和秘奧，明白了亙古以來至高無上的道理。

無盡的守候

木里喇嘛的地位自然十分崇高，他的全銜，應該是「扎薩大喇嘛」，但不論他的地位多麼尊貴，臨死之前，用了和宗喀巴同一手勢，那是一種悟越，是自擬和宗喀巴有了同樣的地位。

貢加喇嘛停了片刻，向著金維，又道：「在你看到他遺體的時候，他雙手都放在膝上，是不？」

金維點頭道：「是的，是你——」

貢加喇嘛道：「是我將他的手放下來的，不過，那是我看到了那個人，和那個人走了之後的事，因為我不知道何以木里喇嘛要這樣做，也不想有人看到他那樣子。」

金維道：「那人，你那時還見到那人？」

貢加喇嘛的面肉扭動了幾下，道：

「是的，我見到了那人，那人就站在我的面前，站著，身上披著一張羊皮，他站立著，我才發現他的形狀是這樣古怪，當他躺著的時候，他的頭很大，但並不特出，他站著，就叫人不相信那麼小的身體，可以支持那樣大的頭，他的雙眼中，發出一種奇異的光芒，望定了我，我的心立時急速地跳起來——」

金維失聲叫了起來，道：「催眠術。」

貢加喇嘛忙道：「不過，我的神智極度清醒，不但清醒，而且空靈，我感到我的智慧在剎那之間變得可以容納更多的東西，比以前，比我的過去的一生之中，多得多，多很多。」

尼達站了起來，不知道是由於驚駭還是激動興奮，他的聲音發著顫，說道：「這是最奇妙的傳心術，將自己的思想傳給對方。」

金維和貢加喇嘛都用疑惑的眼光望著尼達，尼達教授可能是由於太激動了，以致他的雙眼之中發射著一種奇妙的光采，而且不斷地揮著手，他又道：

「那正是我畢生在研究的課題，原來那真的是存在的，那人會這種高深的傳心術。」

尼達甚至在不由自主地喘著氣，又道：「貢加喇嘛，求求你，請將當時的情形詳細講給我聽。」

貢加喇嘛作了一個手勢，像是叫尼達鎮定下來，然後他才道：「我本來就準備將一切的經過詳詳細細講給你們聽的。」

極度興奮狀態下的尼達，看來還不願意坐下來，金維在一旁拉了拉他的衣服，他才坐了下來。

貢加喇嘛停了片刻，才道：「那時候，我的思想十分奇怪，想到了很多我以前絕未想到，而且根本不應該去想的事，我像是在我原來的記憶之外有了新的記憶，我想到我自己根本沒有去過的一個地方——這實在是很奇妙的，我根本沒有去過的地方，卻在我的『記憶』之中出現，這真是極奇妙的事——」

尼達喃喃地道：「那不是你的回憶，貢加喇嘛，那是他的記憶，他將他的記憶給了你。天，他是用什麼方法做到這一點的呢？」

貢加喇嘛苦笑了一下，道：「我倒不關心這一點，使我不解的是，他為什麼要將他的記憶給我？」

金維吸了一口氣，道：「當然，那是他要通過你來講給其他的人聽。因為我們不懂他所發出的聲音的意義，是以他才必須這樣做。」

尼達又道：「快說，快說，那些不屬於你的經歷的回憶，究竟是什麼？」

貢加喇嘛皺了皺眉，說道：「很難說，當他在望著我的時候，他的雙眼之中，射出一種奇異的光采，而在那時候，我也完全不想動，接著，我忽然感到，我曾經到過一個陌生的地方——」

尼達有點迫不及待地插口道：「那是什麼地方？」

貢加喇嘛道：「我實在說不上來，那是一個陌生的地方，對我來說，是完全陌生的，陌生得我絕無法想像，也沒有在任何的經典書籍上看到過，那地方的太陽，又大，又有稜角，發出高度的熱，當我才想到這一點的時候，我以為我自己一定要熱死了，我全身都在冒汗，那地方真怪，我除了感受到強烈的太陽光之外，簡直什麼也看不到，光芒和熱力佔據了一切——」

尼達和金維兩人互望了一眼，貢加喇嘛說得很詳細，但是卻十分抽象，無法在他的敘述之中去猜度那究竟是什麼地方。

接著，貢加喇嘛又道：「正當我無法忍受那種過量的光和熱之際，忽然情形又變了，變得一片無邊無際的黑暗，無盡頭的黑暗，可是，那又不是絕對的黑暗，在黑暗之中，我還可以看到一點很遙遠的東西。」

金維道：「那些遙遠的東西是什麼？」

貢加喇嘛的眉心打著結，道：「不知道，我真的不知道那是什麼，是一種奇形怪狀的東西，有的很近，有的很遠，好像在移動，又好似是靜止的，總之，我是感到它們的存在的，可是不知道是什麼。」

金維和尼達兩人都不出聲，貢加喇嘛有點抱歉地笑著道：「真對不起，我不能使你們確切地明白我究竟感到了什麼。」

尼達道：「已經很好了，接著呢？」

貢加喇嘛道：「接著，更奇怪了，是一下極其激烈的震動和撞擊，我的感覺像是從極高的經壇上忽然倒栽了下來一樣，當時，我真正感覺到了震動，我甚至要一連後退好幾步，扶住了牆，才能站定我的身子，我以為那是對方在施展什麼法術在害我，當我退到牆邊時，我順手抓起一隻銅香爐，就向那人拋了過去——」

貢加喇嘛說到這裡，尼達陡地站了起來，他的臉色極其灰白，看他的神態，好像是什麼巨大的災禍已經來臨了一樣。

金維也吃了一驚，因為根據貢加喇嘛的敘述，那人好像正在使貢加喇嘛明白他的一切，但是貢加喇嘛卻向他拋出了一隻銅香爐。

貢加喇嘛自己在喘著氣，他喃喃地道：

「我自己知道我做錯了，可是在當時的情形下，我實在沒有選擇，木里喇嘛死了，而我又受到了這種巨大的震盪，我——實在沒有時間去想一想。」

貢加喇嘛在那樣說的時候，臉上現出了十分難過的神色來，在剎那之間，他的臉上像是充滿了皺紋，他又用自己的手，在臉上重重地撫過。

尼達忙道：「你沒有做錯什麼，在那情形之下，你必須保護自己，那人絕沒有害人的意思。」

金維不同意，道：「木里喇嘛死了，而貢加喇嘛又忽然遭到了極度猛烈的震盪。」

尼達道：「木里喇嘛為什麼會死我不知道，可是貢加喇嘛受到的震盪，實際上是那人在告訴貢加喇嘛，說他的生命之中，有過一次這樣的震盪，那次大震盪，在那人的心目中，一定是一件極其悲痛，難以忘記的可怕經歷，所以，他在使用傳心術告訴對方之際，對方會感受到那種震盪，事實上，貢加喇嘛感到的震盪，一定不及那人當時身受的萬分之一。」

貢加喇嘛苦笑著，道：「我沒有想到這一點，完全沒想到這一點。」

金維道：「那依然不是你的錯。」

尼達解釋道：「我並不是在責怪什麼人有了錯誤，我只是可惜，在貢加喇嘛拋出了那隻銅香爐之後，世界上最精彩的傳心術一定中止了。」

貢加喇嘛咽下了一口口水，道：

「是的，我用力拋出了那隻銅香爐，那人發出了一下極其難聽的吼叫聲，他似乎並沒有保護他自己的力量，他甚至未曾閃避，那銅香爐撞在他的身上，他又發出了一下吼叫聲，轉身，就向窗口撲了過去，他的四肢雖然短小，但是行動卻十分快，等我定過神來時，他已經翻過窗子，離開了經房，而我來到窗口時，他已經不見了。」

尼達輕輕嘆了一聲，說道：「他到哪裡去了呢？」

貢加喇嘛搖了搖頭，道：「我想，沒有人可以回答這個問題了。」

他講完這句話，站了起來，向金維及尼達兩人望了一眼，又道：「我希望兩位別將我講的話轉述出去，我也不會再對人講，在鐵馬寺中，這究竟是一件不尋常的事，而我也不想有人像木里喇嘛那樣莫名其妙地死去，希望你們明白。」

金維和尼達兩人點著頭，貢加喇嘛走了出去，在他的腳步聲漸漸遠去之後，房中很靜，只有快燃完了的蠟燭，燭蕊發出輕微的「啪啪」聲來。

過了很久，尼達才喃喃地道：「他究竟到哪裡去了呢？金維，你可有什麼意見？」

金維攤了攤手，道：「如果他還能見到那頭大鷹，大鷹會將他帶回那座孤峰去。不過，就算你能再見到他，又有什麼用處？」

尼達提高了聲音，道：「太有用了，我相信，貢加喇嘛所『感』到的，是那個奇異的人的自述。」

金維呆了一呆，道：「自述？我不覺得那是什麼自述，貢加喇嘛所講的，奇怪得無法將之串連起來。」

尼達來回踱了幾步，道：「我可以將之串連起來。」

金維用一種不相信的神色望了望尼達，然後搖了搖頭，道：

「除非加進你自己的想像，不然是無法連結起來的，我和你一樣，我們一起聽到了貢加喇嘛的敘述，他所講的，根本只是一些零星的感覺。」

尼達教授的態度很固執，道：「我可以將之連結起來，你別打斷我的話。」

他一面說，一面揮著手來加強他說話的語氣，金維攤了攤手，並沒有說什麼。

尼達道：「首先，我們要明白，貢加喇嘛說他感到的那些『感覺』，事實上，是那個人通過一種奇妙的傳心術，在向貢加喇嘛述及他自己的一切。」

金維點著頭，低聲說道：「這一點，我同意。」

尼達道：「那就行了，首先，貢加喇嘛感到的是個極其陌生的地方，那地方，貢加喇嘛是感到真正的陌生，並不單只是他沒有到過，而且那是他所說範圍以外的地方。你明白了麼？」

金維皺著眉，尼達忙又道：「譬如說，他沒有到過沙漠，可是你可以從書本、圖片上知道沙漠是怎麼一回事，那麼，沙漠對你來說，就不是真正陌生的地方了。」

金維揚了揚手，表示他有話非說不可，尼達的神情，就像是一個權威的教授，面對著一個學生一樣，點了點頭。

金維道：「那樣，好像不怎麼可能吧？貢加喇嘛的學識，你我都是知道的，他可以說是博覽群書，他的一生都是以書為伴的。」

尼達道：「所以我說，那是一個真正陌生的地方，也就是那人所來的地方。」

金維沒有再說什麼，只是感到了極度的神秘，那種神秘，甚至使他感到一股寒意。

尼達望著金維，金維皺著眉頭，尼達嘆息了一聲，又重複著說道：「那是一個真正陌生的地方。」

金維想了片刻，道：「好，就算真有那麼一個地方，是那個人的故鄉，那又怎麼樣？」

尼達道：「那麼，接下來貢加喇嘛的感覺，就是那人到達那座孤峰的過程，那一定是一個極其漫長的旅程，而且全在黑暗之中進行，我無法想像那是一個什麼樣的旅程，貢加喇嘛也不能。因為這種旅程，對我們來說也是極其陌生的。」

金維的聲音很低，像是在喃喃自語，道：「貢加喇嘛提到，有很多奇形怪狀的閃光體，你以為那是——」

尼達苦笑了一下，道：「如果我說，那是天空中無數的星星，你一定會反對，是不是？」

金維立時苦笑了一下，不住伸手在面前拂著，像是想拂開一個根本不存在的噩夢一樣。

尼達接著道：「再接下來的，便是那一下震盪了，那一下震盪是如此之強烈，在那人的生命之中，一定佔據了極其重要的部分，不然，貢加喇嘛也不會有那麼強烈的反應了，只可惜貢加喇嘛向那人拋出了銅香爐，那人受到了襲擊，逃走了。」

金維吞了一口口水，道：「你的意思是，如果貢加喇嘛沉得住氣，那麼，那個人會繼續將他自己的一切講給貢加喇嘛聽？」

尼達大聲道：「當然是——」

他頓了一頓，又道：「現在我要繼續去找那個人，和他互相以傳心術通話。」

金維道：「你——知道他在哪裡？」

尼達用手直指著金維，道：「是你說的，他一定會回到那座孤峰上去。」

金維苦笑著，道：「那座孤峰是無法攀登的，我試過，絕對沒有可能。」

尼達斜睨著金維，道：「可是你上去過，是不是？」

金維笑笑道：「我能夠上去，是因為那頭大鷹——」

尼達立時打斷了金維的話，道：「你能遇到那頭大鷹，我也能遇到，我明天一早就動身，我並不要求你和我一起去。」

金維苦笑了一下，道：「反正我要回葉格狼湖畔的家鄉去，我們可以一起走。」

尼達伸手在金維的肩上拍了拍，兩人一起躺了下來，雖然他們都閉上了眼，不再說話，但是兩人其實誰也沒有睡著，鐵馬寺為了木里喇嘛的死，低沉的誦經聲，終夜地唱個不停。

第二天一早，尼達和金維裝束停當，就離開了鐵馬寺。

鐵馬寺像是一個包容萬物的所在，任何人來了，它都歡迎，任何人走了，也不必經過任何的道別儀式。尼達和金維兩人離開了鐵馬寺之後，開始向北走，這一條路，金維是走過很多次的，十分熟悉。

一路上，他們不斷地抬頭望向天空，在藍得近乎透明的天空上，不斷可以看到盤旋翱翔的羊鷹。

雖然說，每一頭羊鷹事實上全是一樣的，但是金維的心中有一種強烈的感覺，他可以知道，那些羊鷹都不是曾經帶他上高峰的那一隻。

大雪之後，在高山中走路，並不是件很愉快的事，每踏出一步都必須極度地小心，幾天之後，他們才到達了金維第一次遇到那羊鷹襲擊的那個山頭。

那時候，夕陽已經被山巒遮蓋了，滿天紅霞，映著一望無際的積雪，使得皚皚的積雪，都變成了一種奇異的紅黃色。

金維向尼達作了一個手勢，表示應該在這個山頭上過夜，尼達解下了背囊，也不去生火，只是坐在背囊上，有點發怔地望著遠處的那座孤峰。

金維生著了火，弄熱了食物，尼達教授仍然注視著那座孤峰，那時，天色早已黑下來，在微弱的星光下看來，高聳的孤峰，不過是一個晃晃綽綽，看來完全不可捉摸的影子而已。

看著尼達教授這種失魂落魄的情形，金維除了搖頭之外，沒有別的法子，到金維疲倦得不能不鑽進睡囊之際，尼達還在等著。

金維知道尼達在等什麼，尼達一定是在等待那頭羊鷹的出現，但是一般的羊鷹是不會在晚上出現的，天上除了星星之外，什麼也沒有。

接下來的幾天之中，他們一直向前走著，尼達的神情越來越焦切，他幾乎徹夜不眠，等待那頭羊鷹的出現，但是一直沒有結果。

金維有點不忍心離開尼達，他一直陪著尼達，來到人可能走到的離那座孤峰最近的地方，到人無法再前進了，才停了下來。

尼達教授的雙眼深陷了下去，可是他的精神卻處於一種極度的亢奮狀態之中，要不是金維作了種種解釋和試驗，證明絕對不能度過那道大冰川的話，尼達真要不顧一切地跨過去了。

在大冰川旁等了四五天，金維用盡了一切方法，都無法勸尼達打消再等下去的念頭。

尼達教授的脾氣越來越暴躁，已經暴躁得不近人情了，金維沒有別的辦法可想，他盡自己所能，打了好幾隻黃牛留下來給尼達，又將一切尼達用得到的東西盡量留下來，然後道：「尼達，你必須在食物用盡之前離開，你並不是一個好的獵人，你不能永遠在這裡等下去，那會送命的。」

尼達的反應。只是不耐煩地揮著手，示意金維快點離開，而當他那樣做的時候，他還是抬頭向天上望著，雖然澄藍的天空上有幾頭羊鷹在盤旋，但是看牠們的情形，絕沒有下降的意思。

金維嘆了一口氣，離開了尼達教授。

與羊鷹溝通

「非人協會」總部的大堂之中很靜，靜得出奇。

金維一直在敘述著他的故事，在他的敘述之中，沒有人打斷他的話頭，當他突然停下來之後，也沒有人願意開口。

那是因為，事實上，人人都知道以後事情發展的一部分結果了。

過了好一會兒，范先生才道：「尼達教授死了，他的屍體在大冰川附近，被一隊西藏的僧侶經過發現，將他的遺體帶到尼泊爾，他的死訊，就是經由加德滿都傳出來的，全世界都知道了。」

金維沒有說什麼，只是現出了一種極其哀切的神情來。

卓力克先生盡量將聲音壓低，像是為了避免傷害金維的感情，他道：「金維，你不應該離開尼達的。」

金維的口唇掀動了幾下，看他的神情，像是想為自己辯護，但是他並沒有說任何的話。

范先生搖著頭，道：「別責備金維，金維一定已盡了最大的努力，尼達是他的好朋友，他不會讓他去，那全是尼達的決定。」

金維長長吁了一口氣，像是因為終於有一個人瞭解他處境之難，而感到欣慰，他道：「請相信我，我在得到了尼達死訊之際，比任何人都難過。事實上，我是最早知道他死亡的人，比那群西藏僧侶更早。」

各人互望了一眼，都現出十分奇怪的神情來。

金維道：「在我離開尼達之後，我回到了家鄉，大約是在我到達之後第三天，那天晚上，我聽到一陣喧鬧聲，在我們的家鄉一向是很平靜的。」

「我感到十分不尋常，立時走出了屋子，在我走出屋子之後，我看到了不可思議的一幕。」

金維的動作十分快，和許多獵人一起自屋子中衝出來，他們聚居的村落的空地中，喧鬧聲就從那裡傳來，他們看到了從來也未曾看到的事情。

一頭巨大的羊鷹，一隻爪上已被粗大的牛筋繩套著，大約有五六個獵人，正用力拉住了繩子，看樣子，是他們用套索，套住了那頭大鷹的一隻爪的，他們正企圖將那頭大鷹拉下來。

而那頭大鷹則在撲騰著，待向上飛起來，將抓住繩索的五六個獵人拖得在地上亂滾，那五六個獵人叫嚷著，有更多的獵人一起撲過去抓住繩索。

大鷹正在掙扎著，至少已經有十幾個人抓住了繩索。可是那十幾個人全被掙扎的大鷹拖得在地上打滾，更多的人拿著尖矛衝了過來，可是大鷹的巨翅撲騰著，捲起一陣陣的旋風，持著武器的人根本無法接近到大鷹。

有的人將矛拋了過去，矛落在大鷹的身上，也絲毫不能損傷大鷹，人和大鷹爭持、驚心動魄。

金維衝了出來之後，一看到這情形，先是呆了一呆。接著，他陡地叫了起來，他發出呼叫聲，和其他一樣在呼叫的人不同，他立即認出了，那頭大鷹，就是曾經帶著他上孤峰的那一頭。

說起來好像不可能，因為所有的羊鷹，在外表上來說都是完全一樣的，但是金維卻可以肯定，這頭和獵人爭鬥著的羊鷹就是那一頭。

他又大叫了起來，可是他的叫聲淹沒在其他所有人的呼叫聲中，並沒有人特別注意他。

而事情的變化十分快。轉眼之間，大鷹向前奔著，雙翅展開，雖然牠的一隻腳上套著繩索，而且繩索上還拉著十來個人，可是牠還是離地向上飛了起來。

金維一面叫，一面飛奔向前，當他趕到大鷹面前之際，大鷹離地已經有七八尺了。拉住繩索的人，有幾個已經吊在半空之中，可是他們還不放手，看他們的樣子，像是下定了決心，要將那頭大鷹生擒活捉。

金維趕到近前，陡地跳了起來，大喝著，抽出了獵刀，一下子砍了過去，將繩索齊著大鷹的爪砍斷，繩子一斷，六七個人一起跌了下來，壓成了團，那頭大鷹也陡地騰空而起，雙翼捲起的巨風令人眼也睜不開來，轉眼之間已到了上空。

更多的人奔了過來，壓成了團的獵人紛紛起身，各人都用責備的眼光望著金維，要不是金維在族中有極高的地位，他們可能要有所行動了。

金維不由自主地喘著氣，高舉起雙手來，道：「大夥聽我說，這頭大鷹不是普通的大鷹——」

他講了這一句，就陡地停了下來。一來是由於要向族人解釋那頭大鷹不是一頭普通的大鷹，決不是三言兩語可解決的事。二來，就在這時，聚集在高地上所有的人，陡地又發出了驚呼聲。

金維忙抬頭看去，只見那頭大鷹束著雙翅，自半空之中直撲了下來，來勢快得就像是流星劃空而過一樣，在所有人發出驚呼聲，叫聲還未曾到尾音之際，大鷹已經撲了下來，直撲向金維。

在牠離地約有十來尺之際，雙翼陡地打橫伸出，將在金維身邊的十幾個人，一起掃得在地上打滾，然後，雙爪一伸，就已經抓住了金維的雙肩。

而在牠一把抓住了金維的雙肩之後，立時再度騰空而起。

牠的動作是如此之快，金維覺得肩頭上一緊，想告訴他的族人，叫他們不必擔心，大鷹不會害他。

可是當他緩過一口氣來，向下看去時，空地上，他的族人看來已只有幾寸長短，他已經到了高空之中，勁風撲面，不論他怎麼叫，地上的人，是已經無法聽到他的聲音的了。

金維苦笑了一下，好在他並不是第一次被那頭大鷹抓起來飛行，所以並不慌張，他先伸手抓住了還套在大鷹爪上的那股繩子，將繩子在手背上纏了一纏，然後輕輕掙了一下，大鷹鬆開了雙爪，金維的身子在半空中懸了片刻，才抓住了大鷹的腿。

這一次，由於他和大鷹之間有了繩索的聯繫，所以輕鬆得多，他向下看去，大鷹是在向西南飛，飛得很高。

自上面看下去，葉格狼湖就像是崇山峻嶺之中的一塊碧玉一般，在陽光之中閃閃發著光，湖畔的人已經完全看不見了。

金維看明了大鷹飛出的方向，他可以毫無疑問的斷定，大鷹又要將他帶回那座孤峰去，而帶回孤峰去，自然又可以見到那個人，所以金維的心中一點也不慌張。

金維並沒有料錯，幾小時之後，孤峰已經漸漸接近了，可是大鷹卻並不是飛向峰上，而是低飛著，繞著峰腳，在環繞孤峰的大冰川上飛著。

大鷹飛得如此之低，金維甚至可以感覺到大冰川的移動，就在那樣的情形之下，他看到了尼達教授。

尼達教授在一塊岩石旁，那塊岩石緊靠著大冰川，尼達一動也不動，身子縮成一團，金維大聲叫了起來，不過隨他怎麼叫，尼達總是一動也不動。

金維只覺得心頭一陣發涼，尼達死了。

金維用力拉著繩索，想示意大鷹飛到尼達的身邊去。

開始的時候，大鷹只在大冰川上空盤旋，似乎不願意飛近尼達，可是金維不斷地拉著繩子，大鷹終於身子斜了一斜，越過了大冰川，那時離地並不是太高，金維連忙雙手一鬆，人向下直落了下去，落在厚厚的積雪之上。

他連忙掙扎著爬了起來，向尼達衝了過去。

當他奔到了離尼達還有十來步之際，他陡地停了下來，神情充滿了疑惑，望著雪地。

金維是一個出色的獵人。凡是出色的獵人，都善於辨認雪地上留下的一切足跡，金維陡地停了下來，就是因為他看到，在尼達的身邊，雪地上，有著許多很小，但是腳印和腳印之間，距離卻又相當遠的小腳印。

那種腳印是如此之小，絕不可能是成年人留下，而事實上，金維一看到了那種腳印，他立即想到，這是那怪人留下來的，那怪人到過這裡，如果怪人來的時候，尼達還沒有死的話，那麼，尼達一定曾和那怪人見過面。

金維只停了極短的時間，立時向前，奔了過去，一直來到了尼達的身前。

毫無疑問，尼達死了。

他的眉上，額上和人中已全是冰花，在雪地上，很難斷定一個人是什麼時候死的，因為寒冷和稀薄潔淨的空氣，會將一個人的屍體，長期保持著新鮮的狀態。

尼達的身子縮成一團，金維要看清他的臉面，必須蹲下身子來，當金維凹下身來，看清了他的臉面之後，金維又不禁怔了一怔。

尼達的臉上，充滿了一種難以形容的喜悅。

不錯，他的肌肉早已僵硬了，而且，整個臉上還覆上了一層薄薄的冰花，可是那層冰花，絕掩不住他臉上那種喜悅和滿足的神情，雖說只是一層薄薄的冰花，就算他的臉上有幾尺厚的堅冰，他那種喜悅還是可以直透出來，使人強烈地感覺得到。

金維不禁呆了一呆。

他當然知道，凍死的人臉上的肌肉變形，看起來的確像是笑著死去，但是那種「笑容」，卻有著一種說不出來的可怖和詭異的味道，和尼達那種明顯地充滿了強烈的喜悅，感到萬事俱足，絕無遺憾的神情，是完全不同的。

尼達是在極度歡欣的情形下死去的，他對死亡，非但不感到任何痛苦，而且還感到無比的滿足，這一點，毫無疑問的了。

金維立時又想起了木里喇嘛來。在陰暗的經房之中，金維曾經看到過木里喇嘛的遺體，木里喇嘛究竟是高憎，他遺體上，並沒有流露出那種極度的喜悅。

但是卻一樣的寧恬，安謐，完全是死而無憾的神情。而且，貢回喇嘛還說過，木里喇嘛在臨死之際，作了黃教始祖宗喀巴死前那個表示他已經參透了天地造化奧秘的手勢。

那是不是表示他「朝聞道，夕死可矣」的心情呢？

作為一個高憎來說，如果真是明白了天地間的一切奧秘，那麼，他生命的任務，也就完全了，那是一種結束生命最理想的方法，正是無數高僧追求的一種生命的結束法。

尼達的神情也如此喜悅。那麼，是不是表示他在臨死之前，他弄懂了什麼？是不是他所弄懂的事，也是和生命的秘奧有關，使他不再感到生命有什麼神秘，或是使他知道，人的生命，在脫離了肉體之後，會有更高的境界，所以他才懷著如此強烈的喜悅而死？

金維無法解答這些疑問，但是有一點卻是他可以肯定的，那就是木里喇嘛和尼達死亡之際，那個怪人都和他們在一起。

不論他們是在一種什麼形式下死亡的，他們的死亡，一定和那怪人有關。

金維想到了這裡，抬起頭來，向那座孤峰望去。

他自己也未曾料到，原來在尼達的屍體之旁站了那麼久，天色已完全黑下來了，那座高聳孤峰，在月色之下看來莊嚴而神奇。

金維吸了一口氣，順手抓起一把雪來，在臉上擦著，他想要找一些石塊，將尼達教授的屍體掩遮起來，但是他還未曾搬動一塊石塊，那頭大鷹又已將他抓了起來，直向孤峰上飛去。

在大鷹飛向山峰的那一段時間中，金維的思緒亂到了極點。

他在想，到了峰上，一定可以見到那個怪人，那麼，他是不是也和木里喇嘛和尼達一樣，會因此而死呢？看他們兩人的情形，完全是死無遺憾，那究竟是什麼樣的一種心情呢？自己是否也會在這樣的心情下死去呢？

死亡對人來說，無論如何是可怕的，金維也無法想得出，何以曾有人在死亡之前感到喜悅，他很想親身體驗一下。

但是這種體驗須要用死亡來做代價，是不是代價太大了一點？但如果死亡真是如此值得欣喜，那麼，似乎死亡也就不算是什麼高代價了。

金維的心中很亂，大鷹越飛越高，終於，金維又可以看到孤峰上的那個石坪，那間用圓木搭成的屋子，而大鷹也降落了下來。

金維雙腳踏到了石坪上，大鷹才鬆開了鷹爪，滑出幾十尺停了下來，大鷹停下來之後，斜著頭。

牠的眼睛在黑暗中閃著異樣的光采，牠側著頭，望了望那間屋子，金維四面看了一下，高峰之上靜得出奇，並看不到有什麼人，那個怪人必然是在屋中。

金維吸了一口氣，他的心中，實在很難決斷，向前走到那屋子中去，有可能揭穿一個他的能力絕對無法解決的疑問。

但是，也有可能死在山峰上，要是不向前去呢？

大鷹既然又將他帶了出來，目的自然是要他和那位怪人見面，說不定就是那怪人授意牠那麼做的，那麼，大鷹就不會帶他離去。

金維苦笑了一下，心中有「伸頭也是一刀，縮頭也是一刀」的味道，他慢慢地向屋子走去，來到了屋前，推開了虛掩著的門。

屋中的氣味仍然很難聞，在門推開了之後，月光斜映進來，金維一眼就看到了那怪人。

那人靠著一邊的牆坐著，他巨大的禿頭略向旁側，靠在牆上，雙眼睜得很大，可是眼中卻並沒有什麼神采，看來完全不像是一個有生命的人。

金維陡地向前走出去，一直來到那人的身前，俯身下來，將手按向那人的額角，像他第一次到這間屋子中，發現那怪人的時候一樣。

那一次，他伸手去按那怪人的額，那怪人的額頭燙得簡直如同沸水一樣。

可是這一次，當他的手碰到那怪人的額頭之際，他也是陡地一震，觸手冰冷，就像是這山頭上，到處可以見得到不知已有多少年的玄冰一樣。

金維咽下了一口口水，又再次伸手按了按那人的鼻息，鼻息已經沒有了，那人的雙眼仍然睜著，這人已經死了。

那是完全出乎金維的意料之外的，他一時之間不知如何才好，過了好一會，他所能做的，就是慢慢地將那人的眼瞼按了下來。

當他按下那人的眼瞼之際，他看到那人的雙手，左手攤開著，但是右手卻緊緊地握著拳，而且，在拳中好像還捏著一樣什麼東西。

金維用力去扳開那人的手，他要花很大的氣力，才能將那人的手指逐隻扳了開來，然後，那人手中的東西，落到了羊皮之上。

「非人協會」的大堂中，金維站著，伸著手，向著其他五個會員。在他手的掌中，握著的是一件奇形怪狀的東西，看來像一個金屬製品。形狀奇特得難以形容，有很多角，看來毫無規則。

史保先生問道：「這是什麼？」

金維道：「我不知道，這就是那人死後，握在手中的東西。」

各會員輪流傳觀著那東西，可是沒有人說出那是什麼來，一向不說話的阿尼密先生，忽然問了一句，道：「那怪人的遺體呢？」

金維道：「在我退出了那屋子之後，大鷹就用雙翼掃倒了屋子，抓住那怪人的遺體，將之拋進了大冰川之中，而當牠又帶我下山之際，尼達的遺體也不見了，雪地上有很多足跡，我知道一定是有人經過，將尼達的屍體帶走了，我一直無法明白，那怪人是怎麼死的。」

范先生道：「可能他一直在生病，木里喇嘛並未能將他治好。」

對於范先生的意見，各人並沒什麼。

因為那根本是件無法猜測的事。靜了片刻，卓力克才道：「我不明白的是：你究竟要推薦什麼人入會？尼達已經死了，那怪人也已死了。」

金維道：「是的，我要推薦的，是那頭大鷹。」

各人都欠了欠身子。

金維道：「記得我曾問過鐵馬寺中的一位智者，問他是不是有可能和羊鷹通話，他已有了答案，是可以的，不過要經過長時間的學習，我已決定長時間和那頭羊鷹在一起，因為只有牠曾長期和那怪人生活在一起，而必然知道那怪人的一切，我相信到了我能和羊鷹通話之際，就可以明白一切玄妙的奧秘了。」

各會員互望著，終於，一起點著頭，然後，沒有人說話。

顯然每一個人都在沉思，金維的敘述太奇奧了，要好好地想一想，才能多少有些頭緒，這就是每一個人都不說話的原因。

〈完〉

異軍

美畫

神秘怪人　出沒無常

一到黃昏，偉達市美麗的燈光，便照耀著附近十餘里開外的公路，一越過了一個小崗，便可以看到閃耀著各種色彩的燈光了。

偉達市是一個新興的城市，位於地球的北部，它的周圍，是六十個太空基地——那是當代人類智慧的結晶，當地球上的人類摒棄了國家和國家間的歧見之後，科學的進步，最突出的表現在探索太空的成就之上。

人類已征服了月球，正在積極地對火星進行探索。這六十個基地，是全世界矚目的地方，偉達市在數十個太空基地的中心，自然而然也成了一個新興的、繁華的都市。

而且——一些世界性的機構，也全設在離偉達市不遠的地方，如太空總署、地球防衛總部等等，所以說，偉達市是地球上最大的城市也並不為過。

偉達市的西部，是一個十分寧靜的所在，那是大學區，世界著名的十二所大學全設在西郊，而大學教授的住宅也在西郊，因此這裡十分寧靜，就算是一個小孩子，看來也似乎具有特別的氣質似的與眾不同。

那一天黃昏，和往常一樣地降臨了，一輛小型的汽車，在平整光滑的柏油路上迅速地駛過，停在一幢四周被濃密的灌木圍住的房子之前。

車門打開，兩個黑衣人從車中跨出來。

他們出了車子之後，在門前停了一停，抬頭向四面看了看，正好在這時候，一個小女孩因為追捕一隻蝴蝶，而奔到了他們的面前。

那小女孩一看到有人，便立即站住，抬起頭來。一看到那兩個人，充滿笑容的臉突然變得駭然，她連忙向後退去，一面奔著一面叫道：

「秀梅阿姨，秀梅阿姨！」她奔出一百碼，來到了和那幢屋子最遠的另一幢屋子前，才喘著氣停了下來。

「什麼事啊，小淘氣？」

從屋中傳出了一個十分輕柔動聽的聲音，接著，一個清秀的東方少女的臉龐從窗中出現。

「秀梅阿姨！」那小女孩翻過了籬笆，向前直奔了過去，仍喘著氣：「我……我看到了兩個怪人，兩個怪人，真的！」

「在哪裡啊？」被稱為「秀梅阿姨」的少女，微微地笑著：「小淘氣，是不是你又編了一些故事想來嚇我，告訴你，我是不怕的。」

「不，不，真的，你快出來！」小淘氣叫著。

秀梅走出來了，她循著小淘氣指的地方看去，在暮色朦朧中，她還可以清楚地看到那一幢房子，但是房子面前，卻並沒有小淘氣所說的那兩個「怪人」。

「好了，小淘氣，如果你再騙我一次，那我們就不再做朋友了！」秀梅裝著生氣，十分正經的說。她年紀也不很大，在她裝著生氣的時候，看來更加美麗。

「真的！」小淘氣急得幾乎哭了起來，道：「他們一定是進屋去了，我親眼看見的。」

「那麼，他們是怎樣怪法呢？」

「他們……穿著黑衣服，和……常來看你的義德叔叔一樣高，他們……我奔到他們的前面，抬頭一看，他們……他們……」

「他們怎樣？」秀梅笑著說：「是不是頭上有四隻角？」

「不是，秀梅阿姨，我不是說謊，他們的臉上……有著一種十分奇怪的東西，我從來也沒有見過，我也說不上那是什麼！」小淘氣急急地說著。

「算了，小孩子，該回去了！」她輕輕地撫摸著小淘氣的頭，低聲道：「你若是回去遲了，你媽媽又要到處找你了。」

小淘氣低下了頭，半晌，才抬起頭來，臉上充滿了失望的神情，道：「秀梅阿姨，原來你並不相信我講的……這一切？」

秀梅覺得十分難以回答，她當然不相信。但是，她又怕這樣照直說了，會損害孩子的自尊心。

小淘氣忽然像大人一樣地嘆了一口氣，向外緩緩地走了開去，才又站住，一本正經地道：「那麼，你領我一齊去那間屋子中看看，好不好？」

秀梅皺了皺眉頭，那幢房子，是她大學中的一位同事，性情古怪的生物教授古賓博士居住的，當她才搬到這裡來的時候，因為禮貌上的關係，她曾經去古賓教授的家中拜訪過一次，但是她未曾坐到五分鐘，便忙不迭地告辭出來。

因為在古賓博士的屋子中，不但有著各種稀奇生物的標本，而且還養著許多活生生的毒物，有毒蛇、毒蜘蛛、毒蜥蜴。

那些醜惡的東西，令得她坐立不安，如今再叫她去一次，她也有一些提不起勇氣來。可是小淘氣的眼光之中，卻又充滿了祈求的神色。

「好吧！」她考慮了半晌，便牽著小淘氣的手，向那幢四周圍被濃密的灌木所包圍著的，從窗中透出燈光的屋子走去。

天似乎黑得十分快。當小淘氣來向她敘述發現兩個怪人的時候，還不過是暮色朦朧而已，但當秀梅領著小淘氣站在古賓博士的門口之際，天色已完全黑下來了。

他們兩人剛一踏上石階，便聽得裝在門口的擴音器中傳出博士那種低沉而古怪的聲音，道：「原來是王小姐，請進！」

大門自動打了開來，王秀梅猶豫了一下，便帶著小淘氣走了進去，客廳中並沒有人，但當她們走進去的時候，書房的門又打了開來。

在一張巨大的書桌之旁，穿著便衣，身子異常之瘦，留著山羊鬍子的古賓教授，在旋轉椅中轉過身子來，道：「請坐，有什麼事？」

教授的桌上，正放著一具超小型的電子顯微鏡，看情形他正在進行研究，屋子中十分靜，顯然除了他之外，再也沒有別人了，王秀梅覺得十分抱歉，因為自己打斷了他的研究工作。

王秀梅有些抱歉地道：「這位小朋友說你家來了兩位客人，我……我是來看一看，你是不是需要我幫忙的！」

王秀梅有點臉紅，她絕不是善於撒謊的人。

「朋友！」古賓博士說：「這位小朋友說？」

「是的，」小淘氣急急地道：「兩個人，穿著黑衣服，他們的臉上……他們的臉……」

小淘氣顯然是由於年紀還小的緣故，所以她無法形容她所看到的兩個人臉上究竟是怎樣的，但是她一講到這兩個人的臉時，便現出了極其駭然的神色來。

「王小姐，」古賓抬起頭來：「天已經黑了，這孩子的父母一定在找她，我想你應該送她回家去，不該帶著她亂走了！」

「是的，博士。」王秀梅十分尷尬，拉著小淘氣便向外走了出去，一直來到自己的屋子之前，她都沒有再說話。

而一到了她自己的屋子之前，小淘氣便掙脫了她的手，向前奔了出去，王秀梅叫道：「別跑別跑，小心跌倒了！」

她並沒有追上去，因為在她想來，是絕不會有什麼意外發生的，因為這一帶住的，全是高級知識分子，可以說是地球上治安最好的角落，王秀梅到大學去的時候，是從來也不鎖門的，而她也未曾失去過什麼東西。

她只是搖著頭，回到了自己的屋中。小淘氣的家離王秀梅的房子只有三百碼左右，當中隔著兩幢房子，然而，小淘氣卻沒有能走完這三百碼的路程。

小淘氣一直沒有回到家裡。

到了九點鐘，王秀梅聽到小淘氣的母親不斷地叫喚小淘氣的聲音，她走了出去，小淘氣的母親問道：「王小姐，沒有看見小淘氣麼？」

「沒有，她應該早回家了啊！」

「唉，這孩子，還沒有！」

王秀梅感到事情有一些不尋常。

等到十二點鐘，她被門鈴聲驚醒的時候，她一面說：「請進來。」一面披衣走出，按下了一個掣，大門便打了開來。

出乎她意料之外的，站在門外的，竟是一個警官和兩個警員！

她感到異常愕然，一時之間，不知道該說什麼才好。

「王小姐，」警官十分有禮，「一個小女孩失蹤了，據我們的調查，似乎你是最後見到她的人，所以我們向你問幾句話。」

「小淘氣！」王秀梅失聲地叫道。

「是的，她的名字是芬尼・谷柏。」

「我知道，我和她分手的時候，是八點鐘左右，她從我這裡一直奔回去的，我還叫她小心一些，可是她卻……沒有到家？」王秀梅急問著。

「嗯，我們已掌握到了一些線索，譬如說，王小姐，你對兩個穿著黑衣服的人，有什麼特殊的感覺沒有？」警官又問。

「兩個黑衣人！」王秀梅直感到了一股寒意。

「是的，兩個黑衣人，穿著黑衣鞋。」

「他們的臉是怎樣的？」

「我們看不到他的臉。」

「這是什麼意思？」

「為了試驗新型柏油路面的耐磨擦力程度，築路公司安裝了自動錄像相機，拍攝各種車輛在路面上駛過時引起的反應，」警官解釋著：「當小淘氣失蹤後，我們想到這攝影機正是安裝在這附近，所以便通過築路公司借到了錄像機，我們看到了小淘氣，也看到了兩個黑衣人，小姐，你不妨也看一看。」

警官向後一揮手，一個警員提著錄像機走了進來，將錄像機放在桌上。

錄像機在那時候，就和錄音機一樣地普遍，磁性電波將通過錄像鏡頭前的一切記錄下來，通過一連串的變化，螢光屏上便出現了形象。錄像機的普遍使用，已經使得攝影機進入博物館了。

警官扳動了錄像機的掣，螢光屏上出現的路面，是夜色已相當濃的時候，路燈的燈影也可以看得很清楚，接著，便看到一個小孩奔了過來。

那是小淘氣，藍底白花的衣服，王秀梅是認得出來的。但是王秀梅卻只能看到小淘氣的下半身，因為築路公司安裝這具錄像機的目的，是觀察車輛和地面接觸的情形，所以錄像鏡頭向下，由於角度的關係，便只能看到她的下半身。

然後，便看到小淘氣突然停了下來。

再然後，幾乎是突如其來地，在小淘氣的前面，出現了兩個黑衣人，黑褲、黑鞋，攔住了小淘氣的去路，小淘氣顯然是在奔跑中，看到了這兩個黑衣人，所以才停下來的，王秀梅看到這裡，不禁打了一個冷戰。然後，只見兩隻戴著黑手套的手，突然叉住了小淘氣的腰際，將她提了起來。

小淘氣的雙腳踢著、掙扎著。但由於她被人提了起來，所以她已出了錄像鏡頭之外，看不見了。她在螢光屏上消失之後，那兩個黑衣人向後退出了一步，又突然地消失了！

警官關掉了錄像機，向王秀梅望來。

王秀梅臉色蒼白。

「太可怕了，太可怕了！」她不斷地說著，的確，這種事情太可怕了，小淘氣，那兩個黑衣人……這不是小淘氣在騙人！

「王小姐，你有什麼意見？」警官問。

「那兩個黑衣人，小淘氣在黃昏時候，曾在古賓博士門口見過一次，她當時就十分吃驚，立即來找我，」王秀梅十分後悔：「可是我卻不相信。」

她將當時的情形，向警官講了一遍。

等她講完之後，警官安慰她：「你放心，我們會找到那兩個黑衣人的，錄像機雖然未曾錄下這兩個人的臉面，但是卻記錄了他們兩個人所反應的磁性電波的頻率，你知道，憑著這一點，等於是以前掌握了指紋一樣，要找他們是十分容易的！」

王秀梅只好強迫自己安下心來。

然而，當警官訪問了古賓博士，聽到古賓博士和王秀梅作了同樣的敘述，回到了警署之後，磁性電波專家給他的報告書卻使他呆住了。

報告書上寫著：

錄像機磁性波的記錄表示，這兩人的磁性波反應，幾乎等於零，如果不是錄像機損壞，照理論來說，那兩個「人」，只應該是幻影，而不是實質的物體。

或者，那是實質的物體，但卻並不是我們所知道的東西。

警官反覆地看著這份報告，他感到一籌莫展。

他可以利用一切科學設備去逮捕犯罪的人，但是怎能去捕捉幻影？小淘氣芬尼．谷柏又怎麼會被幻影提了起來，和幻影一齊消失了呢？他雙手握拳，重重地敲打著自己的額角，這只怕是地球上從來也沒有過的怪事！

他向偉達市總部作了報告，等候指示。

在警官離去之後，古賓博士回到了臥室中，他先熄了燈，然後等了一會，在他確定警官已經離去之後，他才旋轉了床頭一個小雕像，他臥室的地板，立時現出一個洞來，他的身子很快地隱沒在那個洞中，順著一條輸送帶來到了地下室中。

這一帶的房子，幾乎都是有地下室的。

但是古賓博士如今來到的這個地下室，則是在正常的地下室之下的，他到了地下室中，地下室的燈光通明，坐著兩個黑衣人。

那兩個黑衣人和小淘氣在黃昏時候看到的一樣，頭上戴著帽子，戴著手套，幾乎將他們的全身都隱在黑色的紡織品之中。

這時，他們正背對著古賓坐著，古賓走了進來，他們也不轉過身來。

古賓一進了地下室，便以近乎憤怒的聲音道：

「你們，你們將那小女孩怎樣了？」

那兩個黑衣人仍不轉過身來，只是以一種近乎金屬碰擊的怪聲道：

「她看到了我們，我們除了這樣做之外，沒有別的辦法。」

古賓坐了下來，道：「她死了麼？」

那兩個黑衣人並不回答。

「你們這兩個蠢材！她已經對人說起過你們了。」

那兩個黑衣人怔了一怔，道：「什麼人？」

「我的鄰居，王秀梅。」

那兩個黑衣人道：「是了，『瑪斯七號』火箭，明天在零四四號基地發射，是不是？就是在明天，在十小時後，對麼？」

「對的。」古賓教授的回答很軟弱。

「那就行了，明天，『瑪斯七號』火箭一離開地面，我們的工作就開始了，而我們的工作只不過三分鐘的時間就夠了。等我們的工作完成之後，由於你借給了我們地方，替我們掩護，並且提供了我們必須知道的消息，我們答應給你什麼來著？」

「你們答應……」古賓的聲音有點激動：「你們答應我，告訴我由蛋白質合成生命的過程，你們……是準備食言麼？」

「當然不，你知道了這個過程，公諸於世，就可以使你成為本年度世界性學術獎金的獲得者，這是地球人最高的榮譽，你有了它，還擔心那小女孩作什麼？」

古賓博士的面色，十分難看，但是他卻沒有再說什麼。

「至於你的鄰居，我們會對付她的，你放心好了，事情是絕不會牽累到你身上的。」黑衣人的聲音，仍然是那樣鏗鏘、刺耳。

他們中的一個，伸手向牆（他們本來是坐在牆前的），推了一下，整副牆隱沒不見，在牆前出現的，是連一個小孩也可以認得出來的東西──電腦。

那兩個黑衣人始終未曾轉過身來，只是在電腦之前，忙碌地工作著，古賓教授依然呆呆地坐著，也不知道他在想些什麼。

他或許是在想著得到了全球最高學術獎之後的榮耀，或者是在擔心小淘氣的下落，好一會，他才道：

「你們的一切，當真不會被人發現麼？譬如說，你們的通訊電波不會被人截到？因為循著電波追蹤到這裡來麼？要知道，如果……」

那兩個黑衣人冷然道：「不會的。」

「如果萬一——」

「請問，太空總署的『瑪斯計畫』執行得怎麼樣了？」黑衣人忽然問。

「瑪斯計畫」是將兩個太空人送上火星的計畫，這個計畫的執行，是地球人最關心的事情，這個計畫的主持人，是傑出的中國科學家李義德。

「瑪斯計畫」是李義德提出並制定的，它才實行了兩年，但是在兩年之中，它的七個階段已經完成了六個，而明天，就是它最後一個階段計畫開始執行的日子。

「瑪斯計畫」已經實行的六個階段是：

一、由月球起，建立一系列的無人太空站。

二、從月球的太空基地射出太空船，拍攝接近火星的圖片，送回月球基地，轉達地球。

三、從月球發射遠程無人駕駛的太空船，環繞火星飛行，成為火星的衛星。

四、從月球基地發射太空船，到達火星的衛星「戰慄」上停下來，觀察火星表面的情形。

五、從月球上發射太空船，到達火星的另一個衛星「恐怖」上，「恐怖」更接近火星，這艘太空船可以更進一步地觀察火星上的情形。

六、從地球的零四四基地上，發射雙子星太空船，到達「恐怖」上，太空船在「恐怖」上停留兩小時，便飛向火星，降落在火星之上。

七、從地球的零四四基地，發射強力、高速的七級火箭，將兩個太空人送到火星之上，在火星表面，進行一系列的觀察之後，利用太空船上的小型火箭到達「恐怖」，在「恐怖」上，早有第五項計畫中射上去的強力火箭，太空人便利用這個火箭回到地球來。

全部計畫公佈之後，引起了全球的轟動，這是自從人類登上了月球，在月球建立了基地之後最大的轟動了。

本來，知道火星有兩個衛星的人不多，知道火星的名字是「戰神」（Mars），而它的兩個衛星的名字，是「戰慄」和「恐怖」的人更少，但現在，連小孩子也已經知道這兩個火星衛星的名字了。

這六項計畫，都依照計畫主持人李義德的規劃而逐漸實現了，根據停留在兩個衛星上的太空船傳回來的照片看來，火星的表面上十分荒蕪。

經過分析，火星的表面上，除了相等於勞蘇林的植物之外，並沒有別的生物，甚至完全沒有動物，一片荒蕪。而且幾乎沒有水，空氣稀薄，平均溫度是零下二十度，條件比地上的南北極還要差，傳回來的圖片都相當清晰。

但是也有一件事十分奇怪，引起過爭論。

那便是，從巨大的、六百寸直徑的望遠鏡中觀察火星的表面，可以看到火星的表面有許多網狀的線條。從上一個世紀開始，就有人認為這是火星上缺水，火星為那生物建立的運河網。

然而，在「瑪斯計畫」中放射出去，傳來的照片上，火星的表面上，卻看不到這在望遠鏡中呈條紋狀的東西。所以，有的太空科學家提出，太空船傳回來的照片是不真實的，是不可靠的，並不是火星表面真正的情形。

但是倡導這種說法的人，因為沒有更好的根據，所以也就不了了之了，而地球上的所有人，則都沉浸在「瑪斯計畫」的成功上。

這時候，那兩個黑衣人忽然向古賓問起了這一點，古賓十分愕然，他道：「這個計畫進行十分順利，你們難道不知道麼？」

左邊的黑衣人突然怪笑了起來，他的笑聲聽了令人牙齒發酸，道：「計畫進行得順利？哈哈，計畫的主持人，竟蠢到這種程度！」

「你是什麼意思？」

「告訴你，計畫絕無成功之處，計畫一開始就失敗了，太空總署方面以為已得到了火星表面最精確的情報，但是，所有傳回來的照片全是假的！」

「你……」古賓陡地站了起來，「你究竟在講什麼？」

「假的！」那黑衣人的聲音也提高了，「那只是幻象，真正的火星表面情形被隱藏起來了，地球上的人根本看不到！而一連串的無線電波，迷惑了太空船的攝影傳導設備，於是，火星表面的假象便被當作最珍貴的資料傳回地球來了。」

「你，」古賓教授在這些日子來，也分享了地球人每一個人共有的光榮感，所以這時候他有些激動：「你是怎麼知道的？」

「我？因為我是——」

他才講到這裡，另外一個黑衣人便道：「你說得太多了，該住口了！」

那黑衣人不再說下去。

可是不必他再說下去，古賓博士已明白那人要說而未曾出口的話是什麼了，在剎那之間，他的臉色變得如此之蒼白，他的聲音在發顫，道：

「你們……在騙我，一直在騙我，你們說……你們只不過不想給人知道，所以要找一個秘密的地方作研究，你們又可以給我你們研究出來的蛋白質演變生命的過程，原來你們——」

「住口！」兩個黑衣人同聲呼喝。

「原來你們不是地球——」

古賓教授仍然叫著，他一面叫，一面向一扇門衝去，他若是跨進了那扇門，傳送帶會將他送回臥室去。

但是他未能跨過那扇門。

他剛一來到門前，那兩個黑衣人中的一個，突然反手一揚，他的手中握著一個如同金屬管也似的東西，在不到十分之一秒的時間內，沒有聲音，沒有光亮，幾乎什麼也沒有，就是那樣地一揚，他並且立即又縮回手去，去繼續他的工作了。

但是，古賓博士卻不見了。

古賓博士是整個地消失了，他什麼也沒有剩下，什麼也沒有，而他當然未曾跨過那扇門，因為那扇門還是關著的。

但古賓博士卻不見了。

那兩個黑衣人雖然仍在工作，但是相互卻以一種十分古怪而難以形容的聲音交談著，好像是一個人正在埋怨另一個人，而另一個卻在申辯一樣。

王秀梅已經睡下去了，但是她翻來覆去地睡不著。她坐了起來，燈自動地亮了，她打電話給小淘氣的父母，打電話給警局，小淘氣依然沒有結果。在電話的傳真設備上，她可以看到警官那種無可奈何的情形，和小淘氣父母焦急萬分的情狀。

她打開了收音機，電台正在播送小淘氣失蹤的消息。她猶豫了好一會，才決定打電話給李義德。

雖然，她知道今天晚上將是李義德不眠的一夜，因為明天是他主持的「瑪斯計畫」最後一階段的實施的日子，但是她還是撥了號碼。

她有些慶幸，李義德自己並不是「瑪斯七號」太空船中的兩個太空人之一，如果是的話，那麼這項全世界所有人公認是極其崇高的榮譽，不知道要使她擔多少心了。

連接在電話上的電視螢光屏閃耀著白色的光芒，太空基地是不和外面通電視傳真電話的，所以王秀梅將看不到李義德，而只能聽到他的聲音。

然而，即使只不過是聽到聲音，王秀梅也十分滿足了，她焦切地等待李義德來接聽電話，全然未曾看到窗外有黑影一閃。

兩個黑衣人已到了她的窗外！

李義德的聲音終於傳來了，王秀梅本來是決定告訴他關於小淘氣的事的，可是她臨時又改變了主意，只是道：「義德！我是秀梅，你的計畫到明天就可以完全實現了，我祝你成功，你一定很忙，我不打擾你了，明天見，祝你成功！」

王秀梅更不知道，她改變了主意，沒有談起小淘氣的事來，使她免於像古賓教授一樣地消失，那兩個黑衣人中的一個，已經取出了那根使古賓教授消失的金屬管，但是一聽明白王秀梅是和李義德在通電話，他們就改變了主意。

等王秀梅放下了電話，兩個黑衣人伸手在窗子上敲了敲，王秀梅吃驚地向窗外望去，她看到了兩個濃黑的人影！那顯然是穿著黑衣服的人！

她立即想高叫，然而她未能發出聲音來。

那兩個黑衣人已經推開了窗子，有一團十分眩目的光亮照著王秀梅，使她覺得在剎那之間昏然欲睡，再也叫不出來。

她身子向下一倒，倒在床上完全失去了知覺。

那兩個黑衣人迅速地消失在黑暗之中！

禍變突來　聯絡中斷

整個零四四號太空基地都籠罩在一種異乎尋常的緊張氣氛之下。基地的工作人員，在交談之際，也都不由自主地將聲音壓得十分低。

事實上，這是十分令人興奮的一日。

交付「零四四太空基地」執行的「瑪斯計畫」，今天是最後一個階段了。「瑪斯計畫」是用強力火箭，輸送一艘船環繞火星飛行，再降落火星的計畫。

火星是最接近地球的一顆大行星，也一直是最使地球上的人類猜疑的一個星體，但是它神秘的外衣，只要在「瑪斯計畫」完成後就可以剝除了。

火星這顆行星，在古代，十分奇怪地，不論是東方或西方，都將之來代表和象徵戰爭。中國人將火星大衝認作是兵災的前兆，而西方人則直截地以戰神瑪斯（Mars）的名字稱呼它，將它當作是戰神在天空中的一個代表，將它視為不祥之物。

今天，只要「瑪斯七號」火箭發射順利，那麼具有強大衝力的七級火箭，就可以將一艘太空船送到火星的軌跡之上。

「瑪斯七號」火箭這時正聳立基地上。

它高聳著，直指雲霄，它有一百四十呎高，在陽光下，閃耀著悅目的銀輝，那是高級合金特有的一種金屬光輝。

坐在太空船中的兩個人，已經準備妥當了，只等火箭一起飛，他們便要開始遠征火星的工作，這是地球人第一次對另一個大行星進行探索。

因此，兩個太空人坐在座位上，雖然沒有動作，但由於心情緊張，額上也在微微出汗，而且，神色也顯得相當緊張。

他們正在他們面前的電視螢光屏上，注視著基地的工作人員對火箭作最後的檢查，然後紛紛地撤離了開去。

當火箭檢查組長向基地控制主任作報告之後，控制主任的聲音便會響起來，控制主任會有規律地念著：「九……八……七……」

這兩個人都不是第一次從事太空飛行了，但是因為每一次太空飛行的任務都是不同的，所以每一次在起飛前的一剎那間，便都使他們心情緊張。

至於起飛之後，由於太空飛行是一種十分繁重的工作，他們要忙於記錄一切，以及應付一切突如其來的變化，及時向地面的追蹤站作報告，雖然儀器和電腦負起了極大部分的工作，但他們還要付出過人的精力去操縱儀器和電腦。

在那樣的情形之下，他們便不再去緊張，而且是埋頭工作了。每一次飛行前的緊張，都只是那一剎間——起飛前的一剎間。

在這艘「瑪斯七號」太空船中的兩個人，一個是太空船船長蒙德斯。他是一位瘦削英俊的希臘人，有著濃厚的詩人氣質，看來似乎不像是一個優秀的電子科學和太空飛行家，他鬈曲的頭髮和時時在沉思中的眼睛，令他看來像是一個詩人。

而他的助手，則是一個矮小的宏都拉斯人，森美度。森美度活潑、詼諧、機智，當然，他本身也是一個傑出的科學家。

兩人的年齡差不多，蒙德斯年輕些，由於他對火星的研究特別傑出，因之他是「瑪斯」計畫的副執行人，他以能夠作為第一個到達另一個星球上的地球人而興奮。

在基地的控制室中，氣氛比太空中更加緊張。各種通話器中傳來各方面的報告：

「火箭最後檢查完畢！」

「聯絡追蹤站準備工作就緒！」

「長距攝影已準備妥當。」

「基架隨時可以搬除。」

在聽取了種種報告之後，控制主任下令：「開始撤退！」

控制主任的聲音，通過傳聲系統，傳遍了基地的每一個角落。

在控制室的電視傳真螢光屏上，可以看到火箭的支架向外移開來，工作人員向外離去，只餘下一百四十呎的火箭聳立著。

「撤退工作完成！」傳音器中又傳來了報告。

控制主任轉過頭來，他是一個兩鬢已然斑白的老者，他望向他身後一個全神貫注，正在看著電視的年輕人。那年輕人有一頭濃密的黑髮，和寬廣的額角，即使他正凝神之中，他的雙眼之中也充滿著智慧的光輝，而他面上的神情，是那樣地堅定，使人一看到他，便覺得一種莫名的安心。

這個年輕人是「瑪斯計畫」的主持人李義德，他和如今坐在太空船上的蒙德斯，是最要好的朋友，兩人年齡相仿，志趣相投。

這個年輕人出生在中國的珠江流域，他有中國南方人的聰穎，也有中國南方人的倔強，這兩種優秀的性格，使他成為一個傑出的太空科學家，他是世界知名的偉人，雖然他還不到三十歲，但是提起他的名字李義德來，卻是無人不曉的。

由他所主持的「瑪斯計畫」，這已是最後一項了，他的好友蒙德斯在太空船上，就要向火星進發了。他將這項榮譽讓給了朋友，他覺得十分高興。

「李博士，」控制主任道：「一切都準備好了，由你來下令發射，好不好？」

「當然不！」李義德笑著：「由你下令。」

控制主任不再謙讓，這是一項地球上的人類從來也未曾進行過的偉大工作，當他的命令下達之後，全世界至少有十億以上的人，會通過由基地攝取，而經由人造衛星傳播的電視，在他們的家中觀看著「瑪斯七號」太空船升空的情形。

這是一項空前的豪舉！

控制主任已不知道發過幾項命令了，但這時候，他按下一個按鈕，開始從「九」數起時，他的心竟一直在狂跳著。或許是因為這任務太緊張了，或許會有什麼意外？

控制主任的心雖然跳得劇烈，但是他的聲音聽來仍然十分鎮定：

「八……七……六……五……四……三……二……一……零……」

他的手指，用力地按下了一個紅色的掣鈕。

剎時之間，幾乎天地都為之震動了。

當控制主任在發令之際，整個基地上，靜得一點聲音也沒有，而等那個紅色的掣鈕被按下，火箭的動力系統被發動之後，火箭的支架倒下，火箭的基部，以驚天動地的聲音，噴出灼熱的、橘黃色的火焰和濃煙來，一百四十呎高的火箭，在一秒鐘之後便向上升去！

在控制室的電視之中，可以看到基地的工作人員，從隱藏的地方四面八方地奔了出來，揮著帽子、跳著。

而從一架無線電收音機中，也傳來了森美度的快樂聲音：「報告基地，一切至好，火箭飛行平穩，速度正常，一切都好，再見。」從一架電視上，還可以看到他做了一個鬼臉。

在控制室的大幅電視螢光屏上，這時可以看到，「瑪斯七號」火箭正以驚人的速度，在向著太空飛竄上去！

李義德和控制主任同時鬆了一口氣。

控制室中的工作人員一齊走過來，向李義德握手致賀，控制室的門外，突然響起了鼎沸的人聲，一個工作人員滿頭大汗地將門推開一道縫，走了進來道：

「李博士，幾百個新聞記者要你發表你所主持的探索火星計畫已經成功之後的感想。」

「去告訴他們。」李義德的聲音十分沉著：「要等『瑪斯七號』太空船從火星上回到地球，這個計畫才算完成，現在——」

他才講到這裡，便聽到控制主任的一下驚呼聲！

那一下驚呼聲來得如此之突然，令得控制室中的人盡皆一呆，緊接著，更多的驚呼聲傳了出來，李義德立即轉過身去。

他要竭力克制著，才能不叫出聲來。

然而，他的面色也變得慘白了。

在控制室的正面，兩具電腦之間，是十二具對角線達到五十四寸的巨型螢光屏，其中六幅，是傳真基地上的情形的。三幅是由長程雷達追蹤攝影站所控制的電視傳真，那和全世界人可以看到的一樣，是火箭升空的情形。

還有三幅，則是太空船內部的情形，森美度剛才在報告飛行平穩時所做的那個鬼臉，就是由這三具電視螢光屏傳過來的，可是如今，那六具有關火箭和太空船的電視螢光屏上，卻只是一片空白！

如果只是那六幅螢光屏成了空白，那還不足以令得這麼多人發出驚呼來，在六個電視螢光屏上控制室的人還可以清楚地看到基地上在發生變化！

那是如同夢魘一樣的變化。

那簡直不能相信是事實！

四座巨大的，直徑達到兩百四十呎的碟形無線電天線——那是追蹤太空船所發出的無線電波將之轉為電視影像的主要工具，這時傾坍了下來。

傾坍幾乎是在一秒鐘之內完成的。

因為當李義德轉過頭去看時，那四座碟形天線已經倒在地上，成了無數金屬碎片，再也難以辨認出那是無數科學家所精心設計製造的東西了。

而攝影塔的塔頂上，這時正冒起一團灼亮的，令人難以逼視的淺紫色的光芒。那淺紫色的光芒閃了一閃之後，便看到一連串的金屬溶液自上面灑了下來，像有人在長程攝像塔頂放了一蓬美麗的煙花一樣。

一座無線電通訊台——那是李義德親自設計的，它的半圓形的金屬穹頂，可以接收遠自銀河系邊緣發出的微弱電波，被譽為當代最偉大的設計。但這時，那銀灰色的，閃閃生光的，高達六十呎的半圓形穹頂，卻像是紙紮的一樣，向下塌了下來。

基地上所有的人，全都呆若木雞地站著，甚至有東西向他們當頭砸來，他們也不知道趨避，這一切來得太突然了，使得任何人都難以在那麼短的時間內去適應這種突如其來的變故，這包括控制主任和李義德博士兩人在內。

而李義德在那一瞬間，他所想到的還不只是基地上的那種突如其來的變化，他還想到了已經升向太空的火箭和太空船。

只在短短的兩分鐘之內，所有的通訊設備完全被毀去，基地和太空船上的一切聯絡也中斷了，李義德突然感到這絕不是一件偶然的事情，一定和「瑪斯七號」升空有關！他陡地拉開控制室的門，向外面疾衝了出去。

門外，成群的記者呆若木雞地站著，一見到李義德，才一齊向他湧了過來，七嘴八舌地問著，可是李義德卻不回答。

他用在學校時打橄欖球的身法，在人叢中擠了過去，擠出了人群，便看到基地保衛司令的座車，以極高的速度向前駛來。

座車頭上的天線不斷地發出「滴滴滴」的聲音，而在此同時，只聽得空中傳來一陣驚心動魄的聲響，天上飛過兩排碟形飛機，越飛越高，在半空中盤旋不已，基地的保衛司令滿頭大汗地跳下車來，李義德立即迎了上去。

「快走！」李義德到了司令員的面前，急急地道：「快回司令部去，我要借你們的通訊儀器和『瑪斯七號』進行聯絡。」

「所有對太空的通訊器材、儀器，全都毀壞了！」司令的聲音十分沉啞，那顯然是由於過度的焦慮所引致的。

「那麼，快派軍機送我到別的基地去。」李義德跳上了司令員的車，大群記者和工作人員一齊湧了過來，將他和車子圍住。

「不要圍住我，不要圍住我，我不知道是為了什麼，我必須立即和『瑪斯七號』聯絡。」他轉過頭來，向司機道：「快出發！」

司機望了望被人群擠得反向後退去的基地司令員，基地司令員叫道：「聽從李博士的命令。」

司機一轉頭，按下了一根控制桿，車子並不是向前去，而是突然向上升了起來，在車身的兩旁，立時伸出了兩個半圓形的「翼」。

那兩個「翼」不過兩呎長，上面滿是排氣孔，排出的空氣，使得車子越升越高，這本是一輛結合飛機、汽車、快艇於一身的特製車輛。這種車輛並不多，世界上能被分配到動用這種車輛的，都是一些地位十分重要的人。

車子升空之後，李義德又道：「快飛到鄰近的零四三號基地去，快！快！」

司機又待按下另一個掣鈕，李義德突然道：「慢！」

車子停在半空，而在車子上升之際，圍著車子鼓噪的人群也靜了下來。

一個優美的女性聲音，自車子的收音機和記者身邊攜帶的收音機中傳了出來。那優美的聲音以一種十分急驟的聲音道：

「注意，注意，以下是世界防衛總部參謀長，漢模將軍的緊急報告，請注意！」

車子就停在半空，李義德雖然急於和「瑪斯七號」聯絡，但是他更急於想聽一聽究竟在過去五分鐘之內，發生了什麼事。

收音機中，停了極短的時間，一個十分沉著的聲音傳了出來，道：

「各位請注意，在過去的三分鐘內，由於來歷不明的一種破壞，地球和地球以外的一切通訊都中斷了。五十六個太空基地的通訊設備都同時遭到破壞，我們已無法和任何的太空站取得任何的聯絡，包括最近發射的『瑪斯七號』太空船在內，防衛總部已迅速地動員軍事力量來檢查這次破壞力量的由來，地球上的居民不可驚惶，要保持鎮定，並且二十四小時不斷地留意。自現在起，由防衛總部統一領導的電台廣播，其他電台的廣播已完全被取消了，但這不等於地球已被宣布進入緊急狀態之中……」

參謀長漢模將軍的聲音傳到了地球的每一個角落。地球上三十億人，並沒有因為漢模將軍的話而引起多少的不安。

如果說大多數人感到不安，那麼最主要的原因，便是世界上所有的電台廣播都被取消了，只有防衛總部的電台在報告著各個太空基地遍設於各地的聯絡太空船的追蹤站的損失情形。

最感到焦切的，便是在月球太空站上工作的工作人員的家屬，幾乎在一天之內，他們便從世界各地趕到了防衛總部，集中等候消息。

而防衛總部之內，在日夜開著會。

與會的是各國軍事首長，各太空基地的負責人，以及「瑪斯計畫」的主持人李義德博士，在有著數百人參加的會議室中，除了發言人的聲音之外，什麼其他的聲音都聽不到，每一個人的心頭都沉重得出奇，沉重得難以形容。

這時，離禍事的發生，已足足二十四小時了。

但是對於禍變是如何發生的，軍事專家的意見，卻還不十分一致。

有的大聲呼喝：這是由於超音波的破壞！

有的叫道：無線電波突然產生了一種異常的頻率。

有的甚至聲稱，那是由於另一個巨大的星體上的電波，在經過了幾萬萬年之後，終於到達了地球之上所引起的惡果。

人民的情緒，相反地，已經漸漸地平靜了下來，因為在這二十四小時之內，沒有什麼新的破壞行動發生，但防衛軍的總動員卻使得會議氣氛仍然凝重。

終於輪到李義德發言了。

李義德腳步沉重地走上講台，向主席致意，然後轉過身來，道：

「我們和一切太空站失去聯絡已經有二十四小時了，我的推測是，這次禍變假設是有人發動的，那麼發動的人，第一步的目的還不是為了要對付地球，而是為了要中斷地球和一切太空站的聯絡。」

李義德頓了一頓，會議廳中傳來了一陣交頭接耳的聲音，但迅即靜了下來。

李義德又道：「我們再假設，敵人——這個敵人，各位必須有心理上的準備，假定他們是來自地球之外的——先要將地球和各太空站之間的聯絡切斷，之後再對地球不利，所以，我們如今的要務，便是要恢復和各太空站之間的聯絡！」

「唱高調！」一個會議代表高叫：「在過去的二十四小時內，全球的科學家和工程師盡了一切努力，還未能和最近的一個太空站取得聯絡！」

「李博士，」參謀長也沉聲道：「這裡有一項最新接到的秘密消息，防衛總部的太空巡邏隊未曾到達月球，因為他們一飛出了大氣層，聯絡便告中斷，也沒有回航的跡象，據推測，他們可能已經失蹤了。」

「有可能。」李義德大聲叫著，他的聲音壓住了會場中的騷動聲，「但是我們不能不再去探測，我們必須弄明白情況，才能對付敵人，而不能在完全不明白敵情的情形之下，等候敵人的措施一天一天地逼近！」

「博士，你肯定有敵人麼？」

「這是你故意危言聳聽！」

會場中又響起了一片責難聲。

李義德依然十分鎮定，他道：「我肯定有敵人，而且敵人的手段十分高明，如果沒有敵人的話，為什麼所有的對外通訊設備，在三秒鐘之內便全部毀壞，甚至一點也不剩呢？」

沒有人出聲。

李義德繼續道：「如果敵人是在地球上，那麼，為什麼被破壞的，只是對太空聯絡的一切工具，而不是其他呢，請問?!」

會場中仍然沒有人出聲。

「在零四四基地上，」李義德竭力使自己的聲音恢復平靜，「有一座火箭，那是『瑪斯七號』的模型，但是也具有同樣的衝力和飛行速度，火箭的頂端也有太空船，我請求太空總署署長，批准我單獨使用這火箭升空，去檢查在太空中究竟發生了什麼事情。」

李義德轉過頭，望向主席台上的一位老者。

「不行！」那老者是太空總署署長，他立即拒絕，「在如今這樣聯絡中斷的情形之下，任何火箭升空都是不安全的，何況那具模型火箭本來就是不完全的，它只是設計的一個藍本，任何人都不能使用這枚火箭，我不會批准的。」

「可是，這是目前地球上速度最快的火箭了，署長，它可以在六小時之內便來回月球，帶回月球的消息。」李義德力爭。

「不行！」太空署長仍堅持反對。

「各位，我的發言完了！」李義德走下了講台，他卻並未回到他自己的座位上，而是向會議廳外筆直地走了出去。

在會議廳外，聚集著大群的記者，李義德走的是後門，門口並沒有什麼人，所以他能夠輕而易舉地離開防衛總部。

李義德的心中亂得可以，當然是因為突如其來的禍變。

如今，地球上的人類，除了防衛總部會議廳中的人之外，對於這件事，似乎還是好奇多過驚惶，因為禍變所破壞的一切，對於人們日常生活的影響並不大，但是李義德卻深覺得這件事的驚人嚴重性。

第一，派在太空各站工作的工作人員，有一千多名，他們全是地球上最優秀的科學家，和最勇敢健全的人，這一群人和地球已完全失去了聯絡，其中，包括了剛一起飛便遭受禍變的人，他的好友蒙德斯在內，他們生死不明！

第二，禍變在突然之間發生，而事前，世界任何一個角落，都一點跡象也沒有，這不禁令人感嘆「敵人」手法之奇特。而且直到如今為止，仍然沒有人知道，這一切究竟是由於什麼力量破壞的，被破壞得如此之徹底而不留餘地。

李義德低頭疾行，來到了他的車房，他拉開車門，剛想跨進去，便突然呆了一呆。在他的車子中，早已坐著一個人！

李義德的第一個反應，是立時身子轉到車門之後，然後，伸手將車門關上，那樣的話，他就可以將車中的不速之客關在車內。

但是，當他伸手關車門之際，他停住了。

坐在車中的，並不是什麼敵人，而是一個十分美麗的女郎，她的膚色微黑，帶著棕紅色，看來十分悅目，她一雙大而美麗的眼睛是淺棕色的，她望著李義德，一聲也不出。

「娜莎！」李義德叫了起來：「是你！」

娜莎是他的好朋友蒙德斯的未婚妻，李義德未曾想到她忽然會來到這裡，而且坐在自己的車上，等候著自己。

「是我。」娜莎的聲音異乎尋常的低沉，「告訴我，別隱瞞，他……他怎麼樣了？」

「娜莎，」李義德想避而不答，「你問的是誰啊？」

「你知道的，蒙德斯！」

李義德呆了片刻，進了車子，才道：「娜莎，我不知道，真的不知道，在他起飛之後三分鐘，一切對太空的聯絡便中斷了，我真的不知道。」

「你知道的！」娜莎的大眼睛逼視著李義德：「你一定知道的——」她吸了一口

氣，「你不妨說，我經受得起。」

「我只能推測，但即使是最壞的推測，他最多也只可能落到了敵人的手中，而不會死去的。」李義德發動了車子，車子平滑地向前掠出。

「為什麼？」

「我腦中有一個模糊的概念。」李義德緩緩地說。

他剛才在會場上並沒有將自己的想法說出來，那是因為他覺得那許多人是不會接受他的想法的。但是他知道娜莎會。因為娜莎．巴里摩本身便是一個傑出的天文學家，她是外太空研究的有數權威之一。

「我想，一切災禍都在『瑪斯七號』升空之後三分鐘之內發生，那就有可能，發動禍變的一方專門在等待這一刻。」

「你的話是什麼意思？」

「我是說，」李義德停了一停，車子在公路上以極高的速度行駛，「禍變是針對著瑪斯計畫，針對著『瑪斯七號』火箭，針對蒙德斯而來的。」

娜莎的面色變得蒼白。呆了好一會，不知道如何回答才好。

「剛才在會場上，我向太空總署署長請求，讓我以『瑪斯七號』火箭第一次試製的模型，升空去檢查太空站上的情形，事實上，我是想去追蒙德斯！」

娜莎深深地吸了一口氣，道：「追得上麼？」

「追不上的，但是卻可以使我知道究竟發生了什麼事！」李義德緊緊地握著拳：

「他雖然不批准，我仍然要去！」

「義德，這是重大的罪行。」

「是的，不經太空總署批准而擅自進行太空飛行，是嚴重罪行，至少也要一生喪失太空飛行的資格，但是娜莎，你可曾想到，用試製的，只作為正式製造時作參考用的火箭飛行，本身就是一件極其危險的事情，我要有極好的運氣，才能——」

「別說了！」

「我還怕什麼呢？」李義德苦笑著。

「我不知道我的想法怎樣，但是秀梅，她會怎樣想呢？你準備和她商量麼？還是準備連她也瞞著，便進行如此危險的飛行呢？」

一提起秀梅來，李義德便默然了。

秀梅和他是大學中的同學，但低他三年，而且學的是和他截然不同的東西：中古歷史，她似乎完全不屬於這個新時代，她對太空飛行，那種新奇的東西，一點興趣也沒有，她只是沉醉在中古史，和李義德對她的愛情之中。

秀梅就住在離零四四基地不遠的偉達城中，是偉達城大學歷史系的學生，李義德正在趕回基地去，他是要經過偉達城的，是不是要告訴她呢？

如果告訴她的話，她一定不會贊成的。

而且，她必會開始對李義德無盡的擔心。

當然，就算不告訴她，李義德不經太空總署批准，私自出發，不到五分鐘，全世界都會知道的，王秀梅自然也免不了會知道。

可是，那總要遲上幾個小時了。

車飛速地在前進，李義德仍然不回答。

這時，已經是黃昏了，偉達城輝煌的燈光已然在望，李義德仍然決定不下。人的感情本來是十分奇怪的，李義德可以毫不猶豫地決定，冒險去乘坐設計並不完善的高速火箭，但是他卻下不定決定，是不是應該將自己的行動去告訴生活如此平靜的王秀梅。

車子，已駛進偉達城了。

剛一進偉達城的西郊，李義德便看到有兩個穿著黑衣服的人站在路中心，伸手攔住了他的車子，不讓他的車子繼續前進。

捨死忘生　獨飛太空

車子以每小時三百里的高速在前進著，但是車頭的電眼一碰到前面有障礙，便立即截斷了動力系統的電路，而強有力的剎車立即動作，將車子在高速之中硬生生地收住。

車子免不了震動了一下。

李義德抬起頭來，他忍不住想要叱罵那兩個黑衣人，可是當他抬起頭來看時，和娜莎兩人互望一眼，心中卻說不出的怪異。

不錯，車前是有兩個黑衣人。

可是，那兩個黑衣人，是背對著車子的！

這條是著名的高速公路，每小時最低速度是二百五十里，雖然現在所有的車子全都有著自動停車的電眼設備，但是背對著來車站在路中心，又是為了什麼呢？

李義德探出頭去，叫道：「喂，你們？」

那兩個黑衣人轉過頭來，他們直來到了車窗之前，由於他們來得極近，是以從窗子中看出去，便只能看到他們的上半身，而不能看到他們的臉部。

李義德和娜莎兩個人，覺得那兩個黑衣人的動作詭異到了難以形容，李義德正想要喝問，可是黑衣人卻已先發出了聲音：

「你是李義德？瑪斯計畫的主持人？」

「這是誰都知道的，你們——」

李義德才講到這裡，坐在他身邊的娜莎突然尖聲地叫了起來，李義德立時轉過頭去，他從另一邊車窗上，看到一個亮紅色的球體，正以極高的速度向前飛來。

李義德立時打開了車門。

由於他打開車門的動作是如此有力，如此突然，因此車門重重地撞在那兩個黑衣人的身上，將那兩個黑衣人撞得重重地向後退出了兩步。

就在這時候，李義德拉著娜莎一齊滾出了車子！

他們剛一滾出車子，那亮紅色的球體便已飛到了車子的上面，幾乎是在一剎那間，車子不見了，公路上其他疾馳而來的車子，因為前面有了障礙，也突然停了下來，停下的車子有七八輛之多，它們的喇叭都「叭叭」地響著。

那亮紅色的球體在捲走了車子之後，看它本來的來勢，像是仍要向李義德和娜莎捲來的，但或許是因為停在公路上的車子太多的原故，它突然轉向，捲向那兩個黑衣人，緊接著，只不過一秒鐘的時間，它就只剩下一個亮紅點，緊接著消失了！

停下來的車子中的人，都紛紛探出頭來，問道：「什麼事？什麼事？剛才那一團亮紅色的球體是什麼玩意兒？」

剛才那一瞬間出現的奇異情形，李義德幾乎疑心是自己眼花。他從路上躍了起來，道：「我不知道，各位請自行趕路。」

他和娜莎退到了路邊，公路上車子繼續通行。

可是，李義德和娜莎兩人心情的激動都是難以形容的，因為他們剛才所遭遇的一切，實在是太奇幻，太不可思議了。

先是兩個黑衣人攔住了他們的車子。然後，一個亮紅色的圓球以極高速度飛來，看情形，那球形體本來是想將他們兩人連人帶車一起捲走的。

但是，由於李義德的動作快捷，及時從車中滾了出來，而那個圓球也只有捲走了他們的車子，以及帶走了兩個黑衣人。

這可以說是一次超級的綁架行動！

然而，主持這次行動的是什麼人呢？目的何在呢？他們所用的是什麼工具呢？李義德是世界著名的科學家、太空探險家，但是對這些疑問，他卻茫然無知。

在路上邊站了一分鐘，還是娜莎先開口，道：「義德，怎麼辦，我們的車子沒有了，你是先去找秀梅，還是到基地去？」

李義德心知，事情非常不尋常，極端不尋常。

使他有如此想法的，全是那個亮紅色的球體。

那個亮紅色的球體，是從來也未見過的東西，而且，這時他是清楚地見過那東西了，可是那是什麼，他卻說不上來。

那球體不但速度快，而且，它的體積像是可以任意變化的，因為它在忽然之間變得如此之大，而且立即消失了。

而那輛汽車呢？那兩個黑衣人呢？

那亮紅色的球體，是用什麼方法將之帶走的？又將之帶到什麼地方去了？

李義德決定先回基地。

當然，他原來的計畫，並未曾因之打斷。

他沉聲道：「娜莎，你進偉達市去，告訴秀梅，我到基地去了，雖然我的決定將使我陷入一個十分危險的境地中，但是我不得不這樣做。」

「我和你一起去，我要找蒙德斯！」娜莎倔強地說。

「你去了一點作用也沒有，你聽我說，我相信有一個極大的危機正在威脅著地球，你應該明白事情的嚴重性！」李義德一面說，一面已截住了一輛車子，不由分說地拉開車門，將娜莎塞了進去。「請你們將這位小姐送進市區去。」

他簡單地說了一句，便將門關上。

然後，他又截住了第二部車子，請車上的人將他送到零四四基地去。

娜莎上的那輛車子，是一對年輕的夫婦，將娜莎送到了王秀梅的家前，娜莎到了門前，按鈴，但是卻沒有人應門。

娜莎不斷地按鈴，足足按了十五分鐘，她奔到最近的警署要求協助，當警員和她一起弄開了屋子的門，走進屋子去的時候，他們發現那是一幢空屋子，王秀梅已經不在了！

在基地的控制室中，李義德趕到之後，正和控制主任起著劇烈的爭吵。

「不行，李博士，這是不行的，沒有太空總署署長的批准，任何人載火箭都不准飛行。」控制主任大聲叫著：「何況你要求飛行的，根本是一個試製模型，誰都知道，這火箭是絕對不適宜飛行的，你要自殺，不妨找第二個辦法。」

李義德比較沉著一些。

他雙手按在桌面上，道：「如今，地球和太空間的一切通訊全都停止了，你知道麼？在戰地中，戰壕之間的電話線若是斷了，那麼即使冒著生命危險，電話兵也要將之接通的，不由我去闖開和太空間的聯絡，還有別的辦法麼？」

控制室中所有人都停止了工作，望著他們。

瑪斯計畫的十幾個執行人員也來了。

控制主任不以為然道：「現在沒有什麼人和我們打仗。」

「可是，如今地球正在極大的危機之中！」李義德大聲疾呼：「和太空的一切聯絡斷了，那等於一個人雙眼盲了一樣！」

「我同意你的形容，但是，」主任攤了攤手，「沒有太空總署署長的命令，我是絕對不能替你安排這樣一次自殺飛行的！」

「那麼，你有什麼更好的辦法嗎？」

「沒有，」控制主任攤了攤手，「沒有辦法，不但我沒有辦法，太空總署、防衛總部的聯合緊急會議也沒有辦法，緊急會議只是呼籲鎮定，照我看來，地球上的人也的確夠鎮定的，或者他們根本不覺得這是一個極大的危機！」

「是的，」李義德耐著性子，「可是我卻有辦法！」

「不行。」控制主任依然搖頭。

李義德向前踏出了一步，幾乎是突如其來地，他一伸手，便抓住了控制主任的一隻手，用力一扭，將控制主任的手臂扭了過來，然後，他自己後退一步，靠住了牆，再伸手一拉，拉斷了一條通過高壓的電線，將電線的斷口處對準了主任。

電線的斷口處，發出輕微的「拍拍」聲，紫色的火花在迸射。斷口離控制主任的身子只不過兩寸左右，那是生與死的距離！

只要電線的斷口一接觸到了控制主任的身子，那麼他和李義德立時身亡，那是絕對沒有疑問的事情，每一個人的神色都變了。

「你瘋了麼？」主任尖聲叫著。

「聽著，你立即下令，準備火箭升空的工作，要不然，我就先和你同歸於盡，地球已經遭受了這樣打擊，我相信如果置之不理，那離全人類毀滅也不遠了！」李義德的聲音十分沉重、十分堅定，有一股令人不得不聽從的力量在內。

「李義德，」主任喘著氣，「你將被判終身囚禁！」

「我願意接受這個判決，但是現在，你必須照我的話去做！」李義德將電線移近了一寸，「快下令，要在二十分鐘內準備好一切！」

控制主任望著李義德的面，那種堅定的，大無畏的神色，使他非常感動，他的心中，忽然間興起了一個念頭，那便是：李義德十分偉大，而他自己，則十分卑小！

李義德如今是在用十分不正當的手段要脅他，不錯，可是李義德要脅他的目的是什麼呢？是要去作極端的冒險行動。

然而，他是可以完全不必去冒這個險的，他可以像防衛總部所號召的那樣：保持鎮定，靜候變化，但是他卻不那樣做，因為他看出了地球目前在遭遇巨大的危機，他要勇敢地去解決這個危機，可是自己呢，卻在卑劣地阻止他的行動！

控制主任忽然感到自己卑劣的最大原因，是因為他竭力阻止李義德作這次飛行，並不是真正關心李義德的安危，而且為了他自己，因為如果他准許李義德作這次飛行的話，他由於違例，也是要受懲處的，所以他才更覺自己卑微。

而當他想到這一點，決定以不怕懲處的精神來支持李義德的行動之際，他那種恐慌的神態也自然而然地消失了。

「李博士，你放開我，我立即下命令，我對你這場飛行負全部責任！」控制主任以莊嚴、緩慢的聲音，說出了這樣的話。

李義德呆了一呆。

在那一剎間，他已明白為什麼控制主任會說出這樣的話來了，忙道：「不，你是被逼的，眾人共睹，這次飛行，由我個人負責。」

他一面說，一面放開了控制主任。

控制主任立即下令。那巨大的「瑪斯七號」試製火箭，也從火箭倉中被搬運了出來，龐大的火箭載運車，將火箭運到發射台上。

李義德則忙碌地準備起飛前的工作。

整個基地上的人員，都在一種十分沉默的氣氛下工作著，這是因為他們每一個人的心頭，都感到十二萬分沉重的原故。

李義德是一個出名的受人崇拜的科學家，而基地上的工作人員都知道，他要從事一次如此危險的飛行，全然不是為了他自己！

人們在他的身上看到了一種極其崇高的品德。

但是一個具有如此崇高品德的人，卻處身在這樣危險的行動之中！誰都知道試製火箭是有許多缺點，可以說是根本不能飛行的！可能它還未升空便已爆炸！

在沉默之中工作，進度更快，十八分鐘，一切都準備妥當了。

李義德守在火箭架旁，已經準備跨上載他進太空船的升降機了！

但在這時候，在他身旁的一個工作人員，捧過了一具電話來道：「李博士，你的電話，是一位小姐打來的！」

「秀梅！」李義德立即想到是她。

他拿起了電話，那面傳來的，卻不是他所想像中的王秀梅的聲音，而是娜莎的急促的聲音：「義德嗎？秀梅失蹤了！」

李義德的手，忍不住震了一震。

「當地警官說，昨晚他們還拜訪過她，她應該是在家的，但是卻失蹤了，在西郊，這是第二宗失蹤案，一個小女孩在向秀梅訴說看到了兩個黑衣人之後，也失蹤了。」娜莎用最簡單的詞句，將事情告訴李義德：「小女孩也未出現。」

「黑衣人！」李義德反問。

「是的。」

「娜莎，」李義德道：「我要起飛了，我想，這一切，你不妨向防衛總部作報告，他們或許不會受理而推給警方，那也無可奈何了。」

「義德，你不理秀梅了麼？」

「娜莎，」李義德的聲音，可以說是十分痛苦，「你不該不了解我，你應該知道我是多麼希望趕去調查秀梅的失蹤。」

「那你為什麼不來？」

「我如果去了，那就不能進行這次飛行了，如果不能的話，那麼，地球面臨的危機進一步地加深，那時就太遲了！」

李義德一講完，便立時放下了電話。

在放下電話的時候，他這樣一個堅強如鋼的鐵漢，居然也感到了一陣昏眩，他雖然立即跨進了升降機，但是他的腦中卻在嗡嗡作響！

他這時所想到的，只是一件事。

那便是：秀梅失蹤了。

秀梅為什麼失蹤了呢？她上哪裡去了呢？纖弱的、文靜的、清純的像水仙花兒一樣的秀梅，為什麼會失蹤了呢？

李義德不相信有什麼人會忍心去傷害秀梅這樣一個可愛的少女，但娜莎當然是不會說謊的，秀梅的確是遭到不幸了！

由於李義德對秀梅的愛情是如此的誠摯，是以此際他心頭的繚亂、傷痛，也是難以比擬的，他雖然竭力克制，也無能為力！

一個太空飛行員需要面對著幾百個儀器，留意著它們的情形，以應付太空之中瞬息萬變，難以預料的變化，所以一個太空飛行員需要高度的意志集中。

然而此際，他卻思緒混亂到了連升降機停止了都忘記將門拉開的地步，如果不是傳來了主任的詢問，他可能會一直呆下去！

當他跨進太空船坐下來的時候，他不禁苦笑了一下，檢討了一下他所進行的事情：一具試製火箭，要將一個神經剛受了重大打擊的太空飛行員，送到一個和地球全然無法聯絡的太空中去，這情形像是什麼呢？李義德覺得難以比擬。

因為這比「盲人騎瞎馬，半夜臨淵池」更加危險萬倍！

李義德深深地吸了一口氣，他自己告訴自己：如果自己的估計不錯，地球已面臨著一個前所未有的危機的話，那麼自己的這次飛行，可以說是唯一可以探到危機是從何方來，將是怎樣的一個危機的一次飛行了，這次飛行的成功機會，可以說只有萬分之一！

但是，他必須成功！

李義德可以聽到控制主任開始在倒數計時了。

當控制主任數出了一個零字，手指剛一按下按鈕的一剎那，一輛最新型的氣墊車，飛也似地駛進零四四基地來，遇到有建築物阻攔，它不是迴避，而是陡地升高，自阻礙物的上面越過，然後才繼續前進，停在控制室的門外。

「停止，停止這次飛行！」

太空總署署長氣吁吁地自車上跳下，高叫著衝進了控制室，「停止這次瘋狂的飛行！」

如果可以早到兩秒鐘的話，那麼這次飛行一定被他親自降臨所制止，但是他卻遲到了兩秒鐘，當他衝進去的時候，控制主任的手指還未曾離開按鈕。

然而轟然巨響也已響起。火箭的基部噴出了灼亮的、橙黃色的火焰，巨大的火箭首先猛烈地震動了一下，而不是立即便向上直竄而去！

這一下震動，令得膽子小的人立時閉上了眼睛，沒有勇氣再望向傳真的電視螢光屏。但奇蹟似地，火箭在震盪了一下之後，開始上升了！

火箭上升的速度快得驚人。

控制室中，在最初的十秒鐘內，可以看到火箭的上升，和聽到太空船中李義德的聲音，李義德道：「升空的情形還算理想——」

他只講完了這一句話，不論他是否繼續在講話，但是地球上卻已收聽不到了，而且，由於遠程追蹤攝影設備早被破壞的原故，火箭也在螢光屏消失了。

每一個人都不出聲。

他們也都不動，看他們的情形，像是正在等待，然而卻又沒有一個人說出在等待的究竟是什麼。他們是在等待火箭的爆炸聲！

如果這時傳來了火箭的爆炸聲，那麼他們將一點也不感到意外，因為這是意料之中必然會發生的事情。但是，時間慢慢地過去。

二十分鐘過去了！

二十分鐘，即使火箭在這個時候爆炸，由於已經升得太高的原故，地面之上也聽不到火箭的爆炸所發出的聲音了。

也就是說，火箭的命運如何，已是沒有法子用任何方法獲知的了！

太空總署署長首先打破那難堪的沉寂，他一字一頓，緩慢而又嚴厲地問：「這次飛行，是得到什麼人的支持的？」

控制主任站了起來：「我。」

出乎控制主任意料之外，也出於署長的意料之外，所有控制室中的工作人員和在控制室之外的人，竟在那一瞬間異口同聲地道：「我們！」

控制主任感動得眼睛潤濕，他激動地道：「署長，請處分我一個人，將我交給法庭，當我想到李博士為了人類將要面臨的危機可以奮不顧身的時候，我怎能為了怕承擔處分，而不支持他的行動呢？請你召衛隊將我拘捕。」

控制主任的面色蒼白，但神情堅定。

署長停了半晌，才嘆了一口氣，道：「可是，你們無異是在鼓勵他自殺，他死了，這是百分之九十九的可能，你們能不自疚麼？」

「署長，」主任道：「我們既然敢於接受法律上的處分，自然也勇於承擔心靈上的自我責任，比起李博士來，我們的犧牲太微不足道了！」

太空署長默然不語，又是一片靜寂。

然後，才聽得署長緩緩地問道：「關於這次飛行的一切，已記錄下來了麼？」

一個工作人員道：「記下來了。」

「拿來，」署長命令：「拿來給我簽字。」

署長如此出人意料之外的決定，令得每一個人都感動到了極點！他要在記錄上簽字，那就表示這次飛行是他認可的了。

可以想像得到的是，他必然要在議會中遭到敵對派議員的猛烈抨擊，他若是因此而喪失了署長的職位，那是誰也不會奇怪的事！

但是，當他在簽名的時候，他卻十分鎮定。

他當然是決定接受犧牲的了！

火箭的動作系統才一發動的時候所發生的那一個猛烈的震動，令得李義德以為火箭在那一剎間便會發生爆炸了！

在那一剎間，他可以說是真正地嘗到了死的滋味！

然而，他預期的爆炸卻並沒有發生，火箭開始上升了，他倉皇地說道：「火箭上升情形還算是理想，請保持聯絡。」

他打開了收聽儀，但是卻沒有聲音傳出來。李義德不禁苦笑了一下！

報告了火箭的上升情形之後，說一句請「保持聯絡」，這是多次太空飛行所造成的一個習慣，可是這時，習慣卻沒有用了。

因為地球和太空間的聯絡已完全中斷了！

自己的話，可能一個字也傳不到控制室中！

李義德覺得自己手心在冒著汗，他又不能去抹拭，他只有緊張地注視著一切儀表，飛行還十分正常，那倒是出乎李義德意料之外的。

這具火箭既然是「瑪斯七號」火箭的試製品，它的設計，當然和「瑪斯七號」是相同的，它共有七段，第一段火箭的任務是衝出大氣層。

這一段的任務，很快就完成了。

李義德按下按鈕，第一段火箭墜下，第二段火箭有動力系統也隨之發動，他要向月球飛去，和月球上的基地取得聯絡之後，才能進一步地去尋找蒙德斯駕駛的太空船。

在月球上，有數以千計的優秀科學家在基地上工作著，這些科學家，即使不是地球上優秀科學家全部，也是百分之七十！

當地球和太空的一切通訊斷絕之後，最使人擔心的，也就是月球基地上工作人員的安全了，所以，李義德決定利用第二段火箭的後制發動系統，使火箭降落在月球之上，他要親臨月球基地，而不是在月球旁邊飛過就算數了。

李義德可以說是地球——月球之間的常客。

他是月球基地擴展計畫的參與人之一，來往地球——月球，他是十分熟悉的，雖然這次與往次不同，沒有了地面上的指示，也還難不倒他。

李義德幾乎在一開始飛出大氣層，無線電波可以不受大氣層干擾的時候，便開始和月球基地聯絡，但是他聯絡卻失敗了。

在地球——月球途中，一共有七十座小型的太空站，這七十座小型的太空站，也等於是大型的人造衛星，每一個太空站中，都有兩名科學家主持工作。

李義德也曾企圖和七十座太空站中的任何一座進行聯絡。但是也失敗了，突然之間，他感到了莫名的一種孤零之感。

這種孤零之感，當他在飛過了第一座太空站應該在的位置，而雷達的反應屏上卻一無表示，他也不能在黑沉沉的太空中看到任何東西的時候而增加到了頂點，使他感到恐懼，一種難以形容的恐懼：太空站失蹤了，不見了！

他雖然大受震動，但是仍然使火箭在飛向月球的正常軌道上，所幸火箭和太空船的一切情形都在水準之上，這使他能得以繼續航行。

第二座太空站也消失了。

第三座當然也不在。

第四座、第五座、第六座……

所有的太空站全部消失了！

而且，李義德也注意到，歷年來所發射的人造衛星也都不見了，這些人造衛星，有的是轉播洲際電視的，有的是氣象衛星，全不見了。

而且，太空巡邏隊呢？巡邏船呢？

屬於地球本身之外的東西，不但失去了聯絡，而是它們根本完全消失，完全失蹤，完全不見了！

如果說，這是一場戰爭的話，那麼，「敵人」已將地球的一切外圍全都消滅了，地球已在不知不覺中遭到了一場慘敗！

而下一步緊接著將要發生的，是什麼呢？

李義德的手心之中，不禁又沁出了冷汗來。

雖然他知道，一定是所有的太空站全都不見了，可是當他經過一座太空站應該在的位置，他還是要留意一下。

然而他遭到的卻總是失望！

幾十個失望，幾乎連他以為月球也已經消失而不存在了，但是在雷達螢光屏上，月球的反應點，已越來越大了。

他幾乎不進食太空食品，因為他實在吃不下，等到火箭載著飛船，越過了最後一座太空站應該在的位置之後，他已經可以極其清晰地看到月球的表面了！

月球上的情形怎樣呢？李義德幾乎像是一個等著判刑的犯人一樣，焦急地希望這個答案快一點可以揭曉出來！

火星來客　月球逼降

火箭在降落的時候，又猛烈地震動了一下，那一下震動的情形十分壞，儀表表明，第二段火箭已完全失去作用了！

當然，他可以利用第三段火箭離開月球。

但是第二段火箭的作用，只不過利用了一半，也就是說，就算以後的幾節火箭全部不失靈的話，他也難以到達火星，並安返地球了！

但在這時候，他卻沒有法子去顧及這些了。

他急於要知道月球上的情形，是以他準備好了一切，便打開太空船的門，跳了下去。太空船和火箭並沒有脫離關係，他從太空船中跳出去，要經過一百二十呎的空間，才能落在月球的表面之上，這情形和從十二樓跳下去一樣。

但是李義德在跳下去的時候，卻從不考慮「危險性」，因為在事實上，他這樣做，是十分安全，一點危險也沒有的。

不要說他背上的個人飛行器，可以使他在空中自由遨遊，就算他根本不動用個人飛行器的話，由於月球的「地心吸力」只是地球上的六分之一，所以任何大漢到了月球之上，也會「身輕如燕」，就像是練成了最佳的輕功一樣飄然起飛。

李義德降落到月球表面之後，他已經可以看到在他前面一哩處聳立著的巨大的球形月球基地。

月球基地的總部是一個巨大的球形建築。

這個建築所用的金屬，並不是從地球上運來的，而是從月球上開採的新合金，它的光澤，有點青灰色，看來十分悅目。

李義德並不是第一次在月球上降落，以往，每一次他降落之後，總見到有許多人飛過來——來檢查火箭是否適宜繼續飛行來歡迎他。

但這時候，火箭早已停穩了，他也已從太空船中出來，落在月球的表面上了，可是卻還一個人都看不見，連人影也不見。

李義德的心中，感到了一股莫名的寒意。

在多次的太空飛行中，鍛鍊了李義德，使他具有超人的勇敢，異乎尋常的應付事變的機智，但雖然如此，在如今這樣的情形之下，他也不禁心頭生寒。

月球上太靜寂了——那和他第一次來的時候不同，他第一次在月球上降落的時候，月球上也是寂靜的，但那卻是正常的現象。

因為那時的月球，根本是沒有生命的。但是如今，在月球上，人類已成功地建立了如此龐大的基地，有上千名的優秀科學家在這裡工作著。

那麼，何以還會死一樣地寂靜呢？

難道月球基地上那些科學家，他們全都不見了？

李義德一想到這裡，更不禁機伶伶地打了一個寒戰！

他連忙遏制自己，不讓自己再胡思亂想下去，他按下了個人飛行器的發動掣，他立即以極高的速度向前飛了過去。

等到他在龐大的月球基地之前站定之後，他心中的寒意越來越甚了！他抬頭看去，正好可以看到美麗的，被淺藍色的大氣層所籠罩的地球。

在地球上，應該是一個好天氣的日子，要不然，大氣層看來，便不會如此清明，像是一層淺藍色的薄紗一樣，李義德的心中不禁暗忖：地球上的人，是不是知道他們多少年來，辛辛苦苦創造、放射、建立的一切太空設施，全部遭到了徹底的破壞，有的根本不見了！

他在緊閉著的基地金屬大門之前，李義德連續用無線電波電訊儀，通知這基地的值日員來開門讓他進去。

李義德在心中自己安慰自己，可能是因為地球上的聯絡突然斷絕，是以月球基地的負責人梅爾博士便召集了一切太空站，而且在月球基地中進行緊急會議，所以月球表面上便看不見有人了。他們一定是在基地之內開會。

但是當半小時過去，金屬大門依然緊閉的時候，李義德才感到自己的「自我安慰」是多麼的脆弱，多麼的站不住腳！

就算所有的人都在基地中開會，難道就沒有一個人會從電視觀看到火箭著陸的情形？會沒有一個人走出來看一看？

李義德感到自己太空衣裡面的身子，正在不斷地出著冷汗，他放棄了用信號去通知基地中的人，而雙手在金屬門上敲打了起來。

他敲打了片刻，明知那是沒有用的，便停了下來。

但是，他的雙手仍然按在門上。

他在無意中雙手向上推了一推，那扇碩大的金屬門在他輕輕一推之下，竟無聲地、輕巧地向上滑了上去，李義德呆了一呆，一步跨了進去。

那球形的建築有六百呎高，也就是說，那是一個直徑六百呎的圓球，那裡面，簡直是一個小型的城市，它總共有二十層，第二十層是一個花園，有著從地球上移植來的奇花異卉，李義德一直感到，在這裡，簡直比在地球上的任何角落更為舒服，人在這裡，是絕不會有「流落他鄉」的感覺的。

可是如今，卻大不相同了。

這裡的一切，顯然都處在「死」的情形之下！

本來，一進大門，就是一個極大的大廳，類似一個大規模的機場，有幾個詢問處，有十多個接待室，你是來做什麼的，立即就可以找到人接頭。光線是明媚的、柔和的；空氣是清新的，服務處的女郎，更是笑面迎人，美麗可親。

然而這時，卻是一片黑暗、一片寂靜。

李義德只不過向前跨出了一步，就呆住了！

他簡直不能相信自己是處身在月球——月球的基地之上，剎那之間，他的感覺是自己闖進了古埃及的金字塔的中心一樣！

他簡直提不起勇氣來向前去！

他呆了好一會，首先著亮了配在身上的「宇宙燈」，這種燈，本來是太空飛行員在漆黑的太空中飛行時所用的，光線十分強烈。

他亮著了宇宙燈之後，基地最低層都籠罩在一層灰暗的光線之下，他看得出一切都沒有變樣，地毯的花紋依然那樣美麗，壁上的裝飾也絕無變動。

可是，卻一個人也沒有。

李義德忍不住大聲叫道：「有人麼？」

他的聲音，是通過頭盔的傳音器傳出去的，響亮得似乎整個基地都可以聽得到，可是他所得到的，卻只是空洞的回音。

李義德來到了升降機口，升降機也已停止行動，動力系統已停止工作了。李義德不明白原子電力系統是如何會停止工作的，他的身上有小型的動力設備，他取出了連絡動力系統的光速槍來，將升降機的門切割開來，他從切口中走了進去。

然後，他利用個人飛行器，在升降機的通道中上升，他逐層逐層地切開升降機的門，想找到一個人，問一問究竟發生了什麼事。

但是，他卻一個人也找不到！

他一層一層地向上找去，在第十九層，基地的最高負責人，梅爾博士的辦公室中，他看到辦公室曾遭到劇烈的大破壞。

李義德甚至難以想像在這間辦公室中，究竟曾經發生過什麼樣的爭鬥，因為辦公室中的所有東西，幾乎都被破壞殆盡了。

李義德呆了半晌，才開始到第二十層去。

在這座龐大的，如同城市一樣的建築中，第二十層是它的頂層，而頂層則是由天象觀察站所佔用的，李義德並沒有希望在第二十層找到人，因為他幾乎已經失望了，他是抱著「死馬當活馬醫」的心情，「飛」上了第二十層去的。

一座又一座巨大的無線電波望遠鏡依然聳立著，但是卻沒有一個人在工作，李義德心情沉重地在觀察儀器中慢慢地走過。

他的腳步也變得出奇的凝重，他心中不斷地在自己問自己，究竟發生了什麼事情，這許多人都上什麼地方去了！如果有敵人的話，那麼敵人來自何處？

沒有答案，李義德得不到任何答案。

因為沒有人可以給他答案，他所遇到的，只是冰冷的不會講話的儀器，所有的人，全都不知去向，突然地消失了。

李義德在一間透明的大穹頂之下，停止了腳步，又在一張椅上坐了下來，他先是閉著眼睛，竭力地思索著，接著，他張開眼來，抬頭看去。

突然之間，他呆住了！

在那一剎間，他實在是不知道怎樣才好。

他看到了一個人！

那是他在零四四基地起飛之後，第一次看到另一個人，尤其是在如今的情形下，他是何等迫切地需要和另一個人相見啊！

但是那個人的情形卻不怎麼好——李義德所看到的那個人，是面朝下，扎手扎腳地伏在透明穹頂之外的。他的頭上赫然戴著氧氣面罩，照埋說他是應該可以在月球表面生存的，但是這時，李義德卻不敢確定他究竟是死還是生。

由於基地動力系統完全停止工作了，李義德也沒有法子移開透明穹頂，他只好又藉著光速槍，將堅硬的石英玻璃製成的透明穹頂割開了一個洞，他從那洞中飛了出去。

他剛在那透明穹頂上站定，那個人便突然跳了起來。

只聽得發出了一種奇怪的叫聲，透過面罩，李義德可以看到那人面部的肌肉正可怕地抽搐著，他目光中，透著一種難以言喻的可怖感。

他一面叫著，一面含糊不清地道：「我看到了，我全看到了，我全看到了！」

他翻來覆去地叫著，叫的全是那一句話。

那個人沒有死，而且一見到李義德就跳了起來，這令得李義德十分高興，然而那人如此不正常的行動，卻又令得李義德擔心。

李義德慢慢地向前跨出了一步，那人突然叫道：「不要接近我！」他一面叫，一面突然揚起了握在手中的一柄武器來，那是高壓電波放射槍，從這柄槍中射出的電波，足以破壞一切生物的性命。

李義德一面大叫：「放下武器。」一面陡地伏身，滾開了一步。

但是當他滾開了兩呎之後，那人的電槍槍口閃出了一道紫色的光芒，在李義德原來所站地方的透明穹頂，立時發出了可怕的破裂聲來。

李義德又叫道：「放下武器。」

可是那人一槍不中，槍口卻立即移向李義德！

在這樣的情形之下，李義德實是沒有多疑慮的餘地了，他陡地按下了光速槍的發動掣，一股極細的光速閃了一閃，正射在那人的電槍上。

只聽得一下十分輕微的爆炸聲，那人手中電槍的一半已然消失不見了。那人呆了一呆，身子向後連退了好幾步！

這時候，李義德和那個人，都是站在基地的頂部。

基地的整個形狀是球形的，頂部的穹頂也是圓形的，在圓形的穹頂上，如果小心移動，那還可以站得穩，然而此際，那人卻是在倉促之間向後面退了幾步，他一個不穩，身子陡地向下滑了下去，同時又聽得他怪叫道：

「回來了，他們又來了！」

李義德發動了個人飛行器，立即趕了上去。

可是當他發動了個人飛行器的時候，那人也已發動了他的飛行器，而且，他不顧危險，將飛行器的速度調節到最高限度！

用最高速度飛行，是可以引致氧氣罩破裂的，然而那人不知將李義德當作了什麼怪物，為了逃避李義德的追蹤，他竟不惜冒險。

李義德這時已可以毫無疑問地肯定，這個人，是月球基地上的工作人員之一，因為這人身上的太空裝備全是來自地球的。

而這個人，也是在地球對外的聯絡突然斷絕之後唯一存在的人，這人可能知道一切的事變經過，自己一定要追上他！

在這樣的情形下，李義德不得不冒險，也將飛行器的速度調到最高限度，兩個前後只不過相隔十碼——但是卻始終相隔十碼！

他們迅速地離開了基地，在離月球表面十呎的半空之中，迅速地前進，月球凸凹不平，毫無生氣的表面，在他們腳下迅速後移。

李義德知道，對方的個人飛行器既然都是地球上的出品，那麼最高速度是一樣的，自己一上來時，落後了十碼，那是決追不上他的！

而自己的氧氣面罩，已在發出「吱吱」聲，飛行器的警告紅燈也不斷地在閃亮著，再以這樣的高速度飛行是極度危險的！

前面的那個人顯然是因為受了什麼重大的刺激，而神經正在十分不正常的狀態之中，他這樣不顧一切地用高速飛行，總是要出意外的！

李義德考慮再三，終於他又使用了光速鎗。

他瞄準的目標，是那個人背後的個人飛行器。灼亮的、其細如線的光速閃了一閃之後，那人的個人飛行器已被破壞。

那人在慣性作用之下，仍然向前滑行了一陣，這才開始向下落來，由於月球的吸力只是地球的六分之一，是以他下落的勢子十分慢，而當他落下之後，猛地伸手在地上一按，人又向上跳了起來。一個人在地球上，如果一跳之下可以跳高三呎的話，那麼在月球上他就可以跳高十八呎！

所以這時，那人一跳又跳起了二十呎左右。

但是他的飛行器既已損壞，李義德自然輕而易舉地趕到了那人的背後，伸手抓住了那人，可是那人卻立即向李義德揮出了一拳。

那一拳，李義德事先絕對料不到，竟被他擊中在胸口，但是李義德卻也立即抓住了他的拳頭，道：「你是什麼人？我是李義德！」

那人被李義德抓住了拳頭的時候，還是在瘋狂地掙扎著，但是他一聽到了地球上幾乎無人不知的「李義德」三字之後，他立即靜了下來。

他大口地喘著氣，兩人直到此時才一起緩緩地落到了月球的表面之上，那人一面喘氣，一面道：「你……你是李義德？」

「我是！」

「你……你是地球上來的？」

「是啊，究竟發生了什麼事，他們到哪裡去了，你快說，地球和一切太空星際的聯絡斷絕了，一切太空裝置全失蹤了，你知道麼？」李義德焦切地問。

「我……知道。」那人的聲音突然變得十分軟弱。

同時，他的身子也向下倒去，李義德連忙將他扶著，使他坐在地上，他又喘了幾口氣，道：「太可怕了，實在太可怕了。」

「究竟是怎麼一回事？」

「一群黑衣人忽然自天而降，我們正在觀察『瑪斯七號』火箭的升空情形，他們就來了——」那人講到這裡，身子突然震動起來。

他一面震動，一面叫道：「他們來了，他們來了！」

「你鎮定一下，不要太激動。」李義德俯下身去。

「他們來了！」那人指著李義德的背後，聲音在發著抖：「他們又來了，在你的背後！」

那一句話，聽在李義德的耳中，不禁令他毛髮直豎！

他剛才聽得那人說「他們來了」，還只當那人是在敘述當時變故發生時的情形，卻不料那人卻指著他的背後這樣說！

李義德連忙轉過頭去！

那八個黑衣人身上所穿的衣服，李義德是十分熟悉的，因為在向偉達市的公路上，他就曾經被這樣的兩個黑衣人攔住去路過。

李義德一看到了這八個黑衣人，心中便有一種極其奇怪的感覺，奇怪那些黑衣人何以竟能在地球上和在月球上都穿著同樣的衣服。

他們的頭上都戴著帽子，帽沿壓得很低，以致根本看不清他們的臉面，那個僅存的基地工作人員又尖聲叫了起來，道：「是他們，是他們！」

那八個黑衣人卻只是一動不動地站著。

「你們，」李義德大聲叫：「是什麼人？」

李義德的第一個想法是：這些人，可能是地球人中的敗類，雖然地球人的道德水準已提高到空前未有的地步，但是在五十億人中，總會有些敗類的。

然而，當一種奇怪的光芒自上空射下來，李義德抬起頭來，看到在上空有一個亮紅色的球形飛行物正在緩緩地下降之際，他放棄了這個想法！

那絕不是地球上的人，絕不是！

因為那種發著亮紅光芒的飛行體，李義德雖然曾在地球上見過一次，這是第二次見到，但是他仍不知道那是什麼！

當那亮紅色的飛行體漸漸下降之際，那八個黑衣人也以一種近乎飄動的行動方法，將李義德和那人圍在中心。

那人尖叫道：「李博士，快點消滅他們，消滅他們……」

李義德手中緊緊地握著「光速鎗」，但是他卻沒有發射，因為那八個黑衣人只是將他們圍住，並沒有什麼別的動作。

他吸了一口氣低聲道：「我們不妨等一會。」

「不能等，不能等。」那人叫著：「他們有一種東西，會發出一種奇異的光芒，那種光芒一到，什麼人都不見了！」

李義德正在駭然間，那亮紅色的飛行體已降落在月球的表面了，同時，八個黑衣人中的一個突然發出了聲音。

「不錯，我們是有這樣的一種原子分解光，」黑衣人的聲音十分生硬，「所以，你們兩人暫時還是不要妄動的好。」

原子分解光——這是李義德從來未曾聽到過的名詞。

李義德是地球上數一數二的科學家，他卻從來未曾聽到過的名詞，那就是說，那是地球人知識範圍之外的一種新東西！

李義德四面看了一眼，那八個黑衣人仍然沒有什麼特別的動作，他竭力使自己保持鎮定，道：「那麼你們，是來自另一個星球的了？」

一個黑衣人道：「可以這樣說，但是我們是在我們的飛船之上，如今圍在你們身邊的八個人，是我們根據地球人的形態製造出來的電子人！」

李義德又深深地吸了一口氣。

「哈哈！」聲音仍是由一個黑衣人的頭部發出來。

但是李義德知道，那些「黑衣人」既然實際上並不是具有真正的生命，而只不過是電子人，那麼聲音自然也不是他們本身發出來，而是由在發著紅亮的光芒的飛行體中的人所發出，通過無線電傳音的設備，和電腦傳聲機之後才發出來的。

這個星球上的人，竟能製造出這樣的電子人來！那麼他們的科學水準，毫無疑問是在地球人之上的了，他們是來自什麼星球的呢？

當李義德想到了這裡的時候，他的心中陡地一動！

一切變故，全是在「瑪斯七號」火箭發射之後所發生的，而「瑪斯七號」火箭是直飛火星，是載著第一批兩個地球人到火星去的。

如果將這一切聯繫起來，不是可以找出蛛絲馬跡來麼？李義德竭力鎮定著自己，但是他的聲音，仍不覺有著過分的緊張。

「原來你們是火星來的？」

「不錯，」黑衣人笑著：「我們在知悉了地球上的『瑪斯計畫』之後，就進行一個『反瑪斯計畫』，這三百個電子人，便是這個計畫之下的產物，我們曾經希望你們停止這個計畫，因為這個計畫，實際上是明顯的對火星的一種進犯！」

李義德從來未曾做過外交工作，事實上，在他的那個時代中，國與國之間的界限已沒有了，「外交工作」也成為歷史名詞了。但這時，李義德卻要用「外交詞令」來講話了，他緩慢而謹慎地道：

「那樣說法，未免太過分了，我們還未曾肯定火星上是否真的有高級生物，而且，我們派出的兩個人，也是絕無惡意的。」

「那是狡辯，所以我們採取了行動。」

「你們將月球基地上的科學家弄到什麼地方去了？如果他們全被殺害的話，那麼，我看兩個星球之間就不會有和平了。」

「哈哈，」黑衣人笑得十分詭異：「對地球人來說，還是力求和平的好，我們只不過動用了極小部分的力量，看看已有了什麼結果？地球的一切空際通訊斷絕了，地球上的科學水準，退到了二十世紀五〇年代，你們連一枚人造衛星也沒有了。」

李義德的心中混亂到了極點，他在那一時之間，不知道該怎樣說才好，他呆了半晌，才道：「你們進一步的動作是什麼？」

「本來，我們是準備擄劫你，將我們的條件告訴你的，但是地球上的一次行動未曾成功，如今你來到了月球上，我們可以更方便地進行談判了。」

「進行談判？」李義德仍不明白。

「是的，現在，」一個黑衣人向前走出了兩步：「我，火星上的代表，向你傳達火星總議會的決定，火星的反瑪斯計畫行動已經成功，我們已扣押了一千三百四十六名地球人，包括你的未婚妻在內。」

「秀梅！」李義德憤怒地叫了起來！

他實在不能夠忍受秀梅這樣文靜纖弱的女孩子，竟落到了不知是什麼形狀的怪人的手中，這是他無論如何也無法忍受的事情！

他陡地跳了起來，突然揮出了重重的一拳，擊向那個黑衣人，那一拳，有力的使那個「黑衣人」的頭部整個落了下來，許多電子零件一齊散了開來。

李義德一拳擊壞了一個電子人，他才想到，對那些電子人出氣是沒有用處的，真正的火星人，是在那亮紅色的飛行體中！

他轉過身來，面對著那亮紅色的飛行體。

正當他準備不顧一切地衝過去的時候，聲音從那亮紅色的飛行體中傳了出來：

「你發怒是沒有用的，如果你不願意在月球上進行談判，我們可以將你送到火星去！」

李義德以近乎暴怒的聲音叫道：「她在哪裡，他們在哪裡？」

「他們在火星上，他們在火星的一個完全按照地球上的條件建立起來的建築物上，他們生活得很好，他們將作為人質！」

李義德苦笑了起來，他花在觀察火星上的時間不算短，而地球上每一個科學家，都以為火星上至多只不過是有低層的生物而已。

事實上，巨大的望遠鏡從月球上觀察，已可以將火星表面上的情形觀察得相當清楚，為什麼望遠鏡中所觀察到的和實際上的情形，竟會有那麼大的距離呢，這些具有高度文明的火星人，是用什麼方法去隱蔽他們，而使地球人發現不了他們的呢？

李義德的心中充滿了疑問，但是這時候顯然不是謀求解答的時候，因為那亮紅色的飛行體中又傳出了聲音來。

這次，是火星人要地球人遵守的條件了：

「由於有這些人質，以及可以輕而易舉征服地球的原子分解光，火星總議會決定，要你去向地球防衛總部轉達：地球人的一切活動不能夠越出地球的大氣層，那麼，地球就可以平安無事了！」

「這是不可能的！」李義德高叫！

地球人的活動早已超出地球大氣層的範圍了，如果接受了這個條件，那就等於叫地球上的科學倒退幾百年！

「如果不可能，大批配有原子分解光的火星電子人便將進襲地球，將地球上主要的東西盡皆毀滅，我們可以在地球上建立起一個由火星人領導的傀儡地球政府，這是輕而易舉的事情，你不妨先看看原子分解光的威力！」

一個黑衣電子人突然飛快的向前移來，那個月球基地工作人員陡地尖叫了一聲，李義德剛回過頭去，便看到一股光芒，自電子人的「手」心發了出來，一剎間，那個人已不見了！

那個人，連同他身上的衣服、裝配，在剎那之間消失得無影無蹤，一點也不剩，這令得李義德瞠目結舌，難以出聲！

準備犧牲　突來宇宙塵

李義德立即想到在地球上被普遍應用的「直射光束」，用光束製成的武器，便是地球人在幾百年前所想像的「死光武器」。

死光武器固然也可以在極短的時間內消滅目的物，但卻無法像那個電子人所作的那樣徹底、乾淨，而不留一點痕跡！

而且，產生「死光」需要極大的動力，那個電子人的身上，竟能夠產生那樣強大的動力麼？這顯然是一種新的東西！

是一種新到李義德無法理解的東西！

在李義德發怔的時候，在那亮紅色的飛行體中又傳出了一陣笑聲，道：「李博士，你看清楚了沒有？你能不去傳達你的所見麼？」

為了弄清這所謂「原子分解光」的根底，李義德故意裝出滿不在乎的神情，聳了聳肩，道：「這沒有什麼了不起！」

「沒有什麼了不起？」從亮紅色的飛行體中傳出來的聲音是憤怒的：「李博士，你在以前難道見過這種威力無比的光麼？」

「這和我們地球上的直射光束是差不多的東西，至多也不過相等於死光而已！」

李義德明知自己所說的是錯誤的，而他仍然要如此說的原因，便是要更進一步地了解那種「原子分解光」的真相，因為這顯然是目前地球所受到的最大的威脅。

亮紅色的飛行體中又傳出了笑聲，道：

「李博士，我們不信你這樣低能，你分不出我們的原子分解光和死光的不同麼？告訴你，最大的不同是死光消滅一切，而原子分解光並不消滅什麼，它只是分解原子，將任何物體分解成原子。」

「那也沒有什麼不同。」李義德仍強充鎮定。

「當然不同，這種光，可以將任何接觸到光的物體分解為原子，當然可以使之永遠成為原子，不再復原；但我們是愛惜生命的，所以剛才在你身邊的那個人，他的身子在被原子分解光分解成為原子之後，便被那種光以接近光的速度送到火星上。在火星上，原子又結合在一起，他一點損失也沒有，只不過經歷了一次奇特的旅行而已，你明白了麼？」

李義德明白了！

正因為他明白了，他也變得無話可說了。

他明白了這種「原子分解光」的確具有無尚的威力，他也明白了地球上目前還沒有力量來對抗這種原子分解光。他更明白火星上的高級生物如果用這種光來攻擊地球的話，那麼地球上的一切都會毀滅，他們要將所有的地球人，全都移到火星上去也不是難事！

令得李義德奇怪的是：他們究竟為什麼不這樣做呢？

是不是太小，容納不下那麼多俘虜呢？

還是他們第一步先要求地球人的活動範圍不得超出地球的大氣層，然後，等地球人習慣了服從之後，再作進一步嚴厲的統治呢？

李義德抬頭看去，他所能看到的淺藍色的地球，是如此之美麗，在那裡，人類繁衍了幾千代，從愚昧無知到如今的高度文明！

難道就眼看人類被統治麼？

當然不能！但是李義德卻想不出有什麼辦法，可以和那原子分解光相對抗，是以，他只好一聲不出，木偶也似地站著。

自那飛行體中又有聲音傳出：

「當然，李博士，你是明白了，地球大氣層之外的一切，包括月球基地上的工作人員，一共一千多人，都是被我們用這種方法送到火星上去的，你的心上人，則是在地球上直接被分解送到火星的，你們絕沒有法子對抗這種原子分解光，本來，剛才幾個人，是我們選定作為傳達我們意見的代表的，如今你來了，那你自然是更好的人選，我們的條件很簡單：地球人的一切活動，不得超過地球的大氣層之外！」

李義德又呆了半晌，道：「我可以傳達。」

「哈哈，你還要促成地球防衛部執行！」

「那不是我權力範圍內的事情。」

「當然，我們派一個電子人與你同行，如果你想對這個電子人不利的話，電子人身上極度靈敏的儀器，可以測到你思想的變化，那麼，它將先下手為強地將你消滅，當你將電子人介紹給太空總署。防衛總部，和地球議會的巨頭之後，我們會使用遠程控制，再使電子人表現一次原子分解光的威力！」

那聲音頓了一頓，又道：「我們還可以告訴你，電子人在地球上試驗原子分解光威力的目標，是地球人在幾百年建築起來至今仍然聳立著的巴黎艾菲爾鐵塔！」

李義德剛回過頭去，一個穿著黑色衣服，從外表看來和地球人完全無異的電子人，已經到了他的身邊。剛才，在憤怒之中，李義德曾經輕而易舉地毀去一個電子人，但這時他卻不敢輕易再試，因為他知道那電子人身上的微妙儀器，可能真會測出自己思想的變化。

他盡力將自己的情緒抑制著，不使情緒激動。

然後，他才道：「我怎麼知道你們剛才所說，那一千多人在火星上作為人質一事是真的呢？我想，我應該和其中的一人通一次話。」

亮紅色的飛行體中，過了一分鐘之久，才傳來了回答，道：「可以的，你向前走來，到我們的飛船上來，我們可以使你和火星通話。」

李義德大著膽子向前走去，當他來到了那種紅色光芒附近的時候，他想到彷彿自己是在走向一具洪爐。但突然之間，在他前面紅色斂去。

他第一次真正從斂去的紅光的空隙中，看到了那個飛行體的本身，出乎他的意料之外，那飛行體竟然是深黑色的。

由於那種亮紅色的光芒，只不過斂去了在他前面的一部分，所以那個飛行體究竟是什麼形狀的，他仍然無法看得清。

而當他再向前走去的時候，只見那飛行體緩緩地轉動了起來，轉到了有一個突出的尖端對準了他才停止，接著，從那個突出的尖端上，一扇門打開，一道梯子也似的東西滑了出來，李義德絕不再猶豫，便順著梯子進入了那個飛行體中。

他到了飛行體中卻仍然沒有看到什麼「人」。

那是一間約有十五呎見方的房間，房間中竟什麼都沒有，而當他在房間的中心部分站定之後，他才聽得聲音自房間的頂上傳了過來：

「你是不是要和你的心上人通話？我們可以立即通知她準備。」

「不！」李義德堅決的回答。

他當然是想和秀梅通話的，他是如此急切地想知道他的秀梅，他的小秀梅如今究竟是怎麼樣了。但是，他想起自己答應娜莎的話，想起自己的好友蒙德斯，他便將自己心中那種強烈的願望壓制了下去，道：「我要和蒙德斯通話。」

「好的，蒙德斯，我們去通知他。」

那句話自天花板上傳了下來之後，自天花板上，伸下了一個金屬圓管來。圓管的盡頭，是一個如同蓮蓬也似的東西。

李義德知道自己要向著那個東西說話。

緊接著，在那個管子之旁，又落下了一幅光屏來。

通話居然是傳真通話，在地球月亮和火星之間的傳真通話！李義德多少有些意外，他心急地等著蒙德斯在螢光屏上出現。

可是，過了五分鐘，卻仍是那聲音從天花板上傳了下來：「李博士，在我們的俘虜中，並沒有蒙德斯這個人，你當然是知道的，但你卻在開我們的玩笑！」

「什麼？沒有蒙德斯這個人？」李義德奇怪得叫了起來，道：「那怎麼可能，他是『瑪斯七號』火箭船的首席航行員。」

又過了兩分鐘，聲音傳來：「不錯，但是蒙德斯這個人，並不在我們的俘虜群中，當我們追上『瑪斯七號』火箭，想使他成為俘虜時，一陣濃厚的宇宙塵突然橫亙在我們和火箭之間，這股宇宙塵產生一種巨大的迴旋力量，我們退後，等宇宙塵過去時，火箭已不見了。」

「火箭到哪裡去了？」李義德問。

「我們不知道，但是你想想太空飛行體如果遇上了宇宙塵之後便失去蹤跡，那麼，最大的可能是什麼？」

「是因為宇宙塵的摩擦，」李義德沮喪地說：「使飛行體也被破壞了，成了這股宇宙塵的一部分。」

「不錯，我們同意你的見解。」

李義德的心中難過得幾乎要哭了出來！

蒙德斯，他的好友，他得力的助手，難道就此犧牲了麼？還有蒙德斯的副手森美度，那快樂的拉丁美洲人，難道也都成了微塵了麼？

這是不應該發生的事，宇宙塵的來去，都經過精密的計算，「瑪斯七號」的飛行路線，是逃開了大股宇宙塵的，而小股的宇宙塵卻又不足為害。

但如今，火星人方面正佔著上風，他們沒有理由要捏造事實，這股強大的宇宙塵連他們也惹不起，可能是突如其來的。

李義德的腦中，只覺得一片混亂！

火星人卻又在逼他了：「蒙德斯不在火星，你願意和什麼人通話？」

「請梅爾博士。」李義德沉聲說。

梅爾博士是月球基地的負責人，地球上最傑出的科學家之一！李義德等了七分鐘，在他面前的螢光屏突然亮了起來。

幾乎是立即地，他看到了梅爾博士。

梅爾博士瘦削的面上充滿了憤怒，但是剎那間，他面上的憤怒便轉為驚訝，同時，梅爾那種濃濁的聲音便傳了過來：「是你，李！」

「是我！梅爾博士，我正在月球上。」

「地球完了麼？」

「沒有，只不過他們要限制我們的活動，你們都好麼，都沒有損失麼？」

「我們損失了最重要的東西！」梅爾博士幾乎是在喊叫著：「我們喪失了自由。你放心，我們自己會照顧自己的，你的秀梅也在。」

李義德還想再說什麼，可是螢光屏突然一黑，梅爾博士不見了。

同時，天花板上的聲音道：「通話完畢了，電子人四十七號將和你一齊返回地球，經過檢查，你的火箭是不安全的，所以，我們有一艘小型的高速飛船供你使用。」

李義德沒有說什麼，只是轉身走了出來。

當他又回到了月球的表面之後，已是剩下一個黑衣人了。那黑衣人當然就是要和他一起到地球去的電子人「四十七號」了。

在四十七號電子人之旁，有一艘極小的飛船，其大小只如地球上的汽車，李義德當真懷疑這樣的飛船竟可以從月球飛到地球去。

他正在懷疑間，那亮紅色的飛行體已然以極快的速度升空而去，四十七號向前走來，道：「李博士，我們該走了。」

電子人自己當然是不會講話的，它之所以能發出聲音，當然是在那亮紅色飛行體中的火星人在直接地指揮著他的原故。

李義德想過，事實上，自己竟已是一個機器人的俘虜時，他不禁苦笑。和一個電子人爭辯，當然是沒有意義的。

所以，他推開了小飛船的透明窗頂跨了進去。

電子人坐在他的前面——那是駕駛位。

電子人的四肢靈活得完全和真人一樣，當它按下了幾個按鈕之後，小飛船的尾部發出了一種尖銳之極的聲音來。

然後，小飛船突然飛去。

月球被迅速地拋在後面，而地球在視線中也越來越大了。李義德的心中被痛苦盤繞著，地球人能接受這個條件麼？

如果不接受，結果是什麼？

如果接受了，火星人進一步的要求是什麼？

地球的最高決策會議，一定會徵詢他的意見。

到時，他是應該建議接受火星人的條件，還是建議拒絕？李義德的心中亂成了一片，那是他一生中從來也未曾經歷過的痛苦時候！

小飛船的速度的確是十分快，他離地球已不遠了！

「瑪斯七號」火箭在升空之後，只過了三分鐘，副駕駛員森美度便恐慌地道：「壞了，一切通訊設備全部損壞了！」

蒙德斯猛地一震道：「使用緊急通訊設備。」

森美度按動了幾個鈕掣，忙碌地工作了片刻，他的聲音之中充滿了驚惶，道：「沒有任何反應，我們是不是立即回航？」

蒙德斯的雙眼射出了堅定的光芒，他幾乎連想也未曾多想，便道：「回航？這是什麼話？我們出發是直奔火星的，怎能回航？」

「可是，可是一切的通訊設備全部毀壞了。」

「在飛行途中修理。」蒙德斯的命令十分簡單。

森美度當蒙德斯的助手已經有好幾年了，蒙德斯勇往直前的性格，他是知道的，他不再多說，立即著手檢查一切通訊設備。

而蒙德斯仍然如常地控制著火箭的飛行。

不到半小時，森美度便已經發現，太空船的通訊設備根本是完好的，絕沒有損壞，但是他們卻沒有法子和地球取得任何連絡！

這種情形只有一個解釋，那就是，地球上的一切對太空船聯絡的設備都損壞了。然而，這是可能的事麼？

森美度猶豫了半晌，才道：「我們的通訊設備完好。」

「那就進行聯絡。」

「可是無法聯絡，看來地球上發生了什麼變故，地球上的通訊設備已……全部……毀壞了。」森美度說出了自己的猜測。

「胡說，你是在俱樂部裡說話麼？」蒙德斯怒道。

「當然不是，」森美度急急地分辯：「可是我們發出去的信號卻接不到地球上的任何回答，真的一點也收不到！」

「試和月球連絡！」

「試過了，也是——」

森美度的話未曾講完，便突然停住了。

而蒙德斯也沒有再追問他。因為在那一剎間，兩人都在雷達波反應屏上，看到了一個亮紅色的飛行體正在迅速地接近自己。

那個飛行體究竟是什麼形狀，他們看不出來，因為在那個飛行體的周圍，有著亮紅色的光芒，那是他們從來也未曾看到過的一種飛行體。

蒙德斯道：「發信號問他們是什麼單位的？」

「是！」

森美度立即發出了太空船空際相遇時的詢問訊號，他們的訊號才一發出來，太空船和零四四基地專用的通話器中，便傳出了清晰的聲音來：

「你們兩人駕駛的『瑪斯七號』及太空船已是我們的俘虜了，你們要聽我們的命令。」

「什麼？」南美人是一個容易衝動的民族，蒙德斯也不例外，他側著頭，向著傳話器：「你們是什麼單位的，在玩什麼把戲？」

「哈哈，你們已是俘虜了！」這句話被不斷地重覆著，而那亮紅色的飛行體也迅速地接近，雷達網上的儀表表示，只有七千呎了。

「放射攻擊武器！」蒙德斯斷然下令。

森美度按下了一個紅色的鈕掣，太空船陡地震動了一下，兩縷紫色的火焰，拖著兩條白色的氣尾，紫白兩色，在深沉的太空中閃出了無比美麗的顏色，然後以極高的速度，向那亮紅色的飛行體射了出去，蒙德斯和森美度兩人緊張地等待著。

三秒鐘之後，兩枚火箭已經射中了那亮紅色的飛行體，然而，預料中的爆炸，卻並沒有發生，只看到那飛行體外面的紅光，突然漲了起來。好像那飛行體在剎那間大了好幾倍一樣，接著，便是在紅光之中，有一股灼亮的光芒閃了一閃。

在那股灼亮的光芒閃起之際，亮紅色、紫色、白色，再加上那種耀目的光亮，在太空之中，現出了如此奇幻的色彩，看得人為之目眩。

然而那一切，卻只不過是百分之一秒間的事。

緊接著，一切都恢復了正常，那亮紅色的飛行體，若無其事地繼續接近，雷達網表示，距離太空船已只有五千五百呎了！

「再放射火箭！」

森美度不斷地按著，又有五枚足以毀滅太空數百噸隕星的火箭再向前射去。然而，那五枚火箭的命運卻和前兩枚一樣。

火箭是分明射中了目的物的。

但是，當那種灼亮的光芒一閃之後，火箭便消失了，那種紫色的光芒也突然沒有了，就像根本未曾有過火箭發射一樣！

那紅色的灼亮物體離得更近了，已只有三千五百呎了，蒙德斯猛地按下了控制鈕，龐大的「瑪斯七號」火箭震動著，改變了方向。

它變得向著那亮紅色的物體衝去！

森美度的面色發白，但是他勸阻卻已經來不及了！

兩個飛行物以極高的速度接近著，只是一秒鐘，相互間的距離便變為兩百呎了，再過十分之一秒就要撞上了！

也就是那電光石火的一瞬之間，太空船的警報鈴突然響了起來，而那個亮紅色的飛行體也突然在螢光屏上消失了。

在那一剎之間，蒙德斯和森美度兩人，幾乎以為自己的火箭已和對方相撞而同歸於盡了，但是太空船所產生的一種奇異的震盪，卻使他們知道至少自己沒有被消滅。

緊接著，他們也從螢光屏上看清楚了他們自己的處境。

他們被一大股宇宙塵包圍住了！

宇宙塵是太空飛行的大敵之一，它是沒有規律的，許多許多細小的微粒結成了一團，在太空之中游移，那許多微粒，一面是反光的，一面是陰暗的，因此若是有一股宇宙塵在太空船的旁邊掠過，那就是一條深黑色的，但是卻有著明滅不定的閃光的光帶！

如今，他們卻是被裹在宇宙塵中！

這是最危險的，宇宙塵大都是行星毀滅之後，未曾化為氣體的微粒所組成的，這些微粒雖然小，但是在行星的巨大變化中，它們居然能不化為氣體消滅，那證明它們是幾種最堅固的金屬，而成億的微粒是在不斷流轉著的，可以在片刻之間，將一塊鋼磨成粉末！

蒙德斯忙道：「放保護光！」

森美度慌忙地按下了幾個掣，在火箭和太空船的周圍冒起了一股淡黃色的光芒來，太空船中感覺得到的震盪似乎已輕了許多。

但是，整個火箭似乎都被那股宇宙塵帶著向前去。

儀表表示，火箭早已超出了原來的航行中線，它將被那股宇宙塵帶到什麼地方去，由於許多儀表出現了反常的混亂，卻又難以觀察得出來。

蒙德斯又命令放射求急火箭，可是求救火箭才一射出，就立即被宇宙塵消滅，其中最堅硬的合金也成了宇宙塵的微粒。

這種情形，使得他們兩人不敢使用逃生火箭。

宇宙塵在太空飛掠的速度是十分驚人的，幾乎接近光速的一半，這時他們就被那種高速帶著，不知要被帶到什麼地方去。

過了十七分鐘，宇宙塵突然消失了！

太空船震動了一下，他們立即在螢光屏上看到了一個星體，那是一個接近方形的星體，這時，星體上正升起一種黃色的光芒。

那黃色的光芒，在那星體之上結成一片雲。

正在蒙德斯和森美度兩人莫名其妙，幾乎以為身在夢境之際，他們的傳音器中傳來了一個十分動聽的女子聲音。

那女子道：「請你們保持鎮定，將火箭降落在那片黃色的火箭場上，我們是絕無惡意的，我們在十七分鐘之前救了你們，你們該聽我們的話。」

「你們——你們是誰？」蒙德斯急急地問。

「你按照吩咐行事就可以知道了！」

森美度望著蒙德斯。

蒙德斯考慮了半分鐘道：「發動倒退火箭。」

巨大的「瑪斯七號」火箭開始倒退，向那片黃色的雲迎去。那一片黃色的雲，居然會是一個火箭場，這使蒙德斯十分懷疑。

然而事實卻證明，那的確是一個十分好的火箭場。

當火箭的基部接觸到那片黃色的雲之際，立時便平穩地停了下來，森美度關閉了動力系統，火箭便聳立在半空中的火箭場上。

然後，那女子的聲音又傳出來了：「使用你們的個人飛行帶，飛出太空船，向右下方飛，你們可以不必配戴氧氣面具，但是要準備接受大過地球百分之五十的引力，這會使你們開始時十分不舒服，然而很快就可以習慣下來的。」

蒙德斯又猶豫了一陣，才打開了太空船的門。

本來，不到達火星，他們是絕不會打開這扇門的。但如今，忽然之間，發生了使得他們莫名其妙的變故，使他們來到了這個古怪的星體上！這將他們原來的計畫完全打斷了！而他們將會遭遇到什麼事情，看來也是全然不可知。

他們心中最大的疑問便是：這是一個什麼星球？這個星球上的高級生物，究竟是什麼樣子的，看來他們是運用了一種力量，才使自己來到這裡的，那麼他們的科學水平一定是十分之高的了，如果他們對自己有惡意的話，又該如何呢？

蒙德斯和森美度兩人飛出了太空船，到了那塊黃色的「浮雲」的邊緣，開始向下落去，向下落了一千呎左右，他們便落在那星球的表面上了。

那星球的表面，是一種閃耀著藍綠色光彩的岩石。

兩人才一停了下來，想向前走出去時，卻發現腿要舉起來得花許多力道，像是在腿上綁了兩大塊鉛一樣地沉重。

他們記起了那女子的話，那女子曾經說要忍受比地球大百分之五十的吸力，看來真不是虛言，如今他們就像是一個疲倦之極的人一樣！

他們索性站立著不動，不一會，一輛小車子，自一塊極大的岩石後面轉了過來，駛到了他們的面前，那是一輛沒有車輪的「氣墊車」。

正因為沒有車輪，所以地面是否不平，對於車子來說毫無影響，車子幾乎是滑過來的，了無聲息，到了兩人的身邊便停了下來，車子一停下，車蓋便自動地向上打了開來，在那一剎間，蒙德斯和森美度兩人都不約而同地閉上了眼睛！

正因為他們知道，車蓋一打開，自車中走出來的，當然便是那個星球上的高級生物了，「他們」是什麼樣子的，是像放大了的八爪魚？還是像別的可怕的東西？

這使得他們沒有勇氣面對著新的從來未見過的生物，所以兩人才不約而同地閉上眼睛，但是，他們卻又聽到了那女子的聲音，道：「唔，你們怎麼閉上眼睛，難道這個星體還不夠美麗麼？」

兩人的心中都不約而同地想著：會發出那麼可愛聲音的生物，她的模樣，一定不會難看到什麼地方去的，可以張開眼來看看了。

於是，他們一齊睜開了眼。

他們一睜開眼，便看到了眼前的那個「高級生物」。

在那一剎間，他們兩人也呆住了。站在他們面前的，絕不是什麼「八爪魚」，更不是什麼濃綠色的一團，而是一個人，一個十分美麗的金髮女郎！

那個金髮女郎，無論從哪一個角度來看，應該是地球人。一個地球人又怎會在這裡的呢？地球若是已向別的星球開始移民的話，蒙德斯和森美度兩人是絕不會不知道的！他們實在呆住了，比看到了「八爪魚」更要吃驚得多。

那女郎卻帶著可愛的笑容，道：「你們為什麼如此吃驚，可是我不好看麼？」

「不，不，」森美度搶先道：「你真是天上的仙子！」

那女郎又笑了起來，道：「上車吧。」

蒙德斯和森美度兩人沒有法子拒絕這個邀請，他們一齊上了那輛車子。那女郎按下按掣，車子平滑地向前滑了出去。

科學怪傑　談地球危機

車子在凹凸不平的岩石上駛著，但卻平穩得像在水面上滑行一樣，當車子穿過了一個大拱門之後，兩人真懷疑自己來到了仙境！

眼前是一片碧綠的草地，那種綠色的青翠可愛，在地球上是難得一睹的，只有在早春，細雨之後，枝頭上冒出新葉之際才可以看得到。

這種青翠的綠色，給人的印象是極其愉快的。

而在那片草地之上，還有著不少美麗的花朵，有兩株梅樹開放著梅花。這許多花本來全是不應該在一個時間開放的，但這時卻一齊盛放著！

蒙德斯和森美度立時發出了由衷的讚美聲。

金髮女郎微笑著道：「這全是從地球上帶來的。」

「請允許我問一句，」蒙德斯這個問題，已存在心中很久了，直到這時才問出來，「請問你是不是從地球上來的呢？」

「可以這樣說。」金髮女郎的微笑，仍然極為甜蜜。

「可以這樣說？這是什麼意思？」

「我的父母來自地球，但是我，卻是在這裡出生的。」金髮女郎突然伸手向前指一指，道：「看，我們的家到了！」

蒙德斯和森美度兩人立時抬頭向前看去，他們又不自主叫了起來。車子恰在這時候，轉過了一塊十分高大的岩石。

他們看到在岩石的後面，有一幢閃耀著異樣金屬光輝的建築物，那建築物並不高，但是卻極其廣大，在建築物之前，是一個平靜的圓形廣場，廣場上，豎著一塊石碑的東西，在石碑上，則是一艘舊式的太空船！

蒙德斯和森美度兩人全是傑出的宇宙飛行家，他們對於各種各樣的太空船，自然都有相當的研究，他們一眼便看出，那是一艘被地球人稱為「Y—十七」型的太空船，那種太空船在三十年前，是被認為最新式的，但如今當然已落伍了。

而且，這艘太空船顯然已經損壞了，它被放在那塊石上，好像是當著文物來紀念的，蒙德斯和森美度兩人一時之間也難以猜得出究竟是什麼用意來。

當車子來到那建築物面前時，兩人立時聽到一個宏壯的中年人聲音，道：

「歡迎，歡迎，我們好久沒有與生人見面了，請進來！」

聲音是從那建築物中傳出來的。

車子仍然以極快的速度向前駛去，眼看越駛越近，車子要撞向建築物了，突然，建築物上的一扇門自動打開，車子並未減速，便駛了進去。

當車子一駛進去之際，眼前突然黑了一黑。

在他們眼前一黑的時候，他們感到了一陣相當輕微的震盪，而當那種震盪過去之後，他們的眼前，又是一片極其柔和的光線。

蒙德斯和森美度兩人為自己奇妙的遭遇而驚訝得說不出話來，他們一齊定眼看去，只見車門已經打開，他們也來到了一個十分寬敞的大廳之中！

在那個大廳中，陳設相當簡單，但極其舒服。在一組金屬的椅子之中，是一張圓几，這時，坐在椅子上的幾個人正紛紛地站了起來。

蒙德斯和森美度跨出了車子，他們首先看到一個中年人向他們走來，那中年人的態度十分友善，這使得他們放心。

令得他們驚訝的是，跟在那中年人後面的，也是一個金髮女郎，那個金髮女郎可以說是和接他們前來的那個一模一樣。

這時，那接他們前來的金髮女郎也跨出了車子，兩人並排站在一起，她們容貌酷似，衣飾相同，連神情也是一樣的，當真分不出誰是誰來。

在中年人和兩個金髮女郎之後的，則是一個中年婦人，那中年婦人也是金髮，一看面貌，便知道她是兩個女郎的母親了。

另外還有一個人，仍然坐在椅子上，沒有起來，那是一個十分矮小，穿著阿拉伯服裝的老者。那老者甚至連看也不向他們看一眼，只是閉著眼坐著，膚色黝黑，也不知道他在想些什麼，只向他望上一眼，便給人以說不出來的神秘之感。

那中年人來到了蒙德斯和森美度兩人的近前，伸出手來再一次道：

「歡迎，歡迎，你們或許會認識我的，我叫霍倫斯。」

當那中年人講到「你們可能會認識我的」這句話時，蒙德斯和森美度兩人心中不約而同感到好笑，因為他們有什麼理由會認識在另一個他們從來未曾到過的星球上居住的人呢？

但是，當那個中年人講出了「霍倫斯」這個名字來的時候，他們兩人卻陡地呆住了，張大了口，一句話也說不出來。

有哪一個宇宙飛行員會不知道「霍倫斯」這個名字的呢，這個名字所代表的，是一個傑出的、偉大的太空探險家，一個至高無上的科學家，霍倫斯是最早提出要在月球上建立基地的科學家之一，也是最早利用太空星體資源的科學家。霍倫斯的成就，使得人類的科學生輝，所以，位於亞馬遜河上游，新開發地區，全球最高的一座科學院，便被定名為「霍倫斯科學院」。

然而，蒙德斯和森美度卻又知道，所有地球上的人都認為霍倫斯已經死了，那是一次太空飛行中所發生的悲劇。

何以霍倫斯竟會在這裡呢？

若不是那中年人自己講出他的名字來，兩人是絕不會想到他是霍倫斯的，但如今那中年人講了出來，蒙德斯和森美度卻可以肯定，那人的確是霍倫斯了。因為當霍倫斯遭到那場悲劇，舉世悲痛之際，他們雖然還不認識他，然而霍倫斯的照片，卻是每一個人都見過不知多少次的。

這使得蒙德斯和森美度兩人肯定，眼前的人的確就是這一代科學怪傑，直到如今，地球上還在不時對他進行悼念的霍倫斯。也由於他們這樣肯定，所以他們才覺得眼前的一切更是撲朔迷離，充滿了神秘的氣氛，神秘得簡直難以言喻，不可思議。

他們呆了好一會才道：「你……你不是……」

他們還未曾講完，霍倫斯便笑了笑，道：「我不是應該早已死了，是不是？你們以為我早已在那次太空飛行中喪生了？」

「不是我們以為，是全人類都這樣以為，霍倫斯先生。」蒙德斯力圖鎮定：「那次你的飛船升空之後，忽然斷了聯絡，而且又有爆炸的電波傳來，這是人類歷史上最黑暗的一剎那，地球上沒有一個人不為你的殉難而悲痛！」

「是的，」森美度大聲附和，「我是你的崇拜者，我曾經大聲哭過，許多人因之酗酒，地球上曾因之生出極大的混亂！」

霍倫斯嘆了一口氣，道：「這些，我全知道，我們的飛船當時的確出了毛病，它和一枚高速飛行中的流星相遇了。」

「那飛船——」蒙德斯立時想起了在建築物面前，停在石碑上的那艘飛船來，「它不是還很完整麼？這是怎麼一回事？」

「你聽我說，當時，我們已經用直射光束將那流星毀滅了。流星在被毀滅時發生爆炸，爆炸的力量極大，將我們的飛船完全拋離了原來的飛行軌道。在地球上而言，我們的信號突然中斷，而且又有猛烈爆炸的無線電波傳到，自然以為我們已經遇難了，那是不足為奇的。」

「事實上，你們卻來到了這裡？」

「也不是立即來到這裡的，我們在經過了一番可怕的掙扎，才利用了少許未曾損壞的儀器繼續飛行，這才來到這個星球上的——我們已將它定名為金梭星，並且居住了下來，我們發現這裡的環境，居然十分適宜居住！」

蒙德斯和森美度兩人的心中，還有著不少疑問，但是他們心中的興奮，卻蓋過了他們的疑問，他們想像著，若是將霍倫斯帶回地球，那麼人類的歡欣，一定遠在他們征服了火星之上！

蒙德斯忙道：「霍博士，那麼，這位一定是你的未婚妻——噢，我應該說你的夫人亞曼泰女士，而那一位，一定是松巴博士了？」

「是的，我們才到金梭星時，只有三個人。松巴為我們主持婚禮、我們婚後，生下了安娜和伊莎，他們是孿生女。」

「霍博士，」蒙德斯興奮地叫著：「你和我們一齊去探索火星，然後再一齊回地球去，我想，你一回到地球，只怕所有的人都要瘋狂了！」

本來，大廳中每一個人都是面色興奮，十分高興。可是蒙德斯這兩句話一出口之後，霍倫斯夫婦的面色便黯淡了下來。

而那雙金髮女郎面色也是一沉。

那位老者，著名的科學家松巴博士更是冷笑一聲。蒙德斯不禁大為愕然，因為他不知道自己講錯了什麼話。難道是他們不願意回地球去麼，那又是為了什麼？

森美度也為之愕然，他力圖打破僵局，攤了攤手，道：「怎麼啦，怎麼全不講話了？可是我們來得不合時宜麼？」

「當然不是，兩位請坐。」霍倫斯向前去走。

由於兩人一從車中跨出，霍倫斯便迎了上來，立即作了自我介紹，接著便是熱切的談話，是以他們一直是站著的。

這時，蒙德斯和森美度兩人才向前走去。

他們在那閃著金屬光芒的椅子上坐了下來，出乎他們的意料之外，這種椅子坐上去，竟然十分柔軟，十分舒服。

松巴博士仍然閉著眼，一聲不出。

難堪的沉默又持續了大半分鐘，才由霍倫斯打破了，他緩緩地道：

「我們到這裡，如果照地球上的時間來算，已經有廿一年了。在這廿一年中，我們作了不少努力，創造了一個比地球上的科學更為先進的世界，我們甚至已發現了一種新的無線電波，這種無線電波有一種巨大的力量，可以催動本來是在宇宙中毫無規律游蕩著的宇宙塵！」

蒙德斯「啊」地低呼了一聲。

「是的，」霍倫斯立即道：「你們就是被這種受了無線電波催動的宇宙塵帶到金梭星上來的。金梭星離地球極遠，它的表面，有一層濃而暗的氣體，是以它的存在，竟一直未曾為人類發現——宇宙中這一類的星球十分多，只不過人類未曾發現而已。」

「那麼，霍博士，你為什麼不回地球去呢？」

「很簡單，我是一個科學家，在這裡，我可以更好地從事科學研究，而當我們在這裡定居下來之後，又設法得知了地球上的消息之後，地球上早已忘記我們了，我們還用得著回去麼？而且還有另一個特殊的原因使我們不敢離開。可是，我畢竟是地球上來的，地球上發生了非常的變故，我不能不關心！」霍倫斯講話的聲音，十分凝重。

這使得蒙德斯和森美度兩人心頭也十分的緊張。他們知道，霍倫斯口中所謂「地球上發生了非常的變故」那一句話，一定是意有所指，而不是泛泛的空語那樣簡單的。

他們也想起了自己的「瑪斯七號」太空船，幾乎在一升空之後便立即和地球上失去了聯絡，以及那亮紅色的飛行體來。

他們急急地問：「地球上發生了什麼變故？」

霍倫斯吸了一口氣，道：「你們先請看看月球基地上的情形。」

他伸手在椅子扶手上的一個按鈕處，輕輕按了一下。一幅牆壁突然移去，現出了一幅巨大的螢光屏來。螢光屏上閃耀著亮白色的光芒，但不多久，那種光芒就穩定了下來。

蒙德斯和森美度兩人清楚地看到了月球表面上的情形，月球的表面上，異乎尋常的冷清，一個人也沒有，這是反常的現象。

蒙德斯失聲問道：「怎麼一回事？」

「所有月球基地的工作人員，全都被俘了。」

「被俘了？」蒙德斯和森美度兩人，幾乎跳了起來。

「是的，而且，地球和大氣層之外的所有聯絡也完全被切斷了，你們若不是給宇宙塵帶了來，也成為俘虜了！」

「誰，那是誰做的事情？」

霍倫斯並不回答，又按了另一個掣鈕。

在大幅的螢光屏上，立時換了景象，出現了一個星球，那個星球，蒙德斯和森美度兩人可以說是再熟悉不過的了。

當他們接受了駕駛「瑪斯七號」火箭的任務之後，他們曾花了幾個月的時間去研究這個星球，那是他們的目的地——火星！

從這幅螢光屏上看來，火星和在地球上用望遠鏡觀察到的並沒有什麼不同，一條一條的網狀線，和許多青色的班跡。

這一切，都顯示火星上並沒有高級的生物。

蒙德斯和森美度兩人都不知道霍倫斯讓他們看火星是什麼意思，他們又轉頭向霍倫斯望了過去。霍倫斯道：「這是火星，你們仔細看看。」

「我們知道，這是火星。」

「你們可看得出什麼破綻來麼？」

「破綻？」兩人更不明白。

「你們仔細看看，看！」隨著霍倫斯的那一聲叫喚，兩人看到了火星表面上，突然有一線紅色的亮光閃了一閃。那種現象，他們也不是第一次看到了。

早在瑪斯計畫開始執行之際，地球上的天文學家便已覺得到了火星之上時時會有這種現象，但是一切的探測都不能證明那究竟是什麼，是以便假定這是火星大氣層對陽光的一種反射。

但是如今，霍倫斯特地令他們看這個現象，蒙德斯和森美度兩人立即知道，地球上天文學家的判斷是錯誤的。

霍倫斯道：「我們現在來追蹤這紅色的光芒，讓你們看看那究竟是什麼東西！」他的手指不斷地按著鈕掣，螢光屏上的畫面也不斷地變換著。

最後，在螢光屏的中心，出現了一個亮紅色的飛行體，那飛行體飛行的速度十分快，轉眼之間，便到了螢光屏的右上角。然後消失了。

而那個亮紅色的飛行體，是蒙德斯和森美度兩人見過的，在他們的火箭未曾被宇宙塵帶走時，就幾乎要和這樣的一個飛行體相撞了。

「霍博士，」兩人都迫不及待地問：「這究竟是什麼東西？我們的火箭，差一點要毀在這種飛行體的手上！」

「這是宇宙飛行船，是火星人。」

「火星人？火星上有人麼？」

「我們剛才看到的火星表面，不是荒蕪一片的麼？」

「是啊，火星上只不過有低級的植物而已！」

蒙德斯和森美度兩人爭著發問。

霍倫斯揚了揚雙手，將他們兩人的話打斷，道：「是的，從任何角度來看，火星的表面都是一片荒蕪，但是我注意到火星之中有太空船飛出來已有許久了，我的結論是：火星上不但有生物，而且還是極高級的生物，遠比地球人高級！」

蒙德斯和森美度兩人不禁瞠目結舌！他們對火星進行過長時間的研究，若是沒有意外的話，他們將直飛火星，可是他們卻絕未曾想到在火星上是有著高級生物的，而且比地球人更高級！

「我說火星上有高級生物的原因，」霍倫斯嚴肅地道：「並不是沒有根據的，而是我和松巴兩人細心觀察的結果。」

看來瘦而老的松巴直到這時才開了口，道：「你何必拖上我，你的話，他們如果不相信，那是他們自討苦吃！」

看來松巴博士是一個脾氣十分古怪的人。

霍倫斯繼續道：「他們——我是指火星人而言，十分聰明，他們不知用了什麼方法，將他們的星球的表面加上了一層偽裝！」

「偽裝？」蒙德斯問。

「是的，偽裝。自從地球人有了望遠鏡以來，直到如今，從來也未曾有人看到過火星的真面目，看到的只是一層偽裝，所以火星上究竟是否有生物一直還是爭論的課題，直到人類登上了月球，火星人才開始了他們的行動。」

「他們怎麼樣？」

「我不知道詳細的計畫，但是可以想像，火星人在俘虜了月球基地上的科學家之後，一定向地球提出極苛刻的條件！」

「他們要佔領地球？」

「這只不過是時間問題而已。」

蒙德斯和森美度兩人只覺得身上一陣陣的發涼。這時，他們已完全知道為什麼霍倫斯等人在忽然之間面色黯然的原因了，原來地球正面臨著這樣一個嚴重的危機！

過了半晌，蒙德斯才道：「霍博士，既然發生了這樣的事情，你更應該出頭去主持了，我們快一齊回到地球去吧！」

霍倫斯卻又搖了搖頭，道：「我剛才說過，我，松巴和亞曼泰不能離開金梭星，有另外一個特殊的原因，那原因是和宇宙塵有關的。」

霍倫斯頓了一頓，亞曼泰接口，她的聲音十分柔軟動聽，道：

「這些日子來，我們一直在致力於將宇宙塵用無線電波控制，送到遙遠的外太空去，但是我們的工作並沒有成功，我們將許多宇宙塵集中在一起，但是卻無法帶動它們，如果我們離開這裡，無數股聚在一齊的宇宙塵，將會產生一股巨大的逃逸力量，對於所有的星球來說，都將是一場浩劫！」

亞曼泰的話，蒙德斯和森美度兩人聽了似懂非懂。那自然是因為霍倫斯、亞曼泰和松巴三人所進行的工作，已超越於地球上人類的知識範疇之故，所以兩人聽來才會有茫然之感的。但是他們至少明白了一點，那就是：他們離不開。

蒙德斯焦急地道：「那怎麼辦呢，霍博士，你離不開的話，是不是有什麼具體的意見，可以讓我們帶回地球去呢？」

霍倫斯站了起來，他背負著雙手，緩緩地踱著步。蒙德斯和森美度兩人都在緊張地等待著他的回答。

霍倫斯在踱了幾圈之後，才抬起頭來，道：「我用宇宙塵的力量，將你們的火箭帶到了金梭星上，目的是想你們去做一件事，這件事如果成功了，那麼，就可以暫時挽回地球的危機，但是……這件事……」

霍倫斯在猶豫未決間，蒙德斯已搶著道：「但是這件事十分危險，是不是？霍博士，我相信我們兩個人都不是怕危險的人。」

霍倫斯又望了他們半晌，才道：「你們如今無法回地球去，也無法再繼續到火星去，因為你們一旦飛出了金梭星，火星人必然會發現你們、追蹤你們的。」

兩人靜靜地聽著。他們知道，霍倫斯既然有事情叫他們去做，那麼這件事情，一定對於挽救地球有著極其重大的意義，是非做不可的！

「但是，我卻有一個法子，使你們避免火星人的追蹤。」霍倫斯繼續道：「這個方法十分冒險，十分危險，但卻是唯一途徑。」

「霍博士，」兩人異口同聲：「你說吧。」

霍倫斯在兩人的面前站定，道：「我和松巴博士將會利用一種特殊的裝置，將你們兩人連同『瑪斯七號』火箭一齊進行微縮。」

「微縮？」兩人有些不明白。

「對的，我們已發現了十分有效的微縮光，這種由特殊動力產生的光芒，可以使得物體無限度地縮小，你們將被縮得和一粒宇宙塵的顆粒大小相同。」

霍倫斯講得十分正經，一點也不像是開玩笑，但是他的話，聽來卻像是在開玩笑。「瑪斯七號」火箭高達一百七十呎，而宇宙塵的顆粒只不過是一個塵埃一樣，最大的也只不過米粒般大小，將那麼巨大的火箭縮得如此小，有可能麼？

蒙德斯苦笑了一下，道：「霍博士——」

可是他的話還未曾講完，脾氣古怪的松巴博士已經不大高興，冷冷地道：「怎麼，你們是不信我們有這個能力麼？」

蒙德斯將下面的話嚥了回去。

霍倫斯解釋道：「這件事，只有在金梭星上有可能進行，當火箭經過了微縮之後，我將你們送進一股小宇宙塵中，向火星飛去。我料定火星人想不到會在宇宙塵中有他們的敵人在，而他們一定會在這股宇宙塵接近之際，設法擊散它——這是你們要經歷的第一個危險。」

蒙德斯和森美度兩人只是聽著。

「你們僥倖免於毀滅，那麼就有機會降落到火星的表面，去進行偵測被俘的地球人的所在，那時候，整個火箭仍是微縮的，你們隨時可能被毀滅，例如被一隻火星上的鳥兒吞進肚裡——這是你們的第二個危險。」

「你們除了找尋那批俘虜的所在之外，還必須尋找適宜於這批人離開火星的交通工具，而你們的時間是有限的，到達火星之後的七十二小時之內，若是不能完成任務的話，那麼火箭和你們將漸漸回復原來的大小，你們也將成為俘虜，這是你們的第三個危險！」

「在離開火星之際，你們要離開火星人的追蹤，這是最難的一點，這是第四個危險！」

蒙德斯和森美度兩人直到此際才喘了一口氣，道：「霍博士，你的意思，是要我們到火星去，將被俘的一千多人救回地球？」

「是的。」霍倫斯的回答極其簡單。

兩人的心頭狂跳著，這是他們做夢也未曾想到過的一個大膽的計畫，他們實在覺得沒有別的話可以說了，那種緊張的感覺，幾乎令得他們連氣都喘不過來！

「只有這樣，地球才能不被火星控制，才能和火星站在平等的地位上作戰，要不然，為了顧及這一千多人，地球只好屈服了！」

霍倫斯最後的結論講出來之後，蒙德斯和森美度兩人互望了一眼，然後站了起來，緩緩地道：「我們一定盡力而為。」

霍倫斯揚起手來，放在兩人的肩上。

他的聲音也是十分之沉緩。他道：「你們兩人的勇氣，我十分佩服，但是我必須向你們說明一個情形：這個計畫雖然是我們擬出來的，但我們同時覺得，這是一個成功希望微乎其微的計畫，因為我們對於火星上的情形，幾乎一無所知。」

「我知道這一點。」

「若是你們兩人不幸犧牲了，那你們將是第一批為了保衛地球而犧牲的人。」霍倫斯的聲音聽來更加沉重了許多。

蒙德斯和森美度點了點頭。

「那麼我們該進行一切了，有問題麼？」

「有。」

「請問。」

「當我們的火箭微縮之後有多大？」

「大約有一英吋的二十分之一長。」

「速度會改變麼？」

「問得好，這是一個十分重要的事，微妙的事情便在這裡，經過了微縮之後，動力系統雖然小了幾千萬倍，但是速度卻不變，我們已經經過實驗了。」霍倫斯揚了揚手，暗示兩人不要打斷他的話頭：「這聽來似乎不可能的，那麼小的物體，以如此高速前進，但事實的確如此，我們的實驗，足以推翻許多被奉行了幾個世紀的定律，所以，七十二小時的時間是足夠的。」

「那麼，」蒙德斯再問：「我們離開之後，火星人大舉進襲，在飛向地球的途中，我們不是仍然要遭到襲擊麼？」

「只要你們飛出火星的警戒範圍，一大股宇宙塵將會把你們捲回地球，」霍倫斯道：「這我會安排的，你們可以放心。」

宇宙塵中奇妙世界

蒙德斯和森美度互望著。

霍倫斯道：「你們可以拒絕此行的。」

蒙德斯和森美度兩人仍然不言語。

霍倫斯站了起來，背著雙手，來回地踱著步，道：「我再一次強調，你們此行，成功的機會實在是微乎其微的，因之，如果你們拒絕了我的建議，那絕對無愧於心，也不會有什麼人怪你們不夠勇敢，更不會有人來非議你們的！」

霍倫斯走到了螢光屏前停了下來，等候著兩人的回答，兩人會作出什麼樣的決定來呢？他不知道。他甚至不知道自己是希望兩人答應好，還是拒絕的好！

照常理來說，既然他向兩人提出了這樣的建議，自然是希望兩人答應的了。然而他又知道，兩人在經過微縮，雜在宇宙塵之中向火星進襲時，只怕未到火星便被消滅了，他們極有可能根本到不了火星，更不要說什麼執行任務了！

所以，即使連霍倫斯的心中也是十分矛盾的。

蒙德斯和森美度兩人繼續沉默著。接著，突如其來地，兩人不約而同地伸出了手來，緊緊地握了一握——他們兩人合作不是一年半載了，這伸手一握，對旁人來說，可能沒有什麼意義，但是對他們來說，卻是兩人對一件重大的決定已取得一致意見的表示。

他們兩人緊握著手，蒙德斯先開口，道：「我們去。」

霍倫斯倏地轉過身來：「考慮過了？」

「考慮過了！」這次是兩個人一齊回答。

霍倫斯以一種十分異樣的眼光望著兩人，一直不出聲的松巴博士也猛的跳了起來，怪叫道：「你們真的考慮過了？」

蒙德斯和森美度兩人的聲音反倒十分鎮定，像是要去從事那樣的冒險的根本不是他們，而是另外的兩個人一樣！

他們道：「當然真的考慮過了。」

松巴以一種奇怪的步伐繞過了他們兩人，轉了一轉，到了他們面前，又停了下來，道：「好，你們是勇敢的人，我們抱憾不能和你們一齊去，我可以提醒你們，當你們的火箭經過了微縮之後，速度不變，這是十分有利的條件！」

「這是說——」

「速度和力的關係，你們明白麼？速度和力成正比例，速度越高，力道越大，你們經過微縮之後，只有米粒般大小，但是速度不變，衝力也不變，那就是說，你們在飛行中，幾乎沒有什麼東西可以阻擋你們，你們可以衝過最堅硬的東西！」松巴停了一停，才又道：「甚至穿過火星，從火星的一端穿行到另一端！」

「我們明白了，你的話使我們更加增加了信心。」

「信心？」松巴苦笑了一下：「你們到了火星上，活動的時間只有七十二小時，在七十二小時之內，你們必須做妥一切，包括找到那些人，與他們聯絡，同時找到載走那些人的飛行設備，衝出火星，只有七十二小時，你們知道麼？」

「我們全知道了！」

「好，那就跟我來！」松巴頭也不回地向外走去。

蒙德斯轉頭向霍倫斯望了一眼，霍倫斯夫婦和他們兩個美麗的金髮女兒，面色都十分凝重，他們沉聲道：「祝你們成功。」

蒙德斯和森美度跟著松巴博士走出了那幢建築物，松巴博士揮了揮手，一艘無人駕駛的小飛船已經迅速地飛了過來，在他們的身邊停下。

松巴是利用袖珍無線電操縱器指揮那艘小飛船飛到他們的面前的。那操縱器便是他戴在手指上的指環，那指環可以操縱金梭星上一大半的設施。

三人登上了小飛船，飛船開始升空，松巴在飛船中一聲也不出，漸漸地，飛船的速度越來越快，他們很快地看到了那塊黃色的「雲」，和停在「雲」上的巨大的「瑪斯七號」火箭。

「你們回到你們的火箭去！」松巴簡單地命令著。

隨著他的命令，小飛船的門打了開來，蒙德斯和森美度兩人利用了「個人飛行器」飛出了小飛船，回到了自己的太空船之中。

然後，他們又依照松巴的命令在座位上坐好，一切和在地球上起飛的時候一樣。但是前後相隔的時間並不長，他們的心情卻是大不相同了。

當他們在地球上起飛的時候，一切全經過精密的計算，他們是很可以到達火星之後，又安全地飛回地球的。但現在呢？卻是什麼把握也沒有！

他們知道，松巴博士就要用超奇特的方式對他們進行微縮了，被微縮是什麼滋味？森美度和蒙德斯是絕未曾經驗的，他們自然說不上來。

松巴的小飛船又飛了開去。但是他只不過離開了相當短的時間，便又回來了。從太空船的窗口望出去，可以看到松巴博士在駕著小飛船回來的時候，小飛船拖著一個十分大的空中浮台，那空中浮台足有十碼見方，而在浮台之上，是一台他們從來也未曾見過的奇怪機器。

那機器的後半部，全是密密的珠狀天線。

這種天線的功能是吸收宇宙間的游離電能，將之轉成為動力，這一點，森美度和蒙德斯兩人都是知道的，因可知這台機器的動力來源是無窮無盡的。

機器的前半部，則是無數一塊一塊的飛光晶體，對準了「瑪斯七號」火箭，那些晶體看來倒有點像被放大了幾億倍的蝗蟲複眼。

當浮台停在半空中之後，松巴博士的聲音又傳了過來，道：「你們關閉太空船的窗子，切不可向外看，你們將感到輕微的震盪，但是這種震盪絕不會比你們火箭起飛時更大，直到你們再聽到我的聲音為止，切記不可打開窗子來，明白了麼？」

蒙德斯回答了一聲，他按下了一個按鈕。

活動金屬片落了下來，將窗子關上。

森美度也轉動了幾個鈕掣，電視的螢光幕也變成了一片黑暗。然後，他們聽到了一種低沉的「螢螢」聲，不斷地傳到了耳中！

他們能夠聽到松巴博士的聲音，那是由於松巴博士的聲音是通過無線電傳來的原故，而如今這種聲音，卻是從外面傳進來的。

他們的太空船構造精密，可以說是絕對隔音的，但如今居然還有螢螢聲傳了進來，由此可知那種聲音若是在太空船外聽來該是如何的驚人！

他們的確感到了震盪。

但是那種震盪，正如松巴博士所說，並不比他們的火箭起飛的時候更加驚人些，他們很快就習慣了這種輕微的震盪。

而除了這種連續性的輕微震盪之外，幾乎沒有什麼別的感覺，他們互相望著，又望著太空船中一切，他們雖然沒有講話，但是卻互相知道，彼此心中所想的都是一樣的，都希望看到對方突然被縮小了，或是看到別的東西變得細小了起來。

然而，一切似乎和平時完全一樣！

森美度不禁問道：「微縮在進行中麼？」

「當然是，」蒙德斯立即找出了其中的道理：「一切全是按比例在進行的，我們在太空船之中，自然覺察不出有什麼變化了。」

「哈，這倒有趣，當微縮成功了之後，我們再看到松巴博士，那他一定變成一個巨無霸了，這的確是驚人的經歷！」

蒙德斯的心情本來也是相當緊張的，但給森美度一逗，他便變得輕鬆了些，道：「我們大概是最早被微縮的人了，我想，李義德在地球上，只怕早以為我們失了蹤，在焦急不已呢！」

他們兩人是不知道在變故發生之後，李義德曾經做過一些什麼事的，所以蒙德斯猜測，李義德根本還在地球之上。

一提起了李義德，森美度也不禁嘆了一口氣，道：「要是他和我們在一起，那就好了。」

「怎麼，你害怕麼？」

「如果說不害怕，那是假的，但如果李博士在，那麼你和我一定會安心得多，蒙德斯，你不會不同意我所講的話吧！」

「當然不會，」蒙德斯和李義德是極好的朋友，他是絕不會因之而感到不高興的，「的確，和他在一起，能使人鎮定。」

森美度「哈」地一聲，翻起手腕來，看了看手錶：「已經過去十二分鐘了。」

「你的手錶機械是根據地球自動和公轉的速度所製造出來的，這裡是金梭星，你的這種時間概念是絕無用處的！」

森美度笑道：「那麼我們應該根據什麼來計算呢？」

「我也不知道。」蒙德斯聳了聳肩。

他這句話剛講完，便聽到了無線電中傳來了「嗒」的一聲，接著，便是松巴博士的聲音傳了過來，道：「好了，一切完成了。」

森美度歡呼了一聲。

「可是你們得注意，」松巴博士立即又道：「如今，你們的身體比原來要小了幾十萬倍，你們所看到的一切，全是極端不可思議的，你們必須對一切怪事保持鎮定，否則，你們極可能因為所看到的東西太過驚人而神經失常的！」

松巴博士的話說得十分嚴重，令得他們存了戒心。

蒙德斯答應了一聲，先吸了一口氣，才按了按鈕。

金屬片縮了回去，他們坐在太空船中，又可以看到外面的情形了，他們迫不及待地向外面看去，可是卻什麼也看不到。

他們所看到的，只是一片氤氳，一片混沌。

然後，他們才看到遠處有兩團極大的光芒在向他們移近，那兩團光芒並不十分強烈，是灰綠色的，但是看到了之後，卻令人有一種駭然之感。

當那兩團光芒移近之後，兩人估計，兩團圓形的光芒直徑約在五十尺左右，而發光的圓球體居然還在轉動，它們是隱在兩個深坑之中的。

那兩個深坑的周圍，有著漆黑的鋼柱，一根接一根地豎著，每一根鋼柱，都是粗可合抱，至少有兩百尺高，而且還在不斷地搖動著。

森美度首先高叫了起來，道：「天啊，這是什麼？」

蒙德斯也將身子縮得靠在椅背之上，他羨慕森美度在看到了這樣的東西之後，居然還能叫得出聲音來。但突然間，那兩大團亮光不見了。

然後，他們聽到了松巴的聲音，道：「你們嚇著了麼？很高興，你們的情況不錯，剛才，我只不過湊近來看看你們而已！」

蒙德斯直到這時候，才緩過一口氣來，道：「那麼，我們所看到的……那竟是你的眼睛麼？天知道那是多麼可怕！」

松巴博士並不是一個有幽默感的人，他只是「哼」地一聲，道：「你們按照我的指示起飛，去和一股宇宙塵會合，當你們和宇宙塵會合之後，你們可以不必再發動動力系統，你們將由我們這裡，利用特殊的無線電波送你們到火星去，在接近火星的時候，火星人必然會設法驅散宇宙塵的，那時，你們就要小心了！」

蒙德斯答應著，做好了一切升空的準備。

松巴博士的聲音又傳了過來：「起飛！」

火箭向上升去，在升空的一剎間，他們兩人都從窗口處看到了松巴博士，那臺微縮機和那艘小飛船。

雖然那只是極短暫的時間，但是他們不敢相信，那一瞥之間，將是他們永遠不會忘記的一剎那。對於小飛船和微縮機，他們還不怎樣，因為那究竟是機器！

可是松巴博士的身子卻有近萬尺高，像是一座大山，他凌亂的頭髮和鬍子，每一根都有一人合抱的粗細，那是什麼樣的情景，實是難以形容的！

火箭升空之後，松巴博士的命令仍是不斷地傳了過來，指導著火箭的飛行，在兩分鐘之後，他們看到了面前的那股宇宙塵。

太空船的警報器發出了低沉的嗚嗚聲，前面的宇宙塵這時在他們看來，是由無數大小不一，閃閃生光，奇形怪狀的物體組成的。

每一個塵粒所閃耀的光芒，都是不同的。它們大多數是銀灰色，但也有的是綠色、紅色、紫色、黃色和金色，他們像是進入了一個極度奇妙的神話世界之中！

蒙德斯立即將火箭的動力系統停止，火箭仍然以相當高的速度向前飛著，森美度按動了好幾個掣鈕，在太空船的前面，有奇異的光芒射了出來。

那種直束光線，本來是應付太空飛行中的流星群的，這時卻變成用來對付在前面阻住去路的宇宙塵了。光束衝開了一些宇宙塵，火箭也漸漸地停了下來，終於停止在一粒和他們火箭差不多大小的，亮灰色的宇宙塵的旁邊不動了。

然後，他們聽到了霍倫斯的聲音：

「你們做得很好，現在，這一小股宇宙塵將開始向火星移動了，你們只是宇宙塵中的一個微粒，在宇宙塵移動的時候，速度很高，微粒與微粒之間撞擊的機會很大，你們要小心的應付，到了火星的邊緣再隨機應變。」

蒙德斯忙答道：「知道了。」

「宇宙塵一開始移動，我就不能和你們通話了，你們還有什麼問題麼？」

蒙德斯道：「沒有了，謝謝你。」

「祝你們成功！」

霍倫斯的聲音才一停下來，宇宙塵便開始移動了。

整股宇宙塵是以極高的速度向前移去的，蒙德斯和森美度兩人覺得自己宛若是一股瀑布中的水點，夾在無數大小不同的、發光的微粒之中，以接近無線電波的速度向前移動著，但在他們而言，他們是感覺不到這種高速的移動的。

因為在移動的是整股宇宙塵，而不是每一粒宇宙塵。也就是說，在整體宇宙塵之外，有著一個氣囊包裹著的，所以這時，他們別說在太空船中是安全的，就是出太空船來也是無礙的。但是，蒙德斯和森美度兩人還是十分小心地操縱著火箭。

宇宙塵在飛行中，有相互撞擊的現象。

但是「瑪斯七號」火箭，在他們小心的操縱下，卻避免了和宇宙塵相碰，宇宙塵全是最堅硬的固體，他們發現有一些閃著奇妙光芒的宇宙塵粒，簡直就是純度極高的鑽石，這原是不足為奇的！宇宙塵本來是星球的「殘骸」，所以剩下的全是最堅硬的東西，其中包括鑽石在內，是可以理解的。

若是經過了微縮的「瑪斯七號」火箭和這樣堅硬的微粒相撞，後果是十分堪虞的。仗著他們兩人的機智，他們總算逃過了這種危機。

他們隨著那股宇宙塵，一直向火星飛著。

他們——蒙德斯和森美度，這兩個地球人，將去從事一項任何地球人都未曾進行過的冒險——到火星上搶救一千多個地球人！

四十七號電子人和李義德所乘坐的太空船，在地球上零四四號基地降落，引起了基地工作人員一陣極大的騷動！

消息迅速地傳了開去！

自從地球上所有對太空的通訊完全斷絕了之後，已有好幾天了。在這幾天之中，越來越多的人已感到了事態的嚴重性。

地球上的人類已然知道有一場大混亂要來了，雖然還保持著鎮靜，但是每一個人都明白，這種鎮靜，是隨時都可以崩潰的，那只不過是時間問題而已！

地球上所有通訊專家都集中在一起進行研究。但是他們卻也研究不出所以然來。他們初步的結論是：宇宙中產生了一種「反無線電波」的高頻波，這種高頻波破壞一切和無線電波有關的東西，是以所有利用無線電波原理製成的通訊設備便被破壞了。而今後對太空的通訊，將採取另一個形式。

對於這種高頻波產生的原因，各方面的科學家提出了形形式式的解釋，但是卻沒有一個人想到，這是由於另一個星球上高級生物破壞的結果。

直到李義德回來。

李義德和四十七號電子人步出了太空船，他便發現四十七號一直跟在他的身邊，離開他甚至不超過三呎的距離。

李義德知道，在那麼近距離之下，四十七號可以在百萬分之一秒的時間內，便利用原子分解光將他俘虜到火星上去的。

而如今四十七號之所以不用「原子分解光」對付他，那自然是因為火星人要通過他來闡釋火星的厲害和不可抗拒之處，要通過他來傳達火星人對地球人提出的條件！

當李義德一下太空船，腳踏實地之後，基地的負責人便一齊迎了上來。

控制主任走在最前面，他激動地道：

「李博士，你回來了？怎麼樣，這位是誰？」

「這位？」李義德苦笑了一下，「這位是四十七號。」

「四十七號？」幾個人同時出聲發問。

「是的，正確地說，這是四十七號電子人，各位，我對我的遭遇如今還不能多說，因為這是高度的機密，我沒有權力決定是否將之公開，我只能將這消息向最高防衛總部報告，是不是應該給公眾知道，應該由防衛總部來決定。」

李義德因為看到人群中有不少記者在，是以他才講了那麼一句話，然後，他轉向控制主任，道：「請通知漢模參謀長，我有緊急的情報要向他報告！」

控制主任打開了一隻煙盒也似的事物，旋轉了一個鈕掣，道：

「參謀長辦公室？零四四基地控制主任，李義德博士回來了……是的，參謀長，李博士回來了，他有極重要的情報來報告，請你立即接見。好的，他似乎不要休息。」

控制主任關上了無線電話，道：「參謀長請你立即就去，他等著。李博士，希望你帶回來的是好消息，因為地球上已開始不安了！」

李義德苦笑了一下。

控制主任希望他帶回來的是好消息，但是事實上，他帶回來的，是壞到不能再壞的消息，甚至他自己也不能算是「回來」了。

事實上，他是被四十七號押回來的！

但當時，李義德卻沒有說什麼，他只是登上了高速飛機，飛向參謀總部去。四分鐘之後，他已經在參謀長的辦公室之外了。

四十七號仍然跟在他的身邊。

因此，他和守衛長發生了一些爭執。

守衛長望著四十七號，有禮貌地道：「李博士，我接到的命令是接見你一個人，這個人和你一起進去，是不可以的。」

「守衛長，」李義德以一種無可奈何的聲調回答，「他必須和我一齊進去，因為他是我情報的來源，一切由我負責好了。」

守衛長道：「我仍要去請示一下。」

李義德點頭道：「可以。」

守衛長轉身向傳言器請示了幾句，在他得到了肯定的答覆之後，才轉過身來，按下了三個按鈕，一扇門自動地打開。

他有禮貌地道：「請進去。」

李義德向前走去，四十七號亦步亦趨地跟在後面。

門內是一間小小的休息室，他剛走進去，另一扇門便被打了開來，開門的是參謀長的副官，他高聲叫道：「請進來。」

李義德和四十七號再從這扇門中走了進去，他們來到了一個極大的會議室中，長形的會議桌旁已經坐滿了人。這全是地球上的要人。

參謀總長坐在主席位上，其餘的都是各部門的負責人和太空總署的署長，以及一切有關方面的人員，全都在此。

「李博士，」參謀長站了起來，「我們正在開會討論如何應付緊張的局勢，你所得的情報，是必須向我單獨報告呢，還是可以向這個會議報告？這可以由你來作決定，不必勉強。」

李義德向與會的每個人都看了一眼，才道：「我想可以向會議作報告的。我到了月球，在月球上，我得悉了一切。」

他走到了為他空出的座位之旁，但是卻並不坐下來。四十七號就站在他的後面，許多人都以奇怪的眼光望著四十七號。

因為他的裝束十分奇特，而且一頂帽子又將整個臉孔遮住，使人看不到他的臉面，每一個人心中都在問：這是什麼人？

「各位，」李義德咳嗽了一下：「我帶來的消息是極壞的消息，因為在我們的近鄰，便有著一個強大的敵人！」

李義德的話，令得全場聳動了！

「那是火星，在火星上有著智慧極高的高級生物。」李義德繼續地說，他的聲音十分激動：「造成一切破壞的就是他們！」

會場上更是聳動了！

「胡說，這是不可能的！」

「火星上至多只有低級生物！」

「火星上面不會有高級生物的，你是在危言聳聽！」

好幾個人齊聲怒喝著。

李義德舉起了手，向他身後的四十七號電子人拍了一拍，道：

「地球人被欺騙了，我們以為火星上是絕不會有高級生物的，但事實卻不然。火星上有高級生物，這種高級生物在一千多年以來，便開始對他們的星球進行偽裝，地球人一直被他們瞞騙著，各位請看，這是四十七號電子人，一共有三百個，都接受火星人高頻無線電的指揮，它們都有一種十分厲害的武器，叫作原子分解光！」

李義德重複著「原子分解光」這個名詞。

會場之中靜了下來。與會的人雖然全是地球上最傑出的人物，但這時，每一個人的面上卻全是十分蒼白的，他們屏住了氣息，一聲不出。

李義德雙手按著桌面：

「所有月球基地上的工作人員，地球人造衛星上的科學家，以及一個地球人，總共一千多人，都已被俘虜到火星上去了。火星人將這些人當作人質，要地球接受一項條件！」

隔了半晌，參謀長才問道：「什麼條件？」

「地球人的行動不能超出地球大氣層之外！」

李義德一講出了這句話，突然感到十分疲倦，他頹然地坐了下來。他並不是灰心了，他是勇敢堅毅的人，就算明知在絕路上也不會灰心的。

那並不是因為局勢的嚴重——局勢的嚴重，李義德是早已感到了的。他是因為看到這許多人在聽到了這個不幸的消息之後，竟沒有一個人不是倉惶失措，面色蒼白的！地球的命運如何，是決定在這些人手中的，但是他們卻一籌莫展！

又過了好一會，才聽得參謀長道：「這不是太荒唐了麼？如果我們拒絕呢？」

李義德還未曾開口，四十七號便突然向參謀長走去，到了參謀長的身邊，猛的伸手將參謀長的身子推得跌倒在地上。

參謀長一躍而起，拔出佩槍來，一扣槍機，一枚小火箭向四十七號電射而出。然而幾乎在同時，自四十七號的胸前也射出了一股光芒來。

那股光芒只不過閃了一閃，小火箭便不知去向了！參謀長站著發呆，每一個人更是駭然。

四十七號老實不客氣地站在主席的位置上，以十分生硬，但是發言標準的語音道：「如果不接受這個條件，那麼，地球將遭到火星人不可抗拒的進攻，在一小時之內，整個地球都將變成火星屬地，那時，地球人的遭遇就更悲慘了！」

「地球人一定戰敗麼？」參謀長冷然問。

他算是眾人之中，最沉得住氣的一個。

「必然戰敗，因為你們沒有什麼力量可以抵抗我們的原子分解光，我們以光的速度對地球上的一切進行破壞，一小時事實上是過高的估計，因為只要破壞一開始，地球人便必然面對事實自動投降，而不願毀滅了！」

世界末日　混亂開始

四十七號大模大樣地說著，甚至還揮著手。

當然，這一切，全是「火星人」在遙遠控制的結果。

會議室中的所有人，都目瞪口呆地望著四十七號。

四十七號最後道：「當然，你們可以有時間考慮，但你們有的時間，只是三日夜，七十二小時！」

會場中又騷動了起來。

「七十二小時！如果在七十二小時之內，你們地球上的最高決策會議還沒有決定的話，那麼，原子分解光將會破壞你們的首都所在地！」

會場中又突然靜了下來。

漢模參謀長問道：「這算是最後通牒麼？」

四十七號道：「是。」

「關於原子分解光，我們可有什麼印象？」一位軍事首長站起來，「我們根本不知道什麼叫原子分解光，我們憑什麼要答應所謂火星人的要求？」

「對啊，所謂火星人在什麼地方？」另一個安全工作的高級負責人也叫道：「單憑這樣一個電子人，我們就要受這樣的屈辱了麼？」

另一個人高叫，幾乎是針對著李義德的，那位先生道：「這種電子人，普通的工廠都可以製造，拿它們來嚇人，有什麼用處？」

李義德幾乎要憤怒地罵了出來！

但是他卻仍然保持著冷靜。

只聽得四十七號冷冷道：「我負有一個重要的任務，那就是讓你們見識原子分解光的威力，但這一來，這個秘密就會洩露出去了，各位有能力控制這個混亂的局面麼？」

「我們必須看到敵人方面的實力！」在議論紛紛中，眾人的意見由參謀長講了出來：「你不妨盡量發揮原子分解光的威力。」

「好的，那麼誰要參觀，就請自備交通工具，我們到巴黎去，我以巴黎的艾菲爾鐵塔作為我試驗原子分解光的試驗品。」

漢模參謀長向李義德望來。

李義德嘆了一口氣，沒有表示什麼意見。

漢模按下了一個叫人鈴，兩個高級軍官走進了會場，漢模向一位軍官下命令道：「去準備巨型洲際火箭。」

他又向另一個軍官道：「將剛才的錄音記錄送給最高議長，和最高防衛總部的首腦，請他們決定何時將這消息發布出去。」

在兩個軍官都退了出去之後，會場中又靜了片刻。

然後，漢模參謀長便道：「好，讓我們搭乘火箭去看原子分解光的威力吧，艾菲爾鐵塔已經聳立了好幾百年，看看它是不是會在今天毀滅？」

會議代表絡繹地走了出去，四十七號一步不離李義德，李義德本來想要靜下來，好好地思索一下，看看利用那七十二小時是不是還可以補救一切。

但是如今他卻沒有辦法，他只好也和眾人一起出去。

當各人的車子來到了洲際火箭場的時候，總議長和防衛總部的最高首腦已然聯合商討，決定將這個消息向全球公佈了。

在洲際火箭場上，擠滿了新聞記者，電視已開始向全世界播出會議代表登上洲際火箭前往巴黎的情形，而電視攝影機的鏡頭，幾乎都集中在四十七號的身上，新聞講解員的聲音聽來十分神經質，他叫道：

「這便是火星人的電子人，他宣稱可以在百萬分之一秒的時間內毀去一座城市！」

沒有了人造衛星轉播電視，但是卻用電視塔相互遞播的辦法，是以連最遠的亞洲城市中，人們也可以在電視中看到四十七號了。

當然，人們也看到在四十七號之旁的李義德。

李義德的面上像是多了許多皺紋，他可以說一點表情也沒有！

在歐洲的一個酒吧中，兩個北歐人衝動地向著電視怪叫：「做些事，做些事出來！」

在亞洲的中國式飯店中，兩群人在展開爭論，一群人說根本沒有火星人，另一群則譏笑這群人是醉生夢死，不正視現實。

亞洲人的性格比較沉靜，爭吵的人並沒有打起來。

但是，在宏都拉斯的一個大廣場上，數以千計的南美洲人卻已經混戰了起來。第一個混亂就是在那個大廣場開始。

然後，混戰像是瘟疫一樣蔓延開來！

人們開始搗亂、破壞、犯罪，當巨大的洲際火箭，以驚人的速度橫越空際之時，甚至有兩枚小火箭向之射了過來。

那是一個火箭部隊的軍官，聽了這個消息之後刺激過度所做出的反常行動，這兩枚火箭相差十三碼，未曾擊中洲際火箭，要不然，洲際火箭也將毀滅了。

當洲際火箭停在巴黎的火箭場上時，火箭場上擠滿了高聲叫嚷的人，群情洶湧，但是他們究竟在高叫些什麼，實在是難以分辨得出來。只聽得叫得最兇的人所叫的是：「不要妥協，絕不投降！」

但是相信任何一個人，若是去問他們有什麼辦法對付原子分解光的話，他們一定是不知所對的，完全沒有辦法！這便是李義德所想到的。

自從人類戰勝了最後的敵人共產主義之後，地球上便消滅了國與國界限，地球人耽於逸樂太久了，以致忽然之間，有了這樣的一個變故，便變得全然沒有辦法應付了，不要說盲目叫嚷的群眾沒有辦法，連李義德這樣出類拔萃的人，也是毫無辦法！

四十七號和會議代表的車子根本沒有法子駛出火箭場，改乘了噴射直升機，一干人才來到了艾菲爾鐵塔附近的廣場上。

但是，艾菲爾鐵塔要被消滅的消息既已傳了出去，不知道有多少人集中在廣場上在等候著，噴射直升機也找不到降落的地方！

十來架巨大的直升機在空中盤旋著。

突然，四十七號自直升機中飛了出來，它發出了幾萬人一齊可以聽到的聲音，叫道：「地球人，你們看看！」

廣場上所有的人都靜了下來。

數百架長程電視攝影機對準了懸浮在半空中的四十七號。事實上，四十七號發出的聲音，不但使下面廣場中的每一個人聽到，經過無線電傳播之後，從西藏的峽谷，一直到阿拉斯加的冰流之上，每一個人都可以聽到這個來自另一個星球的聲音。

四十七號的身子向下沉去，漸漸接近鐵塔。

可是，他仍是不斷在講話。

他講道：「你們將要看到原子分解光的威力，這種光是一種巨大的地球人所不能想像的光能，能夠在極短的時間內，將任何物體分解為原子，讓任何物體就此消失，或是搬到任何地方去，你們不可能看到艾菲爾鐵塔是如何消失的，因為這過程太快了。而你們可以看到，它不見了！」

四十七號的「手」，在他的胸前一按。

突然之間，一股灼熱的光芒射了出來。

那股光芒，看來就是閃電一樣，突然一閃便不見了蹤影。然而，當灼目的光芒過去之後，艾菲爾鐵塔消失了！

剎那之間，靜到了極點。

幾萬人在一起，而靜得如此一點聲音也沒有，這幾乎是不可能的事情，但卻又的確是這樣，靜到了極點。

但是沉默只不過維持了極短的時間，突然有人向前奔來，叫道：

「它還在這裡，它不可能不見了，它一定還在這裡！」

這些人奔到了原來巴黎鐵塔聳立的地方，拚命地往上爬著，但事實上，巴黎的艾菲爾鐵塔早已不存在了，他們當然爬不上去，只不過是做著向上爬的姿勢而已。這看來是十分滑稽的事情。

但是做這種滑稽行動的人卻越來越多，人堆著人，人疊著人，混亂、踐踏、叫嚷，組成了不折不扣的世界末日圖！

等到維持秩序的公安人員開始工作的時候，已經有許多人被壓死了，在空中的直升機開始飛回火箭場，四十七號洋洋得意地道：「怎麼樣？」

在直升機中，並沒有人回答他。

一直到會議代表上了洲際火箭，在龐大的火箭艙內，漢模參謀長接到了防衛總部最高首腦的命令：立時召開會議，討論一切。

由於要召開緊急會議，因之四十七號便被請到了火箭艙，到了另一個小艙房中，李義德當然和四十七號是在一起的。

那個小艙房本來是貴賓室，這時只有他們兩個人。

李義德望著四十七號，心中忽然想到了一點：這個電子人的身上，是有著原子分解光的發射設備的，而地球人對於原子分解光一無所知，那麼，將這個電子人拆了開來，是不是可以對原子分解光多少得到一些知識呢？那應該可以的。

然則，要拆開一個製作精密的電子人，並不是容易的事情。尤其這個電子人是在火星上製造的，有許多製作方法還要經過仔細的摸索方能拆開來，那就不是七十二小時之內所能辦得到的事情了！

就算這一點可以辦得到，那麼，至多只不過是對原子分解光有一定程度的了解，想要製造、發明反抗原子分解光的辦法，仍是不可能的！

李義德一直望著四十七號，心中急劇地轉著念頭。

四十七號忽然道：「李博士，我們不妨作一番私人的談話，你可有意傾聽麼？」

「你說吧。」李義德的聲音是懶洋洋的。

但是實際上，他的心情卻十分緊張。

他不知道四十七號要向他說些什麼，但所謂「私人的談話」也者，當然不會是什麼好事，這是李義德所能夠肯定的事！

果然，四十七號又開口了，他道：「人類的活動不能超越大氣層，其實並不是什麼大損失，我們大可以輕而易舉地毀滅整個地球的，但我們不這樣做，這已是十分寬容了。但目前地球上混亂局面，只怕要一個新的領導中心才能使之平靜下來，你有意在我們的指令之下，充任地球的最高領導機構的首腦麼？」

「一個傀儡政府的首腦？」

「可以這樣說，但，這也是保存地球的唯一辦法。」

李義德的心中忽然一動：火星人條件其實是十分寬容的，只不過是不准地球人的活動超出地球的大氣層之外而已！

但是，他們的確是掌握了毀滅地球的力量的。

為什麼他們掌握了那麼大的破壞力量，卻又只提出了那麼寬容的條件來呢？這其中一定是有著某種原因。

但那是什麼原因呢？

「你以為，」李義德冷冷地道：「最高防衛會議一定會接受你們的條件麼？」

「我想不出你們還有什麼別的辦法。」

「如果我們以火箭對付你們的飛行體，不讓你們的飛行體接近地球呢？那你們不是難以對付地球了麼？我們決定抗戰，還是可以應付的。」

「李博士，漢模參謀長曾以火箭槍射過我，是不是？」

「是的。」

「結果怎樣？」

李義德默然了！

李義德是知道結果的，結果是，小火箭還未射中四十七號，自四十七號胸前射出的光芒，便已經消滅了那枚小火箭。

李義德也知道四十七號這時提出這件事來究竟是什麼意思，因為那等於是說，如果地球上以巨型火箭作防衛的話，那麼，發自火星飛行體的原子分解光，是一樣可以在極短的時間內將巨型火箭進行分解，使得巨型火箭也消失無蹤起不了作用的。

李義德的胸口，像是有一雙手在用力地絞著一樣，使他感到一陣陣的劇痛。他心中不斷地叫著：不能屈服，不能屈服。

然而他知道，除非在七十二小時之內可以找到破解或抵抗原子分解光的辦法，要不然，地球人便只好向火星人屈服了。

順從火星人的條件之後，地球科學水準將倒退兩三百年，那時候，更難和火星人對抗，世世代代都要受另一個星球上的生物統治了。

能這樣麼？當然不能！

李義德覺得，自己剛才的辦法還是可行的，那便是：先扣留四十七號，將之拆了開來，首先對原子分解光進行研究。然後，再集中全球科學家的力量，看看是否能在七十二小時之內研究出對策來。

四十七號的行動，看來像是真人一樣，但是他卻只是一個電子人，是接受遙遠的無線電指揮的，如果將他引進了一個可以隔絕無線電波的地方，那麼四十七號就是一具死的機器了。

李義德漸漸地感到他的計畫可行，但是要實行這個計畫，必須通過防衛總部，而且，先要表示準備接受火星人的條件。

四十七號的失蹤，當然會引起火星人的懷疑，火星人一定會再派電子人下來尋找四十七號，那也就是說，拆開四十七號的工作場所，必須是一個極端秘密的所在——李義德也立即想到了一個適宜於進行這樣一項工作的一個地方。

那是位於北極，數百呎厚的冰層以下的一個科學實驗站。這裡可以集中一百個以上的科學家，而且正有一間隔絕無線電波的密室！

李義德是個行事十分縝密的人，當然，他曾經考慮過這樣的後果：如果在七十二小時內一無所獲，那麼還是沒有損失的，至多不過接受火星人的條件而已！

這時候，李義德不由自主又想起王秀梅來。

以往，每當他有什麼新的決定，或是大膽的計畫要實行的時候，他總喜歡講給王秀梅聽的，王秀梅聽了，也一定嚇得咋舌不已。

但這一次，他的計畫卻是難以向王秀梅傾訴了。

王秀梅在火星上，不知怎麼樣了？

李義德最了解王秀梅，他知道王秀梅是最經不起變故的。而她和另外一千多人正在作為人質。

即使他的計畫成功了，火星人不能進攻地球，這一千多個人質的結局，又會怎樣呢？李義德只覺說不出來的痛苦！

李義德深深地吸了一口氣，地球上的人數是三十億，而被火星人擄去的是一千人。當然，即使能夠得到原子分解光的秘密，要和火星人開戰，那一定還要犧牲許多人的。但是，不論要犧牲多少人，和總體比起來，總是一個少數！

雖然這個少數之中，包括了他最愛的人王秀梅在內，但似乎也是不應該多作考慮的了。李義德一聲不出，只是在沉思著。

四十七號雖然是電子人，但是卻也沒有法子知道李義德的心中在想些什麼，他又道：「怎麼樣！我們的提議，你可願意考慮？」

李義德這時已決定實行自己的計畫了。

而他要實行自己的計畫，最要緊的事，便是先和四十七號虛與委蛇，然後，再將他引到北極冰層之下的那個科學站去！

是以李義德裝出一副為難的樣子來，道：「這件事……我看我要和幾個好友商量一下，才能夠決定，你別催我可好？」

四十七號道：「但必須盡快作出決定！」

李義德又故意壓低了聲音，道：「可以的，我立即就召集我的朋友到一個秘密場所去集合，然後，你和我一起出現，那就好了。」

「秘密場所，在什麼地方？」

「噓——」李義德不再說下去。他陡地站了起來，也就在此時，有人在小艙房的門口敲門，隨即推開了門，那是參謀長的副官。

副官立正、行禮，道：「李博士，參謀長請你去參加最後的決定，基於會議是秘密的，四十七號電子人請不要參加。」

四十七號並不出聲，顯然是火星人也在討論究竟是不是要去參加。過了兩分鐘，四十七號才道：「好的，希望你們能作出聰明的決定！」

李義德本來正在發愁，不知如何擺脫四十七號才好，因為四十七號若是亦步亦趨地跟在他的身邊，他根本沒有機會去向參謀長提出自己的計畫。

如今，機會來了！

他竭力抑遏著心中的高興，唯恐被四十七號覺察出來，然後便隨著副官來到巨大的火箭艙中，火箭艙內的氣氛十分沉悶。

李義德一到，漢模參謀長便站了起來，說道：「對於是不是應該接受火星人的條件，現在有兩派意見，最高首腦覺得他也難以下決定，所以命令你來參加一些決定性的意見。」

李義德苦笑了一下，道：「其實事情很簡單，如果有對抗的餘地，當然不接受火星人的條件，但如果根本無法對抗——」

他沒有再說下去，只不過攤了攤手。

艙中響起了陣陣的議論聲。

世界上最傑出的科學家，地球人心目中的英雄是贊成投降的！這對於全人類來說，又是一個極大的，無可估計的後果的震撼！

「你的意見是這樣？」參謀長勉強地再問。

「是的。」李義德一面回答，一面卻將一張小紙片遞給了參謀長，小紙片上，用十分細小的字寫著一行字：「請准我動用北極冰層下的科學站，並通知全世界光學、熱電學、原子能以及死光光束專家聽命，我有一個計畫，但表面上，我們不妨盡量利用這七十二小時。」

參謀長呆了一呆，他隨即將紙團收好。

他本身也是不準備投降的，所以當他聽到李義德竟公然主張投降的時候，他的心中十分難過，面色也極其的難看。

但是如今，他總算有了安慰了。

他向李義德點了點頭，然後道：

「各位，我們還有七十一小時零二十分的時間可以考慮，最高首腦已決定召開有更多決策人士參加的會議，廣泛地聽取各方面的意見，請各位一下火箭之後，立即趕到會議室去，李博士說他感到極度的疲乏，向我請求休息，我已批准了！」

參謀長的話剛一講完，巨大的火箭便發出了一陣輕微的震盪。著陸了。李義德回到了他原來所在的小艙房之中。

四十七號迎了上來，說道：「李博士，你剛才在會議中所講的話真是精彩，我相信，我們可以合作得天衣無縫的。」

李義德呆了一呆，火箭艙中有著十一種反偷聽裝置的。何以自己剛才所講的話，四十七號竟然可以聽得到？

如果四十七號所利用的無線電波，和地球人熟知的無線電波是截然不同的話，那麼，自己的計畫豈不是無法實行了？

因為自己的計畫，首先就是要截斷指揮四十七號的無線電波，「殺死」四十七號，然後再對四十七號身上的「原子分解光」裝置進行研究！

而如果火星人和地球人對於無線電波的概念不同，地球上截斷無線電波的設備，並不能對指揮四十七號的無線電波生效，那麼，四十七號豈不是殺不死的麼？

李義德一想到這一點，心中不知是什麼滋味。

但是他是一個性格十分堅毅的人，既然想到了要做一件事，那麼，在事情進行之際，不管產生多少曲折和多少麻煩，他仍然要做到底。

這時，他想到了這一點之後，並沒有打消他自己的計畫，只不過他知道，一個本來已是十分冒險的計畫，這時變得更冒險了！

李義德道：「我們也該離開了，我已經告了假，我準備去會晤我的幾個朋友，你是不是跟我一起來？還是回火星去？」

「我跟你一起，」四十七號回答：「我的任務，是要將地球人接受了我們條件的消息傳到火星上去，如今我還未曾完成任務。」

李義德不再表示什麼，他走出了艙房，踏上自動艙電梯，出了巨大的洲際火箭，四十七號仍是亦步亦趨地跟在他的後面。

李義德才一踏出火箭，便陡地呆住了。

火箭場上的混亂情形，實是難以想像的。

本來，這裡是管理最完善，設備最得法的一個火箭場，可是如今，有好幾支火箭和幾座火箭發射台已被破壞了。

而且，一隊配備著小型火箭炮的兵士，正在阻止一大群人擁向另一枚巨大的太空火箭，這一大群人狂叫亂嚷，他們的目的，似乎是想奪取這枚火箭離開地球，不再在地球上逗留。而另一大群人則正聚集著，在聽一個人大聲演講。

那人只不過講了三句，其中便已五次提到「世界末日」。的確，那種混亂的情形使人想起世界末日，而且，顯然這種情緒越來越迅速地蔓延，將變得難以控制了。

李義德和四十七號才一下洲際火箭，便被認了出來，一大群人呼叫著湧了過來，指著李義德叫道：「就是他！就是他！」

有的則向四十七號叫罵：「火星的魔鬼，滾回去！」

在他們四周圍的人越來越多，四十七號突然抓住了李義德的手臂，同時，在四十七號後的背部，發出了「嗤嗤」兩聲響，冒出了兩股白氣，兩個人破空而去，轉眼之間，便升高了兩百來呎。

也就在這時，一架電動直升機在他們的身邊飛過。

李義德聽到直升機中傳出一個女子的聲音，叫道：「義德！我找你好久了，快來，快到我的直升機裡面來。」

李義德回頭看去，看到在叫他的娜莎．巴里摩，蒙德斯的未婚妻，他連忙向四十七號示意，兩人一齊進了直升機。

娜莎向四十七號望了一眼。全世界的人都曾在電視上看到過這個來自火星的電子人，娜莎自然也知道他是什麼，是以娜莎在望向他的時候，是充滿敵意的。

她瞪了四十七號一眼，同時道：「義德，你無法回家了，你的住宅已被搗毀了。」

「為什麼？」李義德痛苦地問。

「不為什麼，」娜莎的聲音，卻出奇地平靜，「人們已開始喪失了理智，在這樣的情形下，所有的行動全是無目的的了。」

四十七號突然插言：「所以，你必須出來維持局面。」

李義德不出聲。

娜莎的身子突然震了一下，她轉頭來望著李義德，道：「這傢伙在說些什麼，你何以不否認？你是什麼意思？」

「火星人有意要我出面來組織一個順從火星人意志的傀儡政權，我正在接受考慮。」李義德說著，同時，輕薄地伸出手在娜莎的面頰上輕輕地拍了拍。

剎那間，娜莎怒不可遏！她陡地拍開了李義德的手。

但是李義德卻還笑著，在她嬌嫩的臉頰上輕輕地拍了一下，娜莎再是一怔，然而在剎那之間，她卻完全明白了。

李義德絕不是輕薄的人，他這時的行動卻如此反常。那證明他是想表示，他所說的，全然不是真話，只不過是有所顧忌，不得不說而已！

她的怒氣平復下去，道：「我看除了你以外，也沒有別的人可以出來維持這個局面了。」

「是啊，可是現在，我先要休息一下，娜莎，你和我一起去，好不好？」李義德含有深意地望著娜莎，希望她答應。

「好，當然好。」娜莎顯得很高興。

李義德知道，娜莎明白一切了。

「那麼，我還要借用你的私人小火箭船。」

「當然可以。」

娜莎・巴里摩是一個天文學家，她有一艘速度十分高的小火箭船，用這艘小火箭船到北極去，只要數十分鐘就夠了。

李義德覺得自己的計畫正在漸漸地接近實現。

但是，卻還有一點關鍵性的問題，那便是：如何使得火星人找不到四十七號的行蹤呢？

這是一個極大的難題！

截電成功 殺電子人

這個大難題不解決，那麼，即使「殺死」了四十七號，火星人仍然立即可以知道四十七號是在什麼地方出事，跟蹤而至的！

是以，李義德覺得他的計畫有修改的必要。

因為，若是給火星人立即跟蹤而至，他就絕不會有時間和別的科學家一起，研究「原子分解光」的形成因素和找出對付它的方法來了。

要修改計畫，那自然最好是在半途便截斷「四十七號」和火星人的聯絡，然後再以極高的速度將他送到北極去！

同樣，火星人將不知道「四十七號」是在什麼地方，當然，他們會尋找，但是不一定找得到，至少自己這方面可以有時間來研究原子分解光的一切了。

李義德在想到這一切的時候，他只是輕輕地觸了娜莎一下，和向娜莎使了一個眼色，表示他有十分重要的事和娜莎商量。

娜莎是十分機靈的女子，立時明白了李義德的意思。

然後，李義德不再望向娜莎，他只是向「四十七號」講些無關緊要的事情，但是他的右手食指卻在娜莎的膝頭上不斷輕輕地敲著。

他敲的是一種電碼，利用長、短的訊號組成的文字。

等到直升機在龐大的火箭場下降之時，李義德已經完成了他對娜莎的通訊，他利用這種電碼向娜莎講了如下的話：

一到火箭場，便通知技師在最短的時間內，在火箭中布置一間可以發射強烈抗無線電波的房間，我要將對付四十七號的計畫提前執行。如果他們做不到的話，你再來通知我，我和四十七號始終待在火箭場的等候室中，等候準備的結果。

娜莎的心中也十分的緊張，她的手心之中在出汗。

李義德的計畫，無疑是十分大膽、冒險的。

因為，只要火星人的特殊無線電波仍能和「四十七號」發生聯繫的話，那麼，李義德的一切計畫便都敗露無遺了。

在那樣的情形下，火星人自然可以知道地球上的人並無意接受條件，只不過是在虛與委蛇，那麼他們就會用更強硬的手段了！

但是娜莎絕沒有提出任何異議來，因為她知道這是極其嚴重的時刻，是地球上人類面臨自由和奴役的抉擇的時刻，在那種時候，有許多事情是必須果斷大膽而不能小心猶豫的。

當直升機停在火箭場上時，李義德引著「四十七號」到等候室去，娜莎卻走了開去。四十七號竟立即問：「那位女士到什麼地方去了？」

「她？」李義德的心中吃了一驚，但是他隨即用一種開玩笑的口吻道：「她是去佈置如何可以殺死你的方法了。」

「哈哈，」四十七號笑了起來，「殺死我？別忘了我根本是沒有生命的，我只不過是一堆機械，幾千萬個零件和電子管而已。」

「那我可管不著了！」李義德聳了聳肩。

同時，李義德的心口也鬆了一口氣。

因為從四十七號的回答聽來，他顯然沒有疑心，自己將真正的圖謀用近乎開玩笑的方式告訴他，這實是隱藏真正圖謀的最好辦法。

「四十七號」以征服者的姿勢，在火箭場的等候室中來回地踱著，李義德一步不離地跟在它的身邊，這使得「四十七號」相當滿意，道：

「李博士，我們沒有找錯人，你確然可以成為我們統治地球的最佳代理人，我想你也定然樂意於做這個代理人的，是不是？」

李義德忍不住心頭的厭惡，面上還要保持著微笑，道：「我有一點不明白，你們何不乾脆在地球上組織一個電子人政府，直接進行統治呢？」

四十七號笑了起來，笑聲十分古怪，道：「李博士，我不相信你真的不明白。地球上的人類是一種極其偉大的生物，由電子人來組成政府，那是遲早會被推翻的。由你來出面的話，就可以沖淡矛盾，你難道不明白其中微妙麼？」

「我當然明白！」

李義德本就明白的，這時候，他故意這樣提出來，目的只不過是為了拖延時間，使得四十七號不再疑心娜莎去做什麼而已。

是以，他不斷地找些迎合四十七號的話說著，他甚至提到了地球人今後將由什麼樣政府統治的細節問題來投其所好。

足足四十分鐘過去了，娜莎還沒有回來。

李義德的心中十分焦急，而四十七號也連問了好幾次，顯然有點不耐煩了。李義德只得陪著笑，總算，又過了兩分鐘，娜莎便走了進來。

娜莎一進來，李義德便用目光向她相詢。

娜莎笑著道：「李，看來我們的行蹤已被人知道了，火箭場中擠滿了各種各樣的要人，都在爭搭火箭，現在好了，我們有了一枚速度最快的小型火箭，我看我們的行動還得隱蔽些，要不然，四十七號先生要被形形色色的投機分子包圍了。」

四十七號得意地笑了起來。

在娜莎的回答中，李義德知道一切已準備妥當了。

他們一齊向外走去，娜莎故意帶他們走一條十分狹窄的通道。火箭場是一個極其偉大的建築物，穿出了通道之後，他們登上了一輛車子。

在車上，娜莎用手指在李義德的手背上用電碼敲著：「盡可能準備好了，紫色按鈕是操縱一切的總鈕，但並沒有把握一定可以截斷火星人的無線電波。」

李義德只是點點頭，沒有說什麼。

車子將三人送到了一枚小型的高速火箭之旁，三人一齊登上了火箭，那小型火箭中，只有一間駕駛室，和一間小小的艙房。

那小艙房只有六呎見方，兩個人坐了下來之後，便沒有多少空位了，火箭由娜莎駕駛，李義德和四十七號面對面地坐在艙房中。

操縱室的火箭發射命令發出之後，火箭的尾部發出了「轟」地一聲響，以極高的速度破空而去，在飛到了一定的高度之後，便向南飛去。

李義德早已注意到了那個紫色按鈕。

那按鈕就在他坐的椅子的扶手之上，李義德知道，娜莎和火箭場上的科學家，是盡了他們的能力來佈置這一切的了。

這個按鈕一按下去，這枚小火箭便可以擺脫無線電波的無程追蹤，便可以使任何人都不知道這枚小火箭的來蹤去向。

但是，那只是對地球上的無線電波而言的。

火星人所使用的無線電波，是不是另外的一種呢？

地球上所發射的抗無線電波，是不是能夠成功地隔離火星人使用的無線電波呢？如果能的話，那麼計畫還可以照程序進行。

如果不能的話——李義德不禁苦笑。

火箭在向南平穩而快速地飛行，高度是三萬兩千呎，李義德的手，漸漸地向那個紫色的按鈕之上移近，他的心情也漸漸地緊張了起來。

四十七號忽然一回頭，也看到了那紫色的按鈕，問道：「這個按鈕是操縱什麼的？怎麼會在這裡？」

他的聲音之中已有疑惑的意味了。

李義德吸了一口氣，道：「這是電視的控制鈕，一按這個按鈕，就可以看到火箭經過地方的風景，你要欣賞一下麼？」

四十七號又不經意地轉過了頭去，道：「這也好。」

在他的面前，恰有一幅極大的螢光屏在，顯然他已相信了李義德的話了，李義德一咬牙，手向下向那紫色按鈕按了下去。

前面的電視螢光屏突然亮了起來，但是在螢光幕上出現的，卻不是什麼地面上的風景，而是這枚小火箭的全身情形。

李義德看到在火箭的周圍，有一種亮紫色的光芒在迸躍著，那是頻率極高的抗無線電波！抗無線電波已經包圍了整個火箭！

在駕駛室中的娜莎顯然也知道李義德已經按下了那個按鈕，火箭突然轉起彎來，而且速度也陡地加快了許多。

火箭本來是向南飛的，這時轉了一個大彎之後，便向北飛去，那才是他們真正要去的目的地：北極，剛才向南飛只是一種煙幕！

在那一瞬間，李義德幾乎沒有勇氣向四十七號看去！因為他不知道這時小火箭上所發出的抗無線電波，是不是已成功地截斷了火星人對四十七號的控制，他沒有把握！

但是，他只是發怔了幾秒鐘，心頭便猛烈地跳動了起來！他知道自己可能已經成功了，因為四十七號並沒有出聲！

他滿懷興奮地低下頭來，向四十七號看去。

只見四十七號仍然坐在椅上，但是它卻全身都靠在椅子上，雙手也軟垂著。

這時，傳音器中傳來娜莎的聲音：「怎麼樣了？」

一看到四十七號的那種情形，李義德便知道計畫的第一步已經成功了！四十七號已經「死」了，火星人已無法通過無線電波來指揮這個電子人了！

他心中的興奮，令得他在一時之間講不出話來。

「砰」地一聲響，房艙通向駕駛室的門被打開，娜莎衝了進來，面色蒼白，叫道：「怎——」

可是她只講了一個字，便呆住了！

她立即看到了李義德驚喜的情形，和四十七號坐在椅上那種姿勢，她當然可以知道，四十七號已經被「殺死」了！

她陡地一呆之後，不禁失聲叫：「我們成功了！」

「成功了！」李義德也大叫了起來。

他陡地抬起頭，看到了娜莎，震了一震，道：「火箭——你怎麼離開了駕駛室？」

「不妨事的，我已啟動自動駕駛系統了，你以為我會興奮得連這一點都忘記了麼？」娜莎連忙回答著，又向前走出了一步。

「娜莎，」李義德將聲音壓得十分低，像是怕被什麼人聽到似的，其實，那是絕無可能之事，「我們將他殺死了。」

「是的，你成功了。」

「成功？那還差得很遠，但我們至少已俘虜了一個電子人，娜莎，我們先將四十七號身上的無線電波接收器拆下來。」

娜莎點點頭，推起一張椅子，在椅子下面，放著兩副「電射光束」切割器，娜莎自己取了一副，交了一副給李義德。

李義德一伸手，推開了四十七號頭上所戴的黑色帽子，他按下了「雷射」切割器的控制鈕，一股極細的光束射向四十七號的頭部。

轉眼之間，四十七號的頭部便出現了一個洞，洞內可以看到無數細小的電子管，在「雷射光束」的移動下，電子管紛紛爆裂。

前後只不過幾秒鐘的時間，李義德和娜莎兩人便大大地鬆了一口氣，兩人放下了手中的「雷射」切割器。

李義德道：「可以收起抗無線電波了。」

娜莎伸手又在那紫色的按鈕上按了一按。將火箭周圍發出的抗無線電波收了起來，火箭的速度比剛才快了兩倍。

通過電視網，他們已經可以看到地面上的冰層了。

火箭已經飛到了北極的上空了！

娜莎走回駕駛室，五分鐘後，火箭在厚厚的冰層之上降落，當李義德將四十七號放在肩頭上走下火箭之際，漢模參謀長已經在了。

「各地的科學家到齊了沒有？」李義德第一句便問。

「到了十之八九了，」漢模參謀長回答，同時，拍著李義德的肩頭：「這……這個便是你們要解剖分析的電子人？」

「是的，我們快到冰層下的基地去！」

「好，交通工具是特別供應的，你們先去。」漢模參謀長向一旁的一個年輕人揮了揮手，「我在這裡，接應遲來的科學家。」

那年輕人對著無線電傳話器低聲道：「冰底潛航船注意，有兩個乘客要上船了，請浮上冰面來，請浮上冰面來！」

他一面說，一面向李義德和娜莎招了招手，兩人跟著他向前走去，走出了十來碼，便來到一個冰層中的冰洞之前。

這時候，冰洞中伸出一根直徑三呎的圓管來，在管的內壁，是金屬的梯級。李義德和娜莎連忙沿著梯級向下走去。

通下了十來呎，便聽得一個熱情的聲音道：「歡迎，歡迎光臨！」

他們只覺得眼前一亮，已置身於一個十分寬敞的船艙中了。張開雙臂在歡迎他們的，正是冰下科學站的一個負責人。

李義德放下肩頭上的四十七號，立時便有人將四十七號裝在一隻金屬箱子之中。

這艘在冰下航行的潛艇開始航行。

在船中，可以看到船外冰層下海洋的情形，冰層下的海洋的確是奇觀中的奇觀，但如今，李義德和娜莎兩人卻都無心欣賞。

二十分鐘後，冰下潛航船接近了一座極大的海底建築物，那海底建築物的形狀，恰如一條極大的海豚。

本來，這個科學站是設來專門研究北極冰層對地球氣候之影響，和冰層下生物的生活狀態的。如今這個科學站負起了一項空前重大的任務！

潛航船在建築物的大門中駛了進去，停了下來，李義德和娜莎兩人從金屬階梯上爬了上去，出了圓管，便來到一個寬敞的大廳之中。

大廳上已被布置成為一個特殊的會場。

一排椅子排成圓形，圍著當中的一塊空地。

坐在椅子上的，已有三十多人，李義德停了一停，在他身後，推著那裝有「四十七號」箱子的娜莎也停住了。

這時在大廳中的那三十多人，李義德幾乎全部認識，就算他未曾見過面，也曾在電視上、報紙上見過他們的照片。

這三十來個人，可以說是地球上最傑出的科學家群，若是他們仍然沒有法子揭開「原子分解光」的秘密，那麼地球人便沒有法子和火星人對抗了！

李義德在剎那之間，只覺得心頭異常地沉重！

這個科學站中的人是成功還是失敗，關係著全人類的命運，這怎能令得他心頭寬舒，他一言不發向前走去，在一個座位之前站定。

然後，他沉聲道：「各位全是應漢模參謀長之邀前來的，但是前來此處任務是什麼，只怕各位都還不知道。」

座間沒有人出聲。

「各位，」李義德盡量將話講得簡短，因為火星人的限期是七十二小時，而他們已經用去了許多時間了，「我已截斷了一個火星電子人的無線電操縱系統，我們要在這個火星人的身上，找出原子分解光的秘密來，藉以對抗火星人！」

在李義德講話的時候，幾個管理電腦的女職員，已將一份有關「原子分解光」的資料，送到每一個科學家的面前。

娜莎接著將那隻箱子推到眾人的中間去。

許多測量光波、光譜、光性質、光熱量的儀器被推到中間，七八個光學專家已經穿上了工作服，準備開始工作。

娜莎打開箱子，李義德指著躺在箱子中的四十七號，道：

「我曾目擊這名電子人的胸前發出原子分解光來，那種光，可以將任何物體分解成原子，然後，再以光的速度運送出去，我們先要找出這種光的性質，它的發生情形，然後才能預防！」

他一面說，一面迅速地工作著。

「四十七號」的衣服已被除去，這時候，李義德拍著「四十七號」的胸前，用一具特殊的切割器，迅速地移開了「四十七號」胸前的一塊金屬片。

然後，他站了起來。

兩名光學專家俯下身去，測光的儀器一具又一具地被使用著，那兩位專家更進一步地將「四十七號」胸前別的零件也作了詳細的檢查。

由那兩個專家取出來的零件，以及「四十七號」胸口，「原子分解光」發射部分的情形，立時由電視傳到每一個人面前的電視機上。

螢光屏上的形象不但清晰，而且比原來的物體還要大，這使得科學家可以進一步了解「四十七號」內部構造的性質。

每一個科學家都就自己所見發表著意見。

他們的意見，立即傳送到電腦系統中去，由電腦系統匯集起來，李義德並不是光學專家，所以這時，他只是注視著電腦總匯集的結果。

無數電子燈亮著、暗著，訊號燈如此雜亂地工作著，證明在場的這些科學家的意見十分不一致。

李義德和娜莎兩人的心中都十分焦急。

時間一點一點地過去，每過去一秒鐘，地球便接近失敗一步，可是，滴答滴答，時間是過得如此之快，在不知不覺間，已過了大半天了！

李義德算過，他們還有六十小時的時間。

在這六十小時之中，科學家們會不會找出原子分解光的秘密？會不會想出抵禦原子分解光的辦法來，能不能成功呢？

火星人應該早已發覺「四十七號」失蹤一事了，他們將會採取什麼法子呢？他們是耐心地等候到七十二小時之後，還是立即採取不利於地球的行動呢？

李義德覺得自己留在這個科學站中，暫時是沒有用處的，他想離開去，但是，當他請示漢模參謀長之後，他卻得不到批准。

參謀長命令他在科學站領導這一群科學家工作，這群科學家成功與否，是決定地球是否可以得救的關鍵，參謀長不讓他離開。

而參謀長又告訴他，到目今為止，一切都正常，只有一些地區接到有亮紅色飛行體飛行的報告，除此之外別無異狀。

亮紅色的飛行體，那是火星人的太空船，火星人的太空船接近地球飛行，當然是在尋找「四十七號」，由此可知，火星人暫時不準備採取進一步的行動。

李義德坐在電腦之前，電腦的資料匯集部分，甚至未曾作出一個實際的結論，李義德想著火星人，想著蒙德斯，想著王秀梅……

這的確是一個十分值得思索的問題，是以李義德才一想到它，便立即不再想別的事情，而專心一致地去想這個問題了。

他想到的是，火星上的生物和地球上的生物，在以前，是從來也未曾交往過的。比較起來，科學上是火星人走先了一步，至少火星人早就知道偽裝他們的星球，使地球人一直不知道火星上有著高級生物，如今，火星人已可以來到地球了，火星人的行動，已導致地球上發生了重大的損失，火星人的陰影，幾乎已佔據了每一個地球人的心頭。

但是，如果問一個問題的話，這個問題，卻又是沒有一個人能夠回答出來的，那問題便是：

火星人究竟是什麼樣子的？

的確，火星人是什麼樣子的呢？

是方的？圓的？八爪魚一樣的？

李義德聽到過火星人所發出的聲音，看到過火星人的飛行船，也俘虜過火星人的傑作——電子人。但是火星人是怎樣的呢？

他說不上來，因為他未曾見過！

李義德心中的疑問漸漸擴大。

為什麼火星人絕不現身呢？

為什麼火星人只是以電子人作代表來進行交涉？為什麼火星人不是一舉而將整個地球佔領，而只是要將地球人的活動限制在地球大氣層之內？

為什麼？為什麼？

這許多「為什麼」，在李義德的腦中翻來覆去地交雜著、撞擊著。李義德知道一定是有原因的，但是一時之間，他卻又找不出原因來！

李義德在苦苦地思索著！

所有的科學家也都在苦苦地思索著！

電腦緊張地工作著，但是卻仍沒有結果。整個科學站籠罩在一種極其緊張的氣氛之中，那種氣氛，令得空氣似乎也凍結了一樣！

在離開地球北極科學站之外幾十萬萬里的太空中，有兩個地球人，同樣地心情極其緊張，他們是在一艘太空船中。

他們是蒙德斯和森美度。

這時候，如果將他們放到地球北極科學站的大廳中來，那將沒有一個人看得到他們，因為他們在金梭星上經過了微縮。

這時候，他們連同他們的「瑪斯七號」太空船，只不過如一粒宇宙塵那麼大小。他們也正夾在宇宙塵中，向火星飛馳而去。

他們的火箭動力系統並沒有發動，因為宇宙塵前進的速度，遠在他們火箭的行進速度之上。而他們也以宇宙塵的高速在前進，那是因為宇宙塵在前進時所產生的慣性力量，在帶著他們前進，那情形和在擁擠的人潮中，不必移動雙腳，也會被擁著向前走一樣的道理。

從火箭船內部的電視上看來，他們的四周圍全是亮晶晶的宇宙塵，由於他們此際和宇宙塵一樣大小，所以他們也可以看到宇宙塵的奇形怪狀的形狀。

火箭不是自己在飛行，也沒有法子知道速度，當然也無法推知什麼時候可以接近火星，他們唯一知道接近火星與否的辦法，是等火星人要消滅這股宇宙塵時，那麼就是接近火星了，那時他們就要使火箭飛出去，不被火星人連同宇宙塵一齊消滅。

所以，他們需要不斷守候著、觀察著異狀。

他們決定輪流休息，每一個人休息兩小時。但是事實上，他們兩人由於心情緊張的原故，根本就睡不著，也談不上什麼輪流休息。

時間慢慢地過去，突然，他們從無線電感應器的表板上，看到了一種頻率極高的無線電波，那種無線電波正在向他們接近。

蒙德斯和森美度兩人變得更緊張了。

他們按下了操縱所有電視的按鈕，每一具電視的螢光屏都亮了起來，他們可以觀察到宇宙塵之外，太空中的情形。

他們看到，有一排七艘——梭形的太空船，正在向前駛來，那七艘太空船距離他們的火箭是七十公里，那是火箭船中的儀表告訴他們的。

而宇宙塵的最前端，距離那七艘太空船卻只有五公里了，突然之間，從那七艘太空船的頭部，各自射出了一股紫濛濛的光華來。

蒙德斯和森美度兩人，都無法知道那一蓬紫濛濛的光華是什麼，他們只是從一些儀表上知道那是頻率極高的一種無線電波。

然後，他們看到了大股宇宙塵和那紫濛濛光華相接觸之後的情形，只見那七股紫色的光波，圍成了一個圓筒形。

而這個圓筒形的中心部分，像是具有極大的吸力一樣，那一大股宇宙塵，正迅速地向內投去，而又化為十幾股濃黑的宇宙塵瀑布向下落去，又有一艘極大的飛船，在承接著那些宇宙塵。

蒙德斯和森美度兩人看到這等情形不禁呆住了。他們立即知道，金梭星上的霍倫斯估計錯誤了。霍倫斯認為宇宙塵在接近火星之後，便會被火星人所消滅乾淨的！

但是事實卻完全不是那樣！

抵達火星 橫衝直撞

照如今的情形看來，火星人絕不是在消滅宇宙塵，而且在搜集宇宙塵，將宇宙塵緊縮之後，載入一艘大飛船之中！

宇宙塵是各色各樣星體的殘骸所組成的，也是最堅硬的、最純的金屬，火星人懂得利用這些天然形成純金屬粒子，所以說是極其聰明的事情。

但如今擺在蒙德斯和森美度兩人面前的問題：他們應該怎麼辦呢？

本來，他們是應該一接觸到火星人對付宇宙塵的措施，便準備離開那股宇宙塵的。但是如今的情形卻和原來估計的不同了！

因為本來他們是估計火星人會消滅宇宙塵的，但如今火星人卻是在搜集宇宙塵！如果他們不向外飛出去，和所有的宇宙塵一齊被火星人的太空船載往火星去的話，他們是不是可以省下了一大段航程，而直接進入火星的範圍中去？

他們兩個人顯然是同時想到這一個問題！

森美度望向蒙德斯，等候他的決定。

蒙德斯沉著地道：「檢查前面的壓力情形，測度粒子與粒子之間的空間。同時作加快速度的準備，以便隨時可以飛出去！」

「是！」森美度立即開始工作。

森美度知道蒙德斯下達這兩個命令的意思，他先要明白火星人將宇宙塵粒之間的空間緊縮到如何程度，才能知道自己的太空船能不能禁受得起這樣的壓力。

一分鐘後，他們的太空船已經更接近那兩股紫色的光環了。森美度也從計算儀中得到了資料，他連忙道：

「壓力一比一百四十六，平均空間是零點三粒。」

「我們保持不動！」蒙德斯立即道。

「是，保持不動！」

宇宙塵本來是仍然以正常的速度向前移動的，但是一接近那種紫色的光環，速度便突然之間加快了起來。由於速度的加快是突如其來的，而且加快了好幾倍，所以蒙德斯和森美度兩人的身子猛地向後仰去，緊貼在椅背之上。

在那一剎那間，像是他們的身前，有著一塊千斤巨石壓了下來一樣，令得他們兩人連氣都喘不過來，眼前發黑，耳際轟鳴。

等到他們兩人漸漸地適應了這樣的高速之後，他們只覺得太空船內的一切，都變成了異樣的紫色，他們已被那種紫色的光環罩住了。

而太空船的外面，不斷傳來撞擊的聲音，船身也在不斷地震盪、翻滾。如果他們兩人不是訓練有素的太空飛行家，一定早已不支了。

緊接著紫色的光華漸漸淡去，而他們太空船則隨著千千萬萬的宇宙塵粒子，像是一面巨大之極的瀑布一樣向下瀉去。

紫色的光華陡然消失之後，他們也停止了移動。看情形，他們已被那種特殊的磁性電波吸進了那艘大飛船的艙中。壓力儀顯示太空船之外的壓力正在迅速地增加。

蒙德斯沉聲道：「我看我們應該移動一下。」

「不行，」森美度搖了搖頭，「你忘了我們的體積雖然縮小了，但是我們的速度卻並沒有改變麼？我們一移動，立時就穿出這艘太空船去了！」

「我當然知道，但是如今加在我們太空船之上的壓力如此之重，難道不會減低我們太空船的速度麼？我們必須移動，要不然，上面的宇宙塵粒子繼續壓下來的話，我們的太空船就要被壓扁了，我們試用最低的速度好了。」蒙德斯回答著。

「好，希望我們會成功。」

森美度做著飛行的準備工作，蒙德斯按下了發動機鈕，飛船陡地一震，向上衝去，蒙德斯立即再按停止鈕，這期間，只不過十分之一秒！

太空船最低的速度是每分鐘三十哩，十分之一秒鐘，太空船應該可以行進二十分之一哩，他們是應該穿出那艘船艙的了。

但是，正如蒙德斯所估計那樣，宇宙塵的粒子的壓力大大減低了他們速度，太空船停下來時，發生了輕微的震動。

他們撞在艙壁上了，但因為停止的及時，所以並沒有出大毛病。他們兩人吁了一口氣，將太空船的動力系統繼續開動著，因之他們的太空船便附在艙壁上。

過了不多久，他們可以看到，在他們太空船的下面，已堆滿了宇宙塵的粒子。蒙德斯已開始想到，地球人應該也可以利用宇宙塵，在宇宙塵中取得地球上稀有，甚至根本沒有的金屬。但是，當他想到這一點的時候，他不禁苦笑！

因為地球目前正面臨著空前的危機。如果不克服這個危機的話，那麼地球上的人類終將淪為火星人的奴隸，還提什麼利用宇宙塵呢？

蒙德斯嘆了一口氣。

而森美度因為和蒙德斯合作得久了，他幾乎立即可以知道蒙德斯是在想些什麼，是以他也覺得心頭極其沉重，跟著嘆了一口氣。

就在這時候，他們覺出火星上的太空船已開始飛行了，因為堆積在艙中的宇宙塵粒子開始緩緩地移動，粒子與粒子間的空間更小了。

如果不是他們早已衝了出來的話，他們的太空船一定早已被宇宙塵粒子壓扁了，因為經過了微縮的太空船本身，只不過和宇宙塵的粒子一樣大而已。

太空船是飛向什麼地方去呢？

在他們兩人的心中，都有一個共同的答案：火星！

剛才，宇宙塵雖然是向火星飛去的，但是他們還根本未曾看到火星之前，特別的磁性電波便已將宇宙塵吸進了船艙之中。

所以，直到如今為止，他們對於火星表面的情形，還是一無所知的，那要等到太空船停在火星的表面之後，他們飛了出去才可能知道。

他們所駕駛的「瑪斯七號」火箭太空船，預定的目的就是探索火星表面上的情形，他們仍能達到火星，可以說和原來的目標相去不遠。

但是，他們到達的方式，和他們將在火星上進行的特種任務，卻是他們在起飛之前萬萬想不到的。在他們的火箭起飛之後，世上的事情發生了多大的變化啊！

蒙德斯和森美度兩人耐心地等待著。

他們知道他們正在向火星接近，他們的時間觀念也必須改變了。但是他們究竟是在地球上長大的，要改變時間觀念是沒有那麼容易的。

他們仍以地球上製造的手錶來計時，自他們被磁性電波吸進來之後，已過了七個小時了。在這七個小時之中，他們無時無刻不在緊張的等待之中。

他們等待的事情終於來到了。

先是一陣震耳欲聾的「隆隆」聲響，然後，在表面上的宇宙塵粒子一陣跳動，接著便是更劇烈的震盪，然後才一切都恢復了寂靜！

兩人都可以肯定，那是太空船已降落在火星的表面上了。他們互望了一眼，蒙德斯點了點頭，按下了全速前進的鈕掣。

他們不知道火星上的太空船船艙的艙壁有多厚，也不知道那是什麼金屬鑄成的，但是他們卻可以肯定，他們一全速前進，一定可以穿透艙壁向外飛去的。

從槍口射出的子彈所以能穿透鋼板，一則是體積小，二則是速度快。而如今，他們的太空船比子彈更小上幾倍，而速度比子彈快上近千倍，還有什麼東西能夠擋得住他們？霍倫斯博士曾說這是他們最有利的事，當真是一點也不錯。

他們的太空般震動了一下，森美度開動了一切儀器。

幾乎是立即地，蒙德斯又將速度減至最低，太空船以近似滑翔的速度浮在空中，不必通過電視設備，只從窗口中向下看去，他們就可以看到一架大得出奇的太空船！他們這時是經過了微縮的，是以看來那艘太空船也顯得特別地大，大得如同一座山一樣，但儀器測量的結果，卻知道那太空船不過是二十呎直徑。

這艘太空船，便是載他們前來的太空船了。

太空船停在一個亮晶晶的、平整的平地上。那便是火星的表面了！一想到自己終於來到了火星的表面上，兩人的心頭不禁狂跳了起來。

他們開動了自動攝影機，同時，利用長距電視攝像管拍攝火星表面上的情形，他們看到火星的表面上幾乎全是平原。

當然，火星是一個相當龐大的星體，他們這時能夠看到的最遠處的景象，也只不過是一千哩之外而已，是難窺全貌的。

但是在一千哩之內，竟沒有一點高山，也沒有一點河流，這已是地球上所不容易找到的情形了。更令得他們奇怪的是，他們見不到一個人。

不但見不到一個人，而且也見不到一幢建築物！

蒙德斯和森美度兩人當然知道，火星是另外一個星體，在火星上雖然也有高級生物，但是火星人的一切，都是和地球人截然不同的！

非但截然不同，而且其不同的程度還遠超乎地球人的想像力之外！然而，不論怎樣，他們總應該看到那種高級生物，也應該看到那種高級生物居住的地方。

兩人心中，正在感到極度的奇異之際，突然又聽得一陣軋軋的聲響，在那艘太空船廣場旁的一塊四方形的地面，突然被一種什麼力量撐了起來。

那地面上，本來和可以看到的火星其餘的表面一樣，都生著矮而密的一種怪植物，但這時，整幅地面卻被撐了起來。

同時，有許多紅色的飛行體從地下飛了出來。

那些飛行體一飛了出來之後，便停在半空之中，圍繞在大太空船的上面，然後，又看到了大太空船的頂部被揭了開來。

而那些紅色的飛行體中，則伸出了許多管子，伸進了大太空船，發出「沙沙」的聲音。可想而知，那正是在卸下宇宙塵。

也可想而知，在火星表面上看不到人跡的原因，是因為火星人的活動都是在地層之下的原故。

蒙德斯忙道：「森美度，我們去看看。」

森美度道：「那我們就必須改用速度較低的小飛船，將『瑪斯七號』交給自動系統控制，任由它停在空中，要不然，我們一發動，只怕更鑽到火星的地心中去了！」

「當然是那樣，趁這裡的地面揭開著，我們就進去！」蒙德斯一面說，一面已翻身站起，攜帶了必要的物事，爬到鄰艙。

在鄰艙，正好有一艘可容兩個人的小飛船。

他們登上了小飛船，按下了鈕掣，小飛船離開了「瑪斯七號」火箭，向下飛了出去。小飛船的速度慢得多，但和他們這時候的體積比較起來，卻仍然極其驚人。小飛船迅即穿入了地層。

他們才一進入地層，便停下來。

當他們向四下看去時，他們不禁呆住了。

他們兩個人是真正地呆住了，足有十來分鐘，他們一句話也講不出來。眼前，絕不黑暗，而是一片光明，一片極其柔和光明。

那層被揭起的地面，只不過三呎來厚，而下面的空間卻是有幾百呎，而且一望無際，只有間或有一些巨大的支架，支撐著地面。

剛才他們還在感嘆著火星的表面上沒有人，沒有建築物，這時候，他們才感到自己的想法是如何的無稽，因為這時他們所看到的建築物，長、短、方、圓，什麼形狀的全有，而來往在各建築物和道路上的，全是小型的飛行體。

那些小型的飛行體，這時在他們的眼中看來，自然是碩大無朋的，但是在儀器的光波測度之下，那些小型飛行體的大小，相當於地球上的中型汽車。

蒙德斯和森美度兩人在呆了十多分鐘之後，才一齊「啊」地一聲低呼了出來，森美度道：「他們的人呢？」

「人？當然在建築物中和飛行體中了。」

「我們要找的那一批人呢？又在什麼地方？」

「那要我們去找！」蒙德斯說。

然而，當他講完後，他忍不住苦笑了一下。

因為，他們如今不是闖進了一個陌生的城市，不是闖進了一個陌生的國家，而是闖進了一個他們對之完全陌生的星體！

在那個陌生的星體之中，要去找尋一批人，這實在是太難了，而更增加他們困難的是，他們的時間並不太多，過了時間，他們的微縮作用消失，而那時候，他們除了增加俘虜的數字之外，實在不能再做別的什麼事情了，這正是令得他們最焦急的一點。

森美度的面上，帶著一種十分滑稽而可笑的表情，望著蒙德斯道：「我們試飛進一幢建築物，去看看裡面的情形。」

森美度操縱著小飛船，他們是從一個建築物的牆中直穿了進去的，那牆上只不過出現了一個直徑不到十分之一公分的小孔，當然是不會有什麼人去注意的。

一進了那幢建築物，他們便看到一塊黑色的、發亮的極大的平面，那塊黑色的大平面，看來像是一個網球場，但他們立即可看出，那不過是一張桌子。

令得他們又驚又喜的是，在桌旁，坐著兩個地球人。

那的確是兩個地球人，雖然這兩人的頭髮式樣和服裝看來古怪一些，但他們是完全和地球人一樣的，森美度立即道：

「我們找到他們了！」

蒙德斯也感到自己的運氣實在太好了，好到了不應該有的程度。但是一看到了那兩個人，他也連忙按下了鈕掣，小飛船下降，停在桌面之上。

小飛船的下降，顯然並未引起那兩個人的注意。

蒙德斯還未曾下令，森美度已經遏制不住心中興奮，按下了微波擴音器的掣，大聲道：「你們別吃驚，我們來救你了，我是——」

他的聲音通過微波擴音器後，變成一個正常人所發出的聲音，那兩個坐在桌旁看來是正在交談的人，立時向桌上望來。

也就在那一剎間，蒙德斯和森美度兩人知道他們犯了一個不可饒恕的錯誤了，因為那兩個人，在乍一看來和地球人一般無異，但是當正面對著他們的時候，卻看出不同來了！在他們的眼睛中有著無數的眼珠！

那無數的眼珠，閃耀著各種不同顏色的光彩！

可以說，絕沒有一個地球人會是那樣的！

蒙德斯和森美度兩人立時知道自己弄錯了，這兩個不是地球人，不是自己人，而是火星人！

可是，他們卻已暴露了他們自己！

那兩個人的眼睛向桌面上望來，蒙德斯和森美度兩人立即看到他們眼中的光彩迅速地變換著。那種光彩的迅速變換，顯然是表示著他們內心情緒的劇烈變換。兩人之中的一個，立即舉起了一塊黑漆漆的物事，向小飛船砸了下來！

但是，蒙德斯下手卻在他們之前！

在他一發覺自己犯了錯誤，誤將火星人當作了地球人之後，他立時按下了一個掣，直射的「雷射」光束立即射了出去。

雖然縮小了無數倍，但是「雷射」光束的威力卻沒有減弱，那種高熱而成直線進行的光束，在兩個火星人的頭部疾穿而過！

那兩個火星人眼中的光彩立時消失了！

他們的身子也軟綿綿地伏倒在桌上。

他們死了！

但是，蒙德斯和森美度兩人還是呆了半晌。

還是森美度最先開口，他低聲呼道：「天，我們殺死了他們，這兩個是火星人，他們已死在『雷射』光束之下了！」

「除此以外，我們還有什麼辦法？」

「或許我們當時可以立即飛走。」

森美度是一個十分善良的人，他仍然感到十分內疚，連講話的聲音也變了樣。

蒙德斯將手按在他的肩頭上，道：「老森，我可是一個嗜殺的人麼？我們若是飛走，由於我們已暴露了目標，他們也會立即通知火星上的防衛部門的，我們沒有時間來逃避，我們必須利用所有的時間來工作，你可明白我們任務的重要麼？」

「明白。」森美度點著頭，「天知道，原來火星人並不是八隻腳、兩條鬚，而是和我們一模一樣的，只不過眼睛不同！」

「是的，事前誰也未曾料到——」

蒙德斯才講到這裡，便陡地停了下來。

因為一扇門移開，又有一個人走了進來。

走進來的那個人，頭髮的樣子和衣服的式樣更怪，他的身上不像是穿著一件衣服，卻像是罩著一重色彩變幻不定的濃霧。

兩人立即推測那是火星上的「女人」。

那「女人」來到桌前，發出一種十分難聽的吱吱聲，那種吱吱聲長短不一，音調的變化雖微，但仍可以聽出，那是一種語言。

然而那「女人」卻是只講到一半，便突然停止了。

緊接著，「她」尖聲地叫了起來。

當那個火星女子尖聲叫了起來的時候，蒙德斯和森美度兩人互望了一眼，森美度甚至還做了一個鬼臉，火星上的女人原來和地球上的女人一樣，都喜歡尖叫！

然後，那個「女人」急急地向外奔去，轉眼之間，許多人都一齊湧了進來，將那個已死了的人抬在肩上，不斷地「吱吱」叫著。

這些人的眼睛也不斷地變著顏色，變動得如此之快。由於在蒙德斯和森美度兩人這時的眼中看來，這些和地球人身體一樣大的火星人，簡直像是座小山一樣，因此他們不斷變換著眼睛，看來也像是許多碩大無朋的洪爐，看來特別驚人。

森美度低聲道：「我們離開這裡吧。」

蒙德斯嘆了一口氣，道：「可惜我們沒有翻譯火星語言的電腦，否則，我們就可以聽懂他們在講些什麼話了。」

「是啊，如果我們會講火星人的語言，那我們也可以抓一個俘虜，來問他們，地球上的那一批人，如今是在什麼地方了。」

「老森，」蒙德斯忽然道：「你看，那艘載宇宙塵的太空船有多大？是不是可以容納一千多個人？你有記錄沒有？」

「有，那艘太空船的直徑是三百呎。」

「好啊，我們有了離開火星的工具了，而且，由於地球人和火星人的外形一致，那一千多人需奪取交通工具，到達大飛船的基地，只要是有組織、有計畫的進行，那也不是多麼難的事情，就算不能全部救出，總也可救出百分之七十來了。」蒙德斯講得漸漸地興奮起來。

森美度只是一聲不出地望著蒙德斯。

他並不打斷蒙德斯的話，只是在他講完之後，嘆了一口氣，道：「蒙德斯，我並不想掃你的興，可是我卻不得不說——」

「我知道——」蒙德斯的面色灰暗，「我知道，那批人在什麼地方呢？我們用什麼方法，才可以在短促的時間中找到他們呢？」

「是的，你有什麼主意？」

「我沒有，但是我想，地球人熟知的無線電波，和火星上的無線電波可能大不相同，我們不妨開動小飛船上的無線電波追蹤儀。」

這時候，湧進房間來的許多人又退了出去。

這許多人中，沒有一個發現桌上停著一艘小到了如此程度的小飛船——這是情有可原的，我們不妨設想，如果在地球上，一家大公司的董事長和他的秘書，五分鐘之前還好端端地在人的面前出現過，但五分鐘之後卻離奇地死了，在那樣的情形下，誰還會去察看桌面上有臭蟲大小的一件東西？

森美度搖頭，道：「你以為他們會發出無線電波來求救麼？那有什麼用？」

「不，我不是這個意思，但是，被俘虜了來的那些人，絕大多數是月球基地上的工作人員，他們被俘虜的時候，一定是極其匆忙的，是不是？」

「是又怎樣？」

「那麼，在他們這些人之中，有的就可能帶有一點儀器，或是超小型的收音機，會發出地球上的無線電波，追蹤儀上多少應該有點蹤跡可尋，是不是？」

「啊，你的確比我想得多。」森美度由衷地說，他立即半轉過他所坐的椅子，在一具儀器之前迅速地操作了起來。

他按下了第一個按鈕，一塊兩呎見方的金屬板便移了去。他按下了第二個按鈕，金屬板移開的地方，變成了深綠色。

那一片綠色，十分深沉，像是一潭碧水一樣。

而且，那一片綠色是如此之純，簡直一點雜色也沒有，像是一塊絕無瑕疵的碧玉。森美度又按下了另外兩個掣。

他們兩人都緊張地注視著那幅示蹤屏。

如果在六千哩之內有合乎這個追蹤儀適應的波長的無線電波出現，那麼，示蹤屏上就會有白色的圓點閃動。

如果在地球上使用這具儀器的話，那根本看不到一點綠色，而是一片閃耀的白光。可是如今在這裡，卻是一片深綠。

兩人看了半晌，仍是沒有絲毫變化。

「我們先飛出這建築物再說，或許這建築物阻隔了無線電波的傳出。」蒙德斯一面說，一面便開動了小飛船，小飛船又直穿了出去。

才一出了那幢建築物，兩人便忍不住高聲叫了起來！

在那一片深綠色的示蹤屏上，出現了　絲的白色。

那一絲白色極其微弱，但無疑是有無線電波的反應。

那反應是不是地球人所在之處發出來的，兩人還不能肯定，但總算有了反應。

森美度立即控制方向，小飛船便向著有反應發出的地方飛去。

在航程之中，蒙德斯和森美度兩人讚嘆著火星人科學的進步。因為他們所看到的一切，只有極少數是他們可以估計得出那是什麼東西來的。

有一些事，他們更是不解，譬如說，滿空間亂飛行的飛行體，速度如此之高，顯然又絕無秩序，但何以竟能不碰撞到，這一點，便令得他們莫名其妙了。

他們飛過了一大群建築物之後，便看到了綠野。那大片綠野上面，並不是天空，而是人工製造的光源，仍然是在地上。

兩人明白，地球人觀察了火星好幾百年，但是地球人看到的，卻是火星表面上的情形，而不知道火星人是在表面之下活動的。

看來，若不是有絕對的必要，那麼，火星人頭頂上的那層地面，頗有些像地球人頭頂上的大氣層，試想，普通的地球人有什麼機會超越地球大氣層？

那一大片綠野上，有許多奇妙的儀器在操作著。飛過了那一大片綠野之後，那一絲白色的閃光，已漸漸地接近中心部分了。

那也就是說，他們將要飛到目的地了！

他們早已將飛行工作，交給了小飛船上的自動操縱系統，所以他們是不虞飛行方向錯誤的，他們只是注意著下面的情形。

當顯示屏旁邊的小紅燈亮起來的時候，他們看到下面是一個圓球形的大建築物。整個建築物沒有一點點的空隙，就像一個大銀球聳立在綠野之中。在大圓球的旁邊，則停著不少飛行體。

蒙德斯將小飛船的速度陡地提高，又突然減低，在這一下變化之間，他們的小飛船便已經穿進了那建築物之中了。

小飛船在空中停下來的時候，看到了一個極大的空間，那空間幾乎相當於全個球體，他們兩人向下面看去，至少看到了近一百個人。

那一百個人，他們兩人只可以看到他們的頭頂，在他們此時的眼中，那是頭髮粗如手指的巨人，因為他們這時實在太小了。

而在靠一堵牆處，則是一只巨型的電視機。

出現在電視螢光屏上的是一個城市，蒙德斯和森美度兩人向電視一瞥，便失聲叫了起來，那城市，那是地球上的巴黎！

飛行汽車 大舉逃亡

蒙德斯和森美度兩人叫了一聲之後，又聽得電視機旁，突然發出了一個宏麗的聲音，講的是地球上的語言，道：

「你們看到艾菲爾鐵塔沒有?它立即就要消失了！」

艾菲爾鐵塔已在「原子分解光」下消失，這是每一個地球人都知道的了，但蒙德斯和森美度兩人卻還一點也不知。

這時，在電視出現的情形，正是千千萬萬地球人在巴黎的時候看到的實情，火星人竟將之攝成電影，在這裡作電視放映！

巴黎艾菲爾鐵塔在原子分解光之下消失的一剎那，的確是極其驚心動魄的。大廳中的二三百人沒有一個人出聲，人人都屏住了氣息。

等到電視放映完畢之後，一個女人的精神顯然受了極大的刺激，她尖聲叫了起來，道：「我在做夢，不，這不是現實，這是夢境！」

那宏亮的聲音又響了起來，道：

「這不是夢境，你們剛才所看到的，是原子分解光，這種原子分解光是火星人的武器，也是地球人所無法抗拒的武器，我想你們看過紀錄片之後，一定也已明白了。你們的安全是沒有問題的，如果地球人肯答應條件的話！」

大廳之中，沒有人出聲。

「老森，」蒙德斯低聲道：「這些是我們自己人了。」

「是倒是自己人，可是你認得出哪一個是熟人麼？」

被俘的地球人，大部分是月球基地上的工作人員，還有一部分是各個太空站的科學家，他們兩人應該是有許多熟人的。

但是這時候，就算是他們最親密的人站在他們的前面，他們也是沒有法子將之認出來的。因為他們這時經過了微縮。

在經過了微縮的兩人眼中看來，每一個人，都有近兩千呎高，每一個人的臉面，全像是凹凸不平的山峰一樣，如何再去分解他們的容貌？

蒙德斯給森美度一講，也不禁呆了一呆。

但是他隨即道：「那不要緊，我們可以利用遠程廣角電視攝像管，將他們的樣子攝進電視螢光屏，我們就可以認出他們來了。」

森美度點了點頭，按下了幾個鈕掣，電視光屏上立時出現了許多人，而每一個人臉上的表情全是驚愕之中帶有憤怒。

兩人立即看到了梅爾博士！

這位頭髮全成了銀白色的老博士，正在緊握著拳頭，和他身邊的一個人在交談，他的聲音是十分激動的：「可恥，地球人太可恥了，竟連有這樣的強敵在側都不知道，如今，我們還有什麼話好說，我們竟成了第一批的星際俘虜！」

另外有人道：「我們可以逃出去的！」

梅爾博士是以脾氣暴躁出名的，他一聽了那人的話，便立時咆哮道：「怎麼逃？走回地球去麼？還是在太空中挖一條地道？」

蒙德斯聽到這裡，低聲道：「將音波擴大器給我，並替我準備個人飛行器，我要飛到梅爾博士的肩頭上去和他講話。」

森美度很快地將個人飛行器和音波擴大器交給了蒙德斯，蒙德斯配上了飛行器，出了小飛船，飛到了梅爾博士的肩頭之上。

那時候蒙德斯的重量，還不到十分之一克，他落在梅爾博士的肩頭上，正在情緒激昂的梅爾博士，自然是不會覺察到什麼異狀的。

蒙德斯小心地將聲音放得極低，那是低到了即使經過音波擴大之後，仍然只有梅爾博士一個人聽得到的耳語聲。

「梅爾博士，」他叫著：「你聽得到我在叫你麼？」

「誰在叫我？」脾氣暴躁的老博士大聲反問。

人叢中並沒有人回答，因為事實上，誰也不曾出聲叫過梅爾博士。蒙德斯又道：「博士，你聽我說，我在你的肩頭上。」

「見鬼！」

「博士，你別出聲，千萬別出聲！」蒙德斯急急地說著，因為博士若是大聲嚷了起來，火星人就會驚覺了，是以他非警告博士不可：「我是一個經過了微縮的地球人，我曾是你的學生，蒙德斯！你記得麼？那個調皮的小傢伙！」

梅爾博士笑了起來，顯是想起了那個「調皮的小傢伙」，便令得他有一段甜蜜的回憶。可是，他的笑容才一展開，便凍結了起來。

他陡地回過頭，心中的驚訝也到了極點！

而且，在他回過頭去之後，他也看不到什麼！

「梅爾博士，」蒙德斯繼續說著，他要用最簡單的言詞，使對方在最短時間內明白一切，是以他急急地道：「地球遭到了空前的災難，由於你們在火星上，所以地球人簡直沒有考慮抗戰的餘地，你們必須逃離火星，回到地球上去，請小聲回答我的話。」

「誰——」梅爾博士已大聲講了一個字，但立即壓低了聲音，「誰不知道？可是怎麼逃呢？見鬼，你究竟在什麼地方？」

「我被微縮得極小，你是看不到我的——你們只要奪門而出，我看有許多工具可供利用，我已發現一艘飛船，可以容納一千多人的。」

「廢話，離得開火星麼？」

「離得開的，只要我們起飛在火星人未曾追到我們之前，就有一股宇宙塵以極快的速度將我們捲向地球，火星人是追不上的。」

「啊，宇宙塵聽你的指揮麼？」

「不聽我的指揮，可是聽在金梭星上居住了許多年的霍倫斯的指揮，我到這裡來，一切全是依照他的指示所進行的！」

「霍倫斯，這老傢伙沒有死麼？」

梅爾博士忍不住又高聲叫了起來，他和蒙德斯的交談，並沒有什麼人聽到，而他這一聲大叫，令人吃了一驚！

大廳中的一些人互相望著，有的人立時竊竊私議起來：

「這老傢伙可是氣瘋了？」

「或許是的，年紀大了，究竟禁不起打擊！」

還有的人更是惶急無主起來，道：「他是月球基地的負責人，又是我們的領導人，如果他有什麼三長二短，我們更不得了！」

但眾人的議論，梅爾博士卻全沒有聽進去。

因為他這時，全神貫注在他和蒙德斯的交談之上了。

他立即又壓低了聲音，道：「真的麼？」

「你看，我飛起來在你的眼前繞一繞，或者你會看到一些東西，那就是我了，這還會是假的麼？」蒙德斯操縱著個人飛行器飛了起來。

梅爾博士只覺得眼前像有一個小飛蟲晃了一下一樣。蒙德斯再停在他的肩上，道：「看守得可是十分嚴密麼？」

「不，恰好相反，我們幾乎等於沒有看守，因為我們是沒有可能逃走的，我們甚至被允許離開這裡，去自由行動！」

「你們有遇到過火星人沒有？」

「沒有，我和他們接觸最多，但他們是什麼樣子，我卻未曾見過，我想，一定他們的樣子一定很難看，所以自慚形穢吧！」

老博士在這樣的情形下，還不離幽默，倒令得蒙德斯笑了起來，他隨即道：

「不，不，事實上，除了眼睛之外，他們外形和我們完全是一樣的，所以，你們既然可以自由行動，要奪取交通工具，也是十分容易的，只要在趕赴大飛船之前不被發覺，事情便等於成功了！」

「嗯，你講得有道理，可是大飛船在什麼地方？」

「我可以用無線電波作你們的嚮導，其餘的人在什麼地方？你可能通知他們行動，而不被火星人知道麼？這是逃亡，需要機密。」

「當然可以的，我想火星人縱使有可以翻譯我們語言的機器，但是絕不會注意我們低聲交談的，我們可以一個傳一個地傳遞消息，而我們最有利的是，火星人根本未曾料到我們會大逃亡的，我們要使他們知道，地球人也不是好惹的！」

梅爾博士越講越是興奮，聲音又大了起來。

眾人聽得梅爾博士忽然講了一句「地球人不是好惹的」，每一個人的視線再度都集中在他的身上，梅爾博士卻瞪著眾人。

「博士，我先走一步，因為我必須去校準無線電波來作你們的嚮導，盡可能減少使用交通工具，搶奪太多的車子會被火星人更快地知道我們的行動的。」

「知道了，你不要教訓我！」博士又不滿意起來了。

蒙德斯笑了一下，事情進行到如今為止，總算是相當順利，他們找到了地球人，而且也和梅爾博士進行了交談，將事情進行的計畫都講給梅爾博士聽。接下來，要看這許多人如何行動了！

他們是不是還可以幫忙呢？

蒙德斯在操縱著個人飛行器飛回小船的時候，想到了這一點，他一想到了這一點，便立時想到自己這時候的超絕的能力。

他和森美度兩人，全是被微縮了的，他們駕駛的小飛船如果全速行駛的話，可以穿過任何物體，他們的本身就是最厲害的殺人武器！

他們如果穿過一個人的腦部，那麼這個人是絕對活不了的。他們是不是可以用這種神不知鬼不覺的方法，去幫助那些人奪取飛到大飛船去的交通工具呢？

蒙德斯回到了小飛船上，但是他卻仍然沉浸在思考之中，不錯，他是可以這樣做，但是這樣一來，就必然會殺死許多火星人。

火星人既然對地球不利，那麼，為了逃亡，似乎也不應該再對火星人表示仁慈了。可是，如果那樣的話，自己的良心會安逸麼？

因為畢竟不是每一個火星人都是對地球人有敵意的。可能還有許多火星人願意和地球人做朋友，怎可以不分皂白令他們死去？

蒙德斯的心情十分沉重，直到他身邊的森美度用力地推了推他，他才如夢初醒。

森美度一面推他，一面在講著話。

他的聲音十分興奮，道：「你看，老傢伙的確是有一點號召能力，他已在發動了，你看，人們的臉上已有興奮的神色了。」

蒙德斯向電視螢光屏上望去，果然看到許多人在交頭接耳，而興奮在人叢中展了開來，有一些人，匆匆地離開大廳，另外有不少人則湧進大廳來。

蒙德斯也在那片刻之間作出了決定。

他決定：絕不輕易亂殺人，但是，到了迫不得已的時候，他也只好下手了，他將在附近巡弋，幫助那些遇到困難的地球人。

他命令森美度駛著小飛船，穿出了這球形建築物。

一出建築物，他們已看到有二三十個地球人，若無其事也似地從一扇圓形的門中踱了出來，作好奇地觀察狀，漸漸接近火星人的飛行汽車。而有幾個，則打開了車門，登上了車子，破空飛去，森美度則不斷地用無線電指示著方向。

蒙德斯不了解何以火星人竟會全然未曾發覺。

因為有幾個人的行動實在笨拙，有的甚至還在大聲叫嚷，所有停在建築物旁的飛行汽車全被偷走，大隊飛行汽車向同一個方向飛去，蔚為奇觀。那樣浩蕩的聲勢，怎樣是大逃亡？那簡直是大進軍，火星人應該發覺了。

但是，所有人的行動仍然未受到阻攔。

這是為什麼呢？

蒙德斯和森美度兩人都想不通，他們也開始向那艘大飛船飛了，當到他們來到了大飛船的附近之際，他們明白了！

他們明白，大批人的逃亡計畫，根本是一開始就給人知道了！

大飛船是在火星的表面之上。

這時，約有三百多輛「飛行汽車」聚集在大飛船的周圍，但是，有六艘亮紅色的飛船，卻提著一張大的網，將所有的飛行汽車都罩在網下了！

而火星人的聲音通過傳譯機，變成了地球上的語言，只聽得那種刻板的聲音，充塞在所有的空間：

「地球人，你們的遊戲應該停止了，你們是在做什麼？企圖利用這艘大飛船來作逃亡麼？不錯，這艘大飛船可以容得下你們，但是你們怎逃得脫追截呢？」

那三百多輛飛行汽車中，有一輛突然向上飛了起來，撞向由六個飛行體和提住一角的金屬網，那輛飛行汽車不知道是由什麼人駕駛的。

這個人顯然太冒失了！

幾乎是所有的人都看到了這個冒失的後果。

飛行汽車撞到了金屬網上，發出了一蓬紫色的火焰，和「拍拍」地一陣響，接著，火焰和聲音都消失了，那輛飛行汽車也消失了。

火星人的聲音似乎有點惱怒了：「我們並沒有要加害你們的意思，可是你們如果將十五萬伏特的高壓電網也當作玩具的話，那是自討苦吃了！快回去，快回你們住的地方去！」

隨著嚴厲的聲音，金屬網掀開了一角來。

可是卻沒有一輛飛行汽車往回飛去。

火星人的聲音更怒了：「限你們三分鐘內回去，要不然，高壓電網便罩下來了，網一罩下來，是可以將你們完全消滅的！」

但是，在嚴厲的警告下，飛行汽車仍然不動！

森美度急道：「我們怎麼辦？」

「我們要消滅這六艘飛船。」

「我們要是消滅了他們，那麼，網不是落下來了麼？」

「我想，飛船若是毀了，電流的來源自然也沒有了，網即便落了下來，也是沒有問題的了。」蒙德斯想了想才回答。

森美度還待再開口，但是一個極其宏亮的聲音，已打斷了他講話的意圖，只見從一架飛行汽車中，走出一個老者來，大聲叫道：「我要求談判！」

那是梅爾博士！

他立即得到回答：「梅爾博士，你只需要服從命令，你以什麼身分來和我們談判？要知道你現在是我們的俘虜！」

「我是俘虜的首領！」

「好，那你想談些什麼？」

老頭子的嗓門極大，叫得大聲之極，道：「讓我們回地球去，你們有本領，就去毀滅地球，將我們押在這算什麼？」

「梅爾博士，如果我們進攻地球，地球就毀滅了！」

這時候，蒙德斯的心中陡地一顫，他想到了一個問題，這個問題也正是地球上的李義德所苦思而不到答案的。

那個問題便是：既然火星人掌握了如此厲害的原子分解光，為什麼不乾脆進攻地球上的生物盡皆毀滅呢？

為什麼火星人第一步只不過是要將地球人的活動，限制在地球大氣層之內呢？難道火星人是有著什麼重大的顧忌不成？

然而這時候，蒙德斯卻沒有心思去沉思這一個問題，他只是想了想，便將之丟開，沉聲道：「森美度，你看到了沒有，六個飛行體，每個離地大約只有六呎左右，成六角形，我們全速飛行，穿透每一艘飛行體，大約要多少時間？」

「三百分之一秒。」

「我們在飛行體的頭部飛進去，不管是不是會有人受到傷害，只要我們的小飛船穿過了飛行體，飛行體必然會墜毀的，是不是？」

「理論上來說是這樣的，因為越是精密的機器，便越是不能有極其微小的毛病，我們小飛船穿過去，造成的破壞雖小，但也足以毀壞整體了。」

蒙德斯等了片刻才道：「那我們還等什麼？」

「我們當然可以立即行動，問題就在於我們不能確定，當飛行體墜地的一剎那，高壓電網也隨之而落，是否沒有危險，如果估計錯誤——」森美度苦笑了一下，「那麼三百來輛飛行汽車，便一齊像剛才那輛一樣，永遠消失了。」

蒙德斯躊躇著。

這件事的關係太重大了，是以令得他無法作出決定來。

而就在這時，他又聽得到梅爾博士道：「好，我們先退回去再說！」隨著他的話，飛行汽車又從那缺口中湧了出來！

蒙德斯一見這等情形，心中不禁大喜！

因為，只要當最後一輛飛行汽車出了高壓電網之後，他們便可以毫無顧慮地下手了，那只不過一分鐘的時間而已！

汽車隊出了高壓電網，森美度和蒙德斯兩人立即飛出，經過微縮的小飛船，以驚人的速度向前衝去，幾乎是立即地，他們的小飛船，已連續地穿過了六個飛行體。

緊跟而來的是六下轟然巨響，由於每一下之間距離太接近，聽來只像是一響。那六個飛行體已炸成了粉碎！

大飛行船的艙門大開，衝出了三艘飛船來。

蒙德斯再度操縱著小飛船向前衝去，那三艘飛船，又在百分之一秒內爆炸了起來。

蒙德斯通過音波擴大器高叫道：

「快回來，快飛進大飛船來！」

已向回頭路飛去的飛行汽車隊立時掉轉頭來。

三百多輛飛行汽車，以最高的速度飛進了大飛船之內，那些人雖然不怎麼懂得火星上巨型太空船的構造，但是他們之中，卻有的是太空飛行的專家，一分鐘之後，大飛行船已發出了一陣驚天動地的「嗡嗡」聲，搖晃不定地向天上飛去。

大飛船的速度極快，在它的底部，射出一大蓬黃褐色的光芒，閃耀不定，破空飛去，轉眼之間，便已看不清了，而就在這時，只見火星表面的地層紛紛被揭了開來，無數火箭帶著紫色的長尾破空而出，向前追了上去。

蒙德斯和森美度兩人駕著小飛船追了上去。

他們想以和剛才同樣的方式去毀滅那些飛船。

然而，那些火箭的速度，卻在他們的小飛船之上！

當然，在「瑪斯七號」太空船上，是有著強力的「雷射光束」武器設備，一樣可以擊落那些火箭的，是以小飛船一發覺追不上那些火箭，便立時轉向「瑪斯七號」飛去。可是卻已遲了！

當他們跳進「瑪斯七號」火箭船的時候，那數十枚尾部帶著紫焰的火箭，已不知去向了。蒙德斯全速前進也破空飛去。

五分鐘之後，他看到了那些火箭！

那些火箭尾部的紫焰奪目之極，它們形成了一個半圓，正在向大太空船包圍上去，而且，距離在漸漸地接近著！

而「瑪斯七號」卻還離得相當遠！

「瑪斯七號」無法在火箭射中大太空船之前將那些火箭毀滅了。眼看大太空船底部的黃焰也越來越是灼亮，顯然是在全速奔逃。

但是火箭的速度卻更高，半圓形的追蹤網在漸漸地縮小，大約再過二十秒鐘，大太空船便不可避免地要被擊落了。

蒙德斯和森美度兩人是清清楚楚看得見前面的情形的，他們在盡全力向前追著，速度之高，已到了本身隨時可能發生危險的程度。但是卻仍然追不上去！他們不要多，只消多兩秒鐘，或者甚至不需要兩秒鐘，就有可能追上那些火箭的！

這時候，兩秒鐘可以決定一千多人的生死！

可是他們卻沒有辦法多獲得額外的兩秒鐘！

他們兩人，想起一生之中，有著許多被無謂浪費了的時間，而這時求兩秒鐘而不可得，心中俱都痛心到了極點！

儘管他們全是十分勇敢的人，但是他們卻也沒有勇氣目睹大飛船被火箭擊落，他們都不約而同地閉上了眼睛，一顆心向下直沉……

在厚厚的冰層下面，科學站中的科學家們的額上，都毫無例外地冒了汗。而李義德則緊緊地絞著手指不斷地來回踱著。

科學家們已用去了他們所能用的時間的一半，但是對於原子分解光是如何形成的，仍然找不出原因來。研究室中的氣氛肅穆到了極點。

「四十七號」早已支離破碎了，每一具電腦仍在不斷地工作著，可是，總電腦中，卻仍然沒有一項共同的結論顯示出來。

李義德終於嘆了一口氣，道：「我提議召集更多的科學家來，集思廣益，在如今這樣的情形下，我覺得我們需要更多的……」

一個年輕的光學專家沉聲道：「不必要了，我認為我們是受愚了。」那專家的意見才一表達出來，總電腦的紅燈亮了！

同時，鈴聲大作。

總電腦獲得了一個一致的結論！

李義德不禁大是高興，可是，當他向總電腦的展示屏上望去，看到了那答案之際，不禁啼笑皆非，半晌講不出話來。

原來，出現在總電腦結論展示屏上的一句話，就是那光學專家所說的那句：「我們受愚了！」

李義德苦笑了一下，但不論如何，這總是在座專家一致的意見，李義德問：「這是什麼意思？何以我們是受愚了呢？」

一個膚色黑得發光的非洲人站了起來，他是世上光學的權威人物，他曾經研究出七十四種宇宙線的不同性質變化。

他的聲音十分低沉，道：「我們的意思，火星人將這種威力無比的武器，稱之為原子分解光，這是在愚弄我們！」

「我仍然不懂。」李義德有耐心地再問。

「那並不是光，我們的意思是，經過了那麼長時間的研究，我們找不出這種武器和光學有什麼相干，這不是我們學識範疇之內的事情！」

李義德只覺得頭陣陣發寒，他苦笑了一下，道：「那麼，這是什麼呢？當它毀滅巴黎鐵塔的時候，明明是有一道光芒的。」

「這道光芒只是伴隨著原子分解的威力而產生的，它不是主體力量，就像電光一樣，電是主要力量，光只是現象。」

「那麼，請問，這種力量是什麼呢？」

所有的專家，沒有一個人出聲。

「你們都不知道，是麼？」李義德幾乎在狂吼了。

「是的，」那些權威沉靜地說道：「我們不知道。」

李義德頹然地坐了下來。

在剎那之間，他變得全然無話可說了！

那麼多的專家，居然都承認了失敗，他們竟找不出那「原子分解光」究竟是一種什麼樣的力量來！在那樣的情形之下，地球人除了投降之外，還能做什麼？

「李博士，」一位專家說，「你不能怪我們，因為這是我們的常識範圍之外的事情，正如你不能告訴我們，金屬針的光譜顏色可以有多少種排列一樣，我看，我們必須承認失敗，要召請另一批專家前來做這項研究工作了。」

「就算我們還有足夠的時間，」李義德苦笑著，「我們應該召集哪一方面的專家呢？各位可能貢獻一點點意見麼？」

研究室中又靜了下來，靜了大約五分鐘。

還是一個最年輕的亞洲人道：「我看，應該召集超音波、超頻率無線電波這方面的專家，超聲波可使物體的原子交融，利用超聲波來焊接金屬，早在百餘年前，便已經被採用了，我想，原子分解和超音波，可能是有一點關係的。」

「嗯。」李義德點了點頭。

他立即和另一間房間中的漢模參謀長通了一個電話，要漢模去執行召集專家的工作，而他則沉聲道：

「各位請盡所能地加以研究，因為據火星人說，物體在被這種力量分解了之後，是以接近光的速度，被移到另一個地方去復原的！」

大部分專家又開始工作了，一部分則正在沉思著。

發現秘密　毅然宣戰

李義德又開始在研究室中踱來踱去。

在冰層下的研究室中暫時是平靜的。可是，上面的世界已經亂成了什麼樣子了呢？李義德實在不敢去想及這個問題！

這些年來，地球上的人類太耽於逸樂了，人類絕對意想不到，會有突如其來的敵人自別的星球上襲來。而更想不到的是，敵人竟來自地球最接近的火星！

在突然受襲，毫無準備的情形下，大多數都充滿了失望悲觀的情緒，以為世界末日將要來到，只有少數人，像李義德那樣才保持著清醒。

而且，這少數人知道，絕不能接受火星人的條件，必須奮起反抗，必須將火星人的進攻擊退，唯有那樣，地球人才能繼續生存下去！

李義德望著正在埋頭研究的科學家，心中千頭萬緒，不知該想些什麼才好。在科學家中，有不少是女性科學家，這又令得李義德想起王秀梅來。

王秀梅和月球基地，以及各個太空站中的科學家，一共有一千多人，都在火星上成為人質，這是火星人的一個「殺手鐧」。

這一千多人的生命，在火星人的掌握之中，就算自己以及這些科學家發現了原子分解光的秘密，有了對付原子分解光的方法，也不免有所顧忌！

李義德的心頭十分痛苦，他的心情也十分矛盾。

漢模參謀長把主持研究工作的重任交付了給他，他當然希望能有成績。但是，他卻知道，一旦研究工作有了成績，漢模參謀長一定下令和火星人作戰，那麼，縱使戰勝了火星人，自己只怕再也見不到王秀梅了，這是何等痛苦的事！

李義德的腳步，越來越是沉重。

就在這時候，總電腦的紅燈突然亮了起來。

李義德突然站住，已有人將一份資料送到了他的面前，那是科學家研究的初步結論：所謂原子分解光，乃是一種超奇特的熱線，利用極高的電能發出，這種熱線一接觸物體，便能使物體的原子和分子處在游離狀態之中，而這種熱線和超音波混合使用，更可以令得分子成為個別的狀態。

李義德手握著這份資料，呆了半晌。

初步的頭緒已找出來了，那是一種電能產生的力量，不是光能，自己一上來走錯了路，所以一批光學專家的研究變得毫無結果。

李義德拿著資料，向漢模參謀長的臨時辦公室走去，同樣的資料也早已送到了參謀長的手上，參謀長一見到李義德，便道：「有希望了！」

「是的。」李義德的聲音十分沉重，「地面上的情形，怎麼樣了？」

漢模苦笑了一下，將一大疊文件拋在李義德的前面，道：「你自己去看吧，我看，不必等火星人來進攻，我們自己就會垮了！」

李義德將面前的文件隨便翻了一下，那全是幾日來報訊的縮影，報導世界各地混亂的情形，李義德看了之後，也只好苦笑！

「治安方面已經算是盡力而為了，」漢模攤了攤手，「但是沒有進一步的辦法，最高治安當局已經被暴力接管了！」

「什麼？」李義德陡地吃了一驚，「什麼人接管了最高治安當局？」

李義德的吃驚實在是有理由的，因為最高治安當局擁有一批十分精良，速度極高的飛船，可以迅速地抵達世界各地。

而且，最高治安當局還有完善的通訊網，如果一旦火星和地球發生正面的戰鬥時，那麼這些飛船和這個通訊網，可以發生極大的作用！

可是如今這個龐大的機構卻被人暴力接管了！

這實在是不能想像的事情！

「是什麼人？」李義德大聲道：「什麼人？」

「我奉命對你保守秘密的。」漢模無可奈何地道。

「砰」地一聲，李義德在桌上重重地擊了一掌，抬起頭來，他也不知道自己何以忽然之間，變得脾氣如此之大，他大聲道：

「沒有什麼秘密，我和你，我們全人類，都已到了生死存亡的關頭了，還有什麼秘密可言？還有什麼秘密可以保守的？」

「你別衝動，」漢模的態度十分冷靜，「我奉命將這件事向你保守秘密，是最高當局的決定，因為這件事與你有關。」

「與我有關？」李義德更是莫名其妙，「你快說！」

「唉，」漢模嘆了一聲，「我說也不要緊，暴力接管最高治安當局的，是三名由火星上來的電子人，他們宣稱，這行動是報復四十七號的突然失蹤的。」

李義德頹然地坐了下來。

過了好一會，他才道：「犧牲了多少人？」

「全部。」參謀長的聲音，十分黯淡。

李義德只覺得心頭像是無數利劍在疾刺一樣，他甚至不由自主地彎起了身子來。那自然是他的心情苦痛之極的表示。

他一字一頓，道：「是我害了他們！」

漢模參謀長站了起來，以一種十分莊肅的聲音道：「不！最高當局是完全同意你的辦法的，戰爭，一定要有犧牲，這是無可避免的。」

李義德搖了搖頭，道：「如果我不建議——」

漢模不等他講完，便接上去道：「如果你不建議解剖四十七號，那麼我們就絕不可能發現原子分解光的秘密，我們也就——」

他講到這裡，輸送帶的紅燈又亮了。

漢模揭開一個蓋子，一隻最扁的箱子之中，已放著一份文件，漢模拿起了文件一看，面上的神情頓時激動了起來，道：「你看！」

李義德知道一定是有了好消息，他連忙自漢模的手中接過那份文件來，只見上面記錄著科學家一致的結論：

「絕緣可以抵抗原子分解光，原子分解光可以使鐵塔消失，但不能使中國的磚塔消失，人因為是導電體，所以也受原子分解光的威脅，大量製造絕對絕緣的衣服，是極其必要的事情，進一步的對抗方法尚在研究中。」

李義德也激動地抬起頭來。

而在那不到半分鐘的時間內，漢模已經向全世界各地發出了命令，命令所有的絕緣物資集中，所有的工廠都要以極快的速度，從事製造絕緣衣，以及各種火箭的絕緣套的工作。絕緣漆工廠必須日夜加班，將所有的金屬品噴上絕緣漆。

李義德放下了文件，站起身子來，道：「參謀長，我請命去奪回最高治安當局來。因為最高治安當局所控制的一切，都是極其有用的。」

「不，你在這裡主持研究工作。」

「參謀長，這裡的研究工作，我是一竅不通的，最高治安當局的高級人員中，有好幾個是我最好的朋友，你難道不給我機會去減輕一下心底的內疚麼？」

「其實，你是不必內疚的。」

「我要去，我可以以絕對絕緣的衣服去對付電子人的原子分解光，三個電子人，他們絕防不到我會去公開對付他們的，我可以打著和他們談判的幌子，然後出其不意地將他們毀去！」

「你毀去了那三個電子人，更多的電子人要來了！」

「我想，那時候一支有著完善的絕緣配備的武裝部隊也應該裝備完成了，就算有更多的電子人來又怕什麼？」

漢模來回踱著，一聲不出。

「參謀長，將最高治安當局奪回來，將是一件極其振奮人心的事情，我相信當人們知道了我們已和火星人正在開戰，而且第一仗便已取得了勝利之際，那一定會人人奮起抗敵的，參謀長，我只需帶五個人去行事就可以了，你一定要批准！」

漢模仍是來回踱著步。

足足有半分鐘之久，兩人誰也不說話。

然後，漢模道：「義德，絕緣體可以防止原子分解光，這還僅是一項理論，並沒有經過實驗證明，你為什麼那麼心急？」

「我心急，」李義德深深地吸了一口氣，「是因為實在不能再等了，再等下去，正如你所說的那樣，不必火星人來進攻，地球人自己就垮了！」

漢模望了李義德半晌，才道：「好，我批准你，你的行動，和敢死隊的行動一樣，如果你犧牲了，不論在如何情形之下，地球人將永遠記得你的。」

「好，參謀長，請你下令，在附近的軍隊中挑選五名勇敢的軍官，和一切絕緣的配備，我在十五分鐘之內要得到這一切，現在，我向冰面上升去，他們和一切物資配備，將在離這裡以南六十里的冰面之上和我會合，共同行動！」

「可以，你去好了！」

李義德立正、敬禮，本來，他和漢模參謀長並沒有上下屬關係，但是他既然自動請纓要參加一項軍事行動，他自然也變成軍隊中的一分子了。

他敬禮之後，走出了參謀長臨時辦公室，來到了升降機前向上升去，一分鐘後，他已經在厚厚的冰面之上了。

一架小型的火箭停在冰面上等候他，他登上了火箭，以極高的速度向南飛去，幾乎是火箭才一發動，距離便拉近了六十哩，他又要下降了。

冰原上，只有他一個人，他站在亙古以來一直凝結著的冰原之上，望著灰滲滲的天空，心中生出了一股莫名的悲壯之感來。

不多久，另一艘小型的火箭船降落了，五名年輕的軍官跳了出來，跑步來到李義德的面前，立正、敬禮，其中的一個道：

「我們五個奉命向李義德博士報到。」

李義德向這五個人望了一眼，這五個人的面上，都現出十分堅毅的神色來，他們的勇敢，是絕對用不著懷疑的！

李義德沉聲道：「我就是李義德，我將帶領你們去從事一件十分危險，但是卻有極度重大意義的任務，在執行這項任務之中，隨時可能犧牲，有不願意跟我去的，可以退出，我將另外再召集志願參加的人，絕對不強制行事。」

那五個軍官像是雕像一樣地站著，沒有人出聲。

「好，」李義德十分滿意，「我們的任務是要在火星電子人的手中將最高治安當局奪回來，我們的行動，是和火星人正式開戰的先聲！」

那五個軍官仍然不出聲，只是用心地聽著。

「實驗室中的研究報告說，原子分解光是一種電能，高度的絕緣體可以防止原子分解光的侵襲，一批絕緣裝備即將運到。但是火星電子人還有什麼別的武器，我們卻不知道，而我們的武器，則是六千度高溫的烈焰噴射器，這麼高的溫度，是可以將電子人熔化的，你們還有什麼問題只管提出來。」

「沒有問題，服從指揮！」五人異口同聲地回答。

這時候，另一艘火箭船，也在冰面之上停了下來。

火箭船只停留了半分鐘，卸下了兩大箱物資，接著又飛走了。李義德領著五個軍官，將那兩隻箱子打了開來，一箱是火焰噴射器，另一箱則是絕緣的衣服、頭套。火焰噴射器，是全部經過絕緣漆處理。李義德看了看手錶，前後只不過過了幾分鐘。

由此可知，儘管有許多人在製造混亂，但是有更多的人在工作著，參謀長的命令如此迅疾地得到了執行，便是證明。

他們穿上絕緣衣，一齊登上了火箭船，由一名軍官駕駛著，向最高治安局的所在地，以極高的速度駛了過去！

火箭船的速度十分快，以致李義德想看看沿途的情形都不能，天空飛行幾乎已經停頓了，因此他們才能以絕高的速度向前趕去。

半小時之後，他們已飛近世界首都了。

他們減慢了速度，而當飛船飛近最高治安局的辦公大樓之際，飛船的無線電中，傳來了一個生硬的聲音，道：「不准接近最高治安局，最高治安局已被火星人接管了，那是對一名電子人失蹤的報復，如果繼續接近，則要遭烈焰毀滅！」

李義德忙道：「我是李義德，我是李義德，我有事要與你們相見，有關四十七號的下落，我有十分詳細的報告，請准我接近！」

對方的回答來得十分快：「你是李義德博士，可以的，你的飛船可以停在治安局的廣場上，然後，你步行到治安局來。」

飛船在治安局大廈的上空盤旋了一轉，停了下來。

治安局門口的大廣場上十分凌亂。許多汽車被毀，而一座紀念像，只剩下了一半，一副蒼涼。由此可知，那三名電子人暴力接管最高治安局時，也不是未曾遭受到抵抗。

飛船停了下來，李義德和五名軍官將高溫烈焰噴射器貼身藏著，他們的絕緣衣的樣子，看來和普通的衣服差不多。

為了避免使火星人起疑，他們並沒有套上絕緣頭罩，只是鬆垂在項際，到了緊要的時候，一拉就可以拉上去。

他們下飛船之後，第一件所看到的，便是在治安局大廈門口的旗桿上，飄揚著一面他們從來也未曾見過的怪旗子。

那旗子黑底，但是在漆黑的旗子中心，則有著一個紅色的星球，那個星球，使人一看便知道那是火星，這表示火星人已佔領了這座大廈！

鄰近的幾幢大廈中，都已沒有一個人了。

地球人對火星人的行動，一點抵抗力都沒有，只好倉惶撤退！當李義德等六人向前慢慢走去之際，他們的心頭都極其緊張！

對火星人的大戰是要由他們來發動的，他們如果失敗了，那麼後果如何，是可想而知的，那便是地球人的一敗塗地！

他們勝利了，對火星人的鬥爭才能夠持續下去。

李義德到了門口，大門自動地打了開來。他們六人正想走進去，卻被一個聲音阻止了，那聲音道：「李博士一個人進來就行了！」

李義德呆了一呆，道：「不行，這五個人和四十七號的失蹤有十分重大的關係，如果他們不直接口述的話，只怕你們不明白。」

那聲音顯得十分不耐煩，道：「叫你一個人進來，你就一個人進來！」

這個意外的變化，是李義德所未曾料到的。

他略為想了一想，向五人使了一個眼色，便大踏步地向內走了進去，那五個軍官停在門口，他們都打開了無線電對講機，準備隨時接受李義德的命令。

李義德向前走著，當他來到升降機門前之際，又聽得那聲音道：「我是三十三號，你到七樓七〇四室來見我。」

李義德跨進了升降機，在升降機中，他以極低的聲音對著無線電對講機道：「你們等候我的命令，絕不可輕舉妄動。」

電梯到了七樓，李義德推門走出。

這時候，他的心中也已緊張到了極點。當他在七〇四室門口站定的時候，他要竭力鎮定心神，才能使自己的手不發抖。

但是，他還未曾揚起手來去打門，便聽得門內傳來了那個聲音，道：「你推門進來好了，門並沒有鎖。」

李義德的左手緊緊地握著烈焰噴射器，推開門走了進去。他看到了一個電子人坐在椅上。那是一個和四十七號一模一樣的電子人。

李義德才一進去，三十三號問道：「四十七號呢？」

李義德卻並不回答，他只是四面看了一下，道：「聽說你們是三個人佔領了這裡，何以只看到你一個人？還有兩個呢？」

三十三號冷笑道：「那不干你的事，李義德博士，四十七號的失蹤，可是你有計畫的行動之一麼？你竟背叛了我們！」

李義德的手指緊緊地扣在烈焰噴射器的機鈕之上。

三十三號又道：「你的行動，使我們必須毀滅你，你可有悔改的表示？」

李義德的右手一伸，拉起了絕緣面罩，道：「沒有什麼話要說的，如果硬要我說，那我就講：我要與你們作戰到底！」

李義德突地扣動了機鈕。

一股驚心動魄的聲音連同一股白熱的、呼嘯著的烈焰，以極高的速度向前噴了出去，幾乎在同時，三十三號的身上也閃起了一片強烈的光芒！

兩者幾乎是同時發動的！

剎那之間，李義德只覺得有一股極強的力道向自己撞了過來，撞得他猛地向後退了出去。然而在此同時，那一股烈焰已然直衝向前去，將三十三號也撞向牆頭，牆上立時出現了一個大洞，三十三號的身子立時萎縮了下來。

李義德關上了烈焰噴射器，三十三號不見了。

三十三號變成了一堆金屬的汁液，當烈焰消失之際，這堆汁液又迅速地在地上凝結了起來，閃耀著銀白色的金屬光輝。

李義德喘了兩口氣！他成功了！

他幾乎要高聲大叫起來：他勝利了！

他和三十三號幾乎是同時發動的，原子分解光的行進速度當然要比烈焰噴射器向前去的速度快得多，但是由於他身上穿著高度絕緣的絕緣衣的原故，原子分解光的作用被阻止了，他安然無恙，但是三十三號卻已變成了一堆廢鐵！

李義德陡地省悟到自己已然勝利之際，身後「砰砰」兩聲響，李義德連忙轉過頭去，只見另外兩個電子人已站在門口了。

李義德大聲道：「你們完了！」

他猛地再按動烈焰噴射器，一股烈焰噴了出去。一名電子人的身子立時萎縮，但另一名電子人卻身子騰空飛了起來。

那電子人身上的個人飛行帶，噴著「嗤嗤」的強力的氣流，自他的胸前發出了一片強烈的光來，那是原子分解光！

剎那之間，原子分解光幾乎令得房間內所有的金屬和導電體消失無蹤，但是李義德卻仍然屹然而立，他揚起了烈焰噴射器。

那名電子人撞穿了天花板，待向上竄去。但是烈焰卻已然捲上來了，那電子人的下半身，變成了金屬的溶液向下滴來，不多久，電子人的上半身也落了下來！

前後只不過一分鐘，李義德一個人便已對付了三名可以發射原子分解光的火星電子人，事情的順利，出乎意料之外！

李義德也知道，自己進行得這樣順利，當然是有僥倖的成分在內。火星人不知道自己已發現了絕緣體可以防止原子分解光，所以他們沒有使用別的武器，這便是使自己順利成功的原因。

但無論如何，勝利總是勝利！

當火星電子人佔領治安當局之際，一定曾向全地球廣播過，使得地球人大是沮喪，如今，自己正應該向全地球廣播這個勝利的消息才是。

李義德向最高治安局的通訊室衝去。

兩分鐘之後，地球上的每一個角落，都聽到了漢模參謀長的聲音。參謀長在得到了李義德的報告之後，又請示了最高當局，作出了決定，然後才向全人類進行廣播的，他的廣播詞極其激動人心，他首先宣布了李義德的勝利。

接著，他便以全球武裝部隊總參謀長的名義，向火星人正式宣戰。

同時，他也告訴地球上每一個人，絕緣物資十分充分，每一個人都可以在最短的時間內得到極其充分的供應。

他指出，整所房屋都可以用絕緣體遮蓋起來，甚至在最短的時間內，可以在地球的外面，大氣層之外建立一個絕緣層，使得在這個絕緣層中，原子分解光根本不能發生任何作用，而地球的火箭，就可以在這時候將來自火星的飛船擊落。

在漢模下達命令之後的半小時內，大批噴上了絕緣漆的火箭，自各個基地起飛，向空中飛去，去迎戰來自火星的飛船。

在某些地區，所有的居民奉命在屋中不准外出之外，大飛船製造了一場由絕緣漆組織成的大雨，將所有的房屋、樹木，以及暴露在空間的一切，完全加以絕緣處理。

地球上的秩序也迅速地恢復！有關的工廠在不斷開工，有關的人員全部動員起來，等候著火星人大規模的進攻。

但是，在參謀長宣布正式對火星宣戰之後的二十小時，卻一切都沉靜得奇怪，被修復了的高空雷達網並沒有飛船接近的指示！

火星人是應該立即知道地球人的動向的，何以竟遲遲不發動進攻呢？難道他們已經知道原子分解光的不足恃，是以不作進攻了麼？

這想來是不可能的事情！

但是，越是拖遲進攻，看來便越是對地球人有利！

二十小時之後，建立在大氣層邊緣的絕緣層已經成功了，絕緣層高達半公里，在這半公里的範圍之內，原子分解光是一點作用也沒有的。

地球上的戰鬥火箭船全集中在絕緣層中，等候敵人的來犯，李義德和漢模參謀長，也在其中的一艘火箭船之中。

參謀長負責指揮整個戰役，在火箭船的艙中，有一副巨大的螢光屏，顯示出整個地球絕緣層的情形來。

總共三千多艘火箭船，每一艘都在巨大的螢光屏上，成為一亮綠色的小點，每一艘火箭船的移動，都可以瞭若指掌！

可是，二十四小時過去了，火星人仍沒有異動！

李義德的心中十分焦急，他隱約地感覺到，火星人遲遲不發動的原因，並不是他們覺得沒有成功的把握，而是另有原因的！

照理來說，在這樣的情形下，最好是先行進攻敵人。

但是地球人卻還沒有能力作大規模的星際飛行，所以只好保衛地球，等火星人攻過來的時候，才將之一鼓消滅在地球上！

一切都準備好了，但是敵人卻不來！

這實在是十分令人焦急的時刻，尤其當李義德想起了在火星上作為人質的那一千多名科學家的時候，他更焦急了！

他只希望有一點點消息，可以使他估計事態的變化！

消息，終於來了！

在最外緣的火箭船傳來了報告！有一艘龐大的飛船，正在漸漸接近地球，飛船的形態奇特，估計是來自火星的。

李義德和參謀長都緊張了起來。

不到半分鐘，第二個報告又來了：「我們接到了對方的通訊，對方要求作談判，他們的火箭船是負談判使命而來的，是不是答應他們？」

「答應他們，派八艘火箭船包圍他們的飛船，我的飛船迎上來了，注意，行動絕不可以超出絕緣層之外！」參謀長下著命令。

飛船向前駛去，不一會，便在電視的螢光屏中，看到八艘地球的火箭攻擊飛船，圍著一艘發出亮紅色的光芒的飛船漸漸逼近來。

飛船在相當的距離下停止，漢模先開口，他道：「你們是來談判的，我們必須互相可以看到對方，請開放電視傳真設備。」

對方回答立即來了，拒絕了漢模的要求，道：「不必了，我們通過無線電波便可以交換雙方的意見，何必再用傳真？」

參謀長「哼」地一聲，道：「你們的目的是什麼？」

在那亮紅色飛行體中的火星人卻忽然笑了起來！

李義德和漢模都不禁愕然！火星人說來談判，為什麼忽然大笑了起來？

明爭失敗　暗鬥成功

火星人難道是不存心談判麼？

如果不存心談判，那麼這艘太空船不是前來送死麼？火星人再厲害，要以一艘太空船來和地球人為敵，似乎仍是沒有可能的。

漢模厲聲問：「你們為什麼發笑？」

「參謀長先生，」火星人的聲音傳了過來，「我們笑你們實在太愚蠢了，你們以為防止原子分解光，就可以和我們為敵了麼？」

「那是你們想用來征服地球的唯一武器，不是麼？」

「參謀長先生，當然，你是錯了，我們有著無數可以征服你們的武器，這些武器，都是你們所想不到的，原子分解光只不過是其中之一而已！」

火星人的聲音，每一艘太空飛船中的人都可以聽得到，而且，由幾艘主要的太空船，將談判雙方的發言的聲音記錄下來。

這時在太空中的大群太空船中，全是地球上優秀的人，他們誓死要保衛地球，使地球人不受到別的星球人的侵略。

他們可以說，全是出類拔萃的勇士。

然而，當他們聽到火星人說，原子分解光只不過是許多秘密武器中之一時，他們的心頭也不禁感到了一股寒意。

那絕不是他們的膽怯，而是因為他們所面對著的敵人太深不可測了，他們的敵人是什麼樣子的，這最起碼應該知道的一點，他們都不知道！

李義德和漢模參謀長的心中也頗有同感。

漢模停頓了片刻，說道：「虛言恫嚇是沒有用的。」

「當然，你們打開遠程電視，你們就可以看到我們佔著壓倒優勢的太空攻擊船隊了。」火星人的聲音又傳了過來。

漢模和李義德互望了一眼，點了點頭。

漢模的副官立時按下了一個鈕掣。

在飛船的外面，有一根細長的金屬管伸了出去，那是電視遠程攝像管。而在飛船的內部，一幅巨大的電視螢光屏則亮了起來。

漢模和李義德的眼光，集中在電視螢光屏上。

這時候，所有地球飛船的飛行員，也都同樣地注視著他們飛船內部的電視。但是他們卻看不到什麼，只看到深而藍無邊無際的太空。

火星人的聲音再度響起，道：「磁角七十三度，距離六千五百哩，方向偏西，請你們照這個指示，調整電視攝像管。」

漢模的副官照著火星人所說的角度方向，調整著電視攝像管，電視螢光屏上，突然出現了奇景！那是漢模和李義德所從來未曾見過的奇景！

他們所看到的，是一大片圓形的黃色廣場，那廣場就在太空中懸空而立，也不知道是依靠了什麼動力，而懸浮在太空中的。

而在那一大片黃色的「廣場」之上，一行行、一列列地停著飛船。飛船有好幾種形狀，其中有一種，像是一隻生著角的大甲蟲。

毫無例外的是，這三種飛船都閃耀著一種亮紅色的光芒，看來十分耀眼。在「廣場」的上下、四周，還有許多飛船，在以快或慢的速度在飛行著，略略一看之間，少說也有五六千艘飛船之多！

如果這麼龐大的攻擊飛船隊開始進攻地球的話，那麼地球人要保衛自己，就必須要有以一當十的能力，因為地球上所能調集作戰鬥的飛船幾乎全在這裡了。

漢模參謀長的面色變得十分難看，他的額角上，緩慢地滲出了汗珠來，他也顧不得去抹試，只是怔怔地盯住了電視螢光屏。

敵人的力量在己方的十倍以上！

即使敵方沒有什麼特別的新型武器，那麼龐大的飛船隊攻了過來，地球上的飛船能夠阻擋得住麼？身負重責的漢模，在這樣的情形下，實是沒有法子不淌冷汗！

李義德也屏住了氣息，他的心中也感到了一股極度的寒意，他的估計顯然錯誤了，他認為火星人只是憑藉著原子分解光，但如今證明，火星人的攻擊能力是極其強大的。

在這樣力量懸殊的情形下，如果硬要和火星人對敵的話，結果如何，實在是誰都可以看得到的，那便是在遭到了極重的損失之後然後失敗！

在一度的沉默中，火星人的聲音又傳過來了：

「你們看到了沒有？事實上，你們看到的，只不過是火星七個飛船隊中的一個。也就是說，我們只要動用七分之一的攻擊力量，便可以使地球覆滅了，你們妄圖對抗，這不是以卵擊石麼？」

漢模參謀長並沒有回答。

那艘前來談判的火星飛船忽然轉了一轉，看樣子是準備飛回去了。但在它還未向前飛出之際，卻又有話傳了過來。

那是一種令人覺得十分難堪，充滿了命令式的聲調，道：

「你們已犯了一個錯誤，但我們可以原諒，漢模參謀長閣下，你們立即回去，向最高當局報告你們看到的情形，如今給你們的限期是二十四小時，在二十四小時之內，如果你們還不接受我們的條件，我們就開始進攻了！」

「你們的條件，可仍是不令我們的活動，超出地球的大氣層之外麼？」李義德用極其沉重的聲音反問著。

「不是，有了三條附加條件。第一，我們將開列一個名單，你們必須送出約七千名地球人，由我們接到火星去居住，我們保證這七千人的生命安全。第二，地球的最高決策當局之中，將由三名火星派出的電子人參加其中。第三，在另外一百名火星電子人監視之下，地球人必須將我們認為不必再存在的工廠和科學實驗設備毀去！」

聽到了這三個附帶條件的人，莫不心血沸騰！

如果接受了這個投降的條件，那麼地球上的科學水準將急劇地下降，退回到一千年之前去，在那樣的情形下，地球人勢將世世代代成為奴隸了！

那艘火星飛船在一發出了那三項條件之後，突然以極快的速度向前駛去，在地球飛船隊中，突然有兩艘飛船越群而出！

那兩艘飛船以極高的速度向火星飛船追去。

漢模立即下令：「〇一七號，三四六號飛船，速歸隊，不可冒險妄動！」

但是那兩艘飛船的駕駛員顯然已忍無可忍了，他們的去勢更快，而且，從飛船的頭部，各冒出了兩溜紅焰。

四枚火箭向火星飛船疾射而出。火星飛船陡地一個盤旋，只見那亮紅色的飛船上，突然迸出許多紫艷艷的光芒來，那種光芒，像是一堆火中突然射出來的火頭一樣，伸縮不定，看來是毫無規律的。其中有四股那樣的光芒迅速地接觸了地球飛船發出的四枚火箭。

每一艘地球飛船中的人，都可以在電視螢光屏上看到那一場突如其來的小型戰爭，他們也都緊握著拳頭，屏氣靜息地看著。

當那種發自火星飛船上的光芒，碰到了地球飛船上射出的火箭之際，突然產生了巨大的震盪，聲音探測儀的指針更是劇烈地震動了起來。

那一定是連續的幾下驚天動地的巨響！

接著，那四枚火箭消失了，變成無數的碎片！

那些火箭的碎片雖然全是金屬的，但因為太空中的無重量狀態，所以無數碎片這時像是在地面上揚起了一大蓬羽毛一樣地向外飄散了開去。

地球飛船繼續發射火箭，那是地球飛船上所配備的最厲害的攻擊武器。可是這種攻擊武器，遇到了火星飛船所發出的紫色光來，卻是一籌莫展。

火箭不斷地爆炸中，雙方飛船的距離漸漸接近了。

火星飛船這時速度已然減慢，突然之間，火星飛船向上升去，地球飛船也立即向上飛高。

但就在一剎間，自火星飛船上射下了兩枚形如尖梭、深藍色的火箭來，地球飛船上的反火箭飛彈也立即發了出來，可是那種深藍色的火箭卻突然避開了反火箭飛彈。

當無線電控制的反火箭飛彈，立即也開始以彎曲的路線追蹤之際，火星飛船上的紫色光束陡地加強，消滅了反火箭飛彈。

幾乎是在反火箭飛彈被消滅的同時，那兩枚深藍色的火箭，已經分別射中了兩艘地球飛船，火箭和地球飛船一齊炸了開來。

碎片爆散開去，四下飄揚，在猛烈的爆炸下，鋼鐵和人體全都成了碎片，碎得使人絕沒有辦法再認得出他們的原形來！

那兩艘地球飛船雖然是違反了命令，擅自出擊的，但是他們的行動，卻正是每一艘地球飛船都想效法的，剎那間，漢模的飛船中響起了不知多少來自各飛船的聲音，那都是千篇一律的：參謀長，請允許我們的飛船立即出擊！

漢模面色慘白，他緩緩地除下了帽子，望著那些越飄越遠的碎片，然後用堅定得他自己也出乎意外的聲音道：「不准出擊，違令的作為叛徒處理！」

有幾艘地球飛船已經衝出了陣列，但是在參謀長嚴厲的命令之下，又退回了行列之中。那艘火星飛船帶著滿船伸縮不定的紫色光束向前飛來，在地球飛船隊之前，耀武揚威地飛了一圈，而且又聽到了火星人的聲音：

「不要想作戰，快想想怎樣投降的好！」

火星飛船破空飛去，紫色的光束長長地拖在飛船的後面，令得整艘飛船看來像是一顆彗星一樣，看來十分之美麗。

但這時，看到這種情形的每一個人，卻都想不到「美麗」這一個名詞，他們所想到的，只是將要做奴隸的屈辱和悲憤。

那艘火星飛船迅捷地飛遠了，看不見了。

太空之中，又回復了一片沉靜，黑而藍的，無邊無涯的太空，展開在各人的眼前，火箭以及飛船的碎片也全都飄浮開去了。

如果不是剛才曾經親眼目睹，誰也不會相信在這樣平靜的太空之中，剛才曾經有過一場短促的，但是卻悲壯的戰鬥！

李義德困難地轉過頭去，他覺得自己的頭頸有點僵硬，他轉過頭去望著漢模，語音乾澀地說：「我們應該怎麼辦呢？」

漢模深深地吸了一口氣，才道：「看來，他們的實力遠在我們之上，我們是絕沒有抵抗的餘地的，李博士，你說是麼？」

李義德雖然絕不願承認，但這是事實，事實是不容你不承認的。所以，他只得痛苦地點了點頭，道：「是的，我們沒有抵抗的餘地。」

「我本人沒有法子決定，我必須將火星人的條件帶回去給最高當局，由最高當局來決定。」漢模面上的神色也十分痛苦。

「他們是給了二十四小時——」

李義德的話才說到一半，便陡地停了下來！

從電視的螢光屏上，他們已看到了大批閃著亮紅光芒的火星飛船向前飛來。那一批火星飛船，正是他們剛才在那「廣場」上看到的一批。

那一大批火星飛船來到了近處，不再前進，停了下來，三種不同類型的飛船分成上中下三層，那種樣子最難看，像是甲蟲一樣的飛船在最上層。

這時，在那種飛船的外部，豎出了兩根十分粗大的管子，根據常識來判斷，那自然是發射毀滅性的重武器的管道了。

李義德的話講到了一半，他也沒有法子講下去了。

的確，面對著這樣的情形，他還有什麼可說的呢？

漢模沉聲道：「我必須回去向最高當局請示，李，你可跟我一起回去麼？」

李義德考慮了片刻，搖頭道：「不，我不回去了，我想在這裡等，如果這批火星飛船開始進攻，那就是說最高當局決定我們絕不屈服，我就和別人一齊，和火星飛船拚個你死我活。但如果火星飛船退走了，那就表示地球的最高當局已接受了火星人的條件——」

李義德講到這裡，頓了一頓，自他的臉上，現出了一個十分乾澀的苦笑來，道：

「你想，我會甘願屈服麼？我一定要和願意和我一齊行動的人追上去！明知是送死，也要讓火星人知道，地球人並不願意做奴隸，他們就算控制了地球，也將遭受到不斷的反抗！」

李義德越說越是激昂了，漢模一聲不出地望著他。等到李義德講完，他才嘆了一口氣，站起身來，道：「我真想和你一起行動，但是我卻不能不去向最高當局報告！」

「當然，」李義德點頭，說：「沒有人會非議你的。」

漢模站了起來，向他的副官招了招手。

兩分鐘後，一輛小型的飛船自飛船的尾部射出來，向地球飛去，那是漢模參謀長帶著他的副官到地球去請示了。

在太空中，地球的飛船和火星的飛船仍然對峙著。

雙方相隔的距離其實十分遠，用肉眼是看不見對方飛船的所在的。但在電視中，卻可以清楚地看到對方的飛船陣營。

在現代飛船的高速之下，只要雙方一開始行動，兩分鐘之內就可以接觸了。

李義德代替著漢模下著命令，他的第一個命令道：

「誰也不准妄動，我們必須等待，等待地球上的決策來了之後再作決定，我本人絕不願投降，到時，如果有人願意跟隨我本人行動的，請注意我的飛船的行動！」

等待，的確，他們必須等待。

他們要等待的時間其實並不是太長，只不過二十四小時而已。但是，這二十四小時，是決定他們生死榮辱的二十四小時，他們覺得時間過得出奇地慢！

但是，他們又必須等待。

每一個人的心頭，都像是壓上了千百斤重的東西一樣，他們覺得連血液都凝結了，李義德也一樣地感到唇焦口燥……

蒙德斯和森美度兩人在經過濃縮的太空船中，眼看大批火箭離那艘大太空船已越來越近了，而他們由於起飛遲了一步，一點辦法也沒有。

兩人緊緊地握著拳，被火箭追蹤的太空船中有著一千多個地球人，那是被火星人以「原子分解光」擄來作為人質的。

他們費盡了心機，還依靠了很大程度的幸運，才能使這一千多名地球人離開火星，但是他們是不是救了這一千多人呢？

他們在火星上雖然是火星人的俘虜，但是總還可以活下去，然而如今，他們是逃出火星了，可是他們卻要被火星人的追蹤火箭所毀滅了！

蒙德斯和森美度兩人難過得心頭在不斷地抽搐！

他們眼看著大飛船的船身在顫著，那是不顧一切增加速度的結果。而數十枚冒著紫焰的火箭則越來越近，眼看要射中了！

當那些火箭最接近大飛船的一剎那間，蒙德斯和森美度兩人都不約而同地閉上了眼睛，他們實在是沒有勇氣親眼看到那大飛船被毀滅的情形。

他們才一閉上眼睛，立即便覺出他們的飛船猛烈地震盪了起來，那是極為激烈的震盪，他們的飛船陡地旋轉了起來。

他們幾乎被拋離了座位，他們的雙手緊緊地握住了椅子，才能坐得穩。在那一剎間，他們的心中全都想到了一件事：前面的大飛船已被火箭射中了！正因為被火箭射中，發生了爆炸，所以才會有那麼大的震盪傳了過來。

他們仍然緊閉著眼睛。

而即使是緊閉著雙眼，森美度的眼中還是迸出了淚珠來。他平日是最詼諧百出的人，可是這時，他的聲音卻沉痛之極。

「他們完了！」森美度的口中迸出了四個字來。

蒙德斯的面肉突然抽搐了一下。

「他們之中可能有生還者麼？」森美度反問。

「我不知道，我——」

蒙德斯幾乎是在尖聲嚷叫，他一面嚷叫，一面自然而然地睜開了眼睛來，當他睜開眼睛來時，他的尖叫聲停止了。

而這時，飛船的震盪也已停止了。

電視螢光屏中的景象表示，他們的飛船正在宇宙塵中，而宇宙塵的微粒，正在迅速地縮小著，由拳頭大小，變為栗子大小，再變為米粒大小，變成了微不可辨的閃光微體。

由於蒙德斯叫了一半，便突然停了下來，是以森美度也睜開了眼睛，他看到眼前的情形，也不禁呆了一呆，突然道：「蒙德斯，我們已復原了！」

蒙德斯道：「是的，我們已迅速地回復原來的大小了，可是如今……如今我們以那麼高的速度在行進，我們是在一股宇宙塵中麼？」

「是的，我們是在一大股以極高速度行進的宇宙塵中，我敢打賭，這股宇宙塵是受金梭星上的霍倫斯所控制的！」

森美度興奮地叫了出來。

「那麼，在我們前面的大飛船呢？」

「他們當然也得救了。」

「何以我們看不見它？我們可有法子與它聯絡麼？」

森美度匆忙地調節著各種鈕掣，突然，他們聽到了霍倫斯的聲音自無線電中傳了出來，道：「恭賀你們，你們成功了。」

蒙德斯忙叫道：「他們呢？」

「他們的大飛船將先你們一步在金梭星上降落，你們隨即可以與他們見面了，在宇宙塵離開你們之後，你們就減慢速度好了。」

蒙德斯和森美度兩人互望了一眼，不約而同地一齊伸出手來，緊緊地握在一起！

他們成功了，霍倫斯及時地救出了大飛船！

當火箭接近大飛船的那一剎間，他們所感到的震盪並不是火箭擊中了大飛船所引起的，而是宇宙塵突然捲到所引起的！

可惜他們在那時閉上了眼睛，否則他們一定可以目擊大股宇宙塵如何蜂湧而來捲走大飛船，將追蹤火箭遠遠拋開的情形了。

兩人的心情極其喜悅和輕鬆，他們共同開心地駕駛著飛船，過了不多久，宇宙塵在向外移去，在宇宙塵離開的時候，他們的「瑪斯七號」也被帶著偏開了航程，但是當宇宙塵完全移開去的時候，他們已可以看到金光閃閃的金梭星了！

他們向金梭星飛去，在將要到達金梭星的時候，仍然將飛船停在那片黃色的雲狀物上。在他們的「瑪斯七號」旁，則是那艘大飛船。

當他們跨出飛船的船艙之際，霍安娜和霍伊莎——那兩個美麗的金髮女郎，恰好駕著一艘飛船來到，他們愉快地打了招呼。

霍伊莎道：「他們全在金梭星上了，金梭星上從來也沒有那麼多人過，真熱鬧極了，你們快去吧，他們已知道火星和地球衝突的大致情形了。」

「為什麼不立即令我們回地球去？」蒙德斯問：「地球上已知道我們脫險了麼？如果他們不知道，豈不是仍然要受要挾？」

「請上我們的小飛船來，」霍安娜道：「我父親正在設法和地球上聯絡。由於宇宙塵的路線問題，沒有法子將你們送回地球去。」

蒙德斯道：「我們可以立即飛回地球去的。」

「是的，但請先到金梭星上一行，好麼？」

孿生美女殷勤的邀請，使得蒙德斯不能不去，他們登上了小飛船，一齊降落在金梭星上。金梭星上的確熱鬧極了。

他們一踏上了金梭星上嶙峋的岩石，梅爾博士便向他們迎了上來，大聲道：「多謝你們，我代表所有的人多謝你們！」

「別謝我們，該多謝霍倫斯博士。」

「那真是奇蹟，霍倫斯居然還活著，那真是奇蹟！」梅爾博士高興得像一個抓了一把糖果的小孩子一樣，甚至不斷地跳躍著。

他的確是值得高興的，因為霍倫斯本是和他同一代的人，他們兩人曾經共同工作過，是很要好的朋友，試想，還有什麼比一個早已被認作死去的老朋友，忽然又活生生地出現在自己的面前更高興的呢？

「是的，那是奇蹟，」蒙德斯同意，「我要去見他。」

他登上了氣墊車，向前駛去。

當他駛到了那幢建築物的門口之際，他看到王秀梅從裡面走出來，蒙德斯忙叫道：「秀梅，霍教授已和地球有了聯絡麼？」

「沒有。」王秀梅憂鬱地搖了搖頭。

蒙德斯道：「秀梅，如果他始終沒有法子和地球取得聯絡的話，我們『瑪斯七號』飛船將立即飛向地球，你可願意先回去麼？」

「當然願意，義德——」她的臉紅了起來，但是她還是說了下去，「我十分渴望見他，唉，想到我可能永遠見不到他，我真不知怎樣才能活下去。」

蒙德斯理解地微笑著。

他走進了建築物，霍倫斯和松巴兩人一齊走了出來，兩人的面色都十分陰沉，霍倫斯一見蒙德斯，便道：「你來了，正好，你要立即起飛了。」

「是！」

「小心一點，地球上的情形可能有了變化。」

「變化？」蒙德斯呆了一呆：「什麼變化？」

「我還不知道，本來我這裡可以觀察到地球附近的情形的，但現在，自這裡發射出去的無線電波在地球的附近忽然消失了，難以明白那裡的情形怎樣了。你們立即飛回地球去，這位小姐，我不贊成你去冒險，在金梭星上，你會安全得多。」

霍倫斯的「這位小姐」，分明是指王秀梅而言。

王秀梅的面色蒼白，但是她纖細的身子，全身都迸發著一種堅定的神情，她道：「不，我寧願冒險，也要趕去和義德見面。」

霍倫斯皺了皺濃長的雙眉，道：「那我也無法改變你的主意了，蒙德斯，我和你一齊到『瑪斯七號』火箭去。」

「你——」蒙德斯驚喜地道：「和我們一齊回地球去？」

「是的，我和你們一齊去，這裡由松巴和梅爾博士主持一切，如果地球發生危險的話，我想我攜帶的東西可以起一些作用。」

「那是什麼？」

「我的兩個女兒已將它運來了！」

蒙德斯和霍倫斯是一面在說話，一面向外走去的，這時，他們已到了屋外，蒙德斯循霍倫斯所指的方向看去，只見霍伊莎和霍安娜駕著一輛氣墊車來到門口，在車子上，有一只七呎立方的金屬箱子，那金屬箱子給人以一種十分厚重的感覺。

「那是什麼？」蒙德斯打量了一下，說不出名堂來。

「這些年來，」霍倫斯扶著王秀梅登上了氣墊車，「我一直從事宇宙塵的研究工作，這箱子中是一些最奇特的金屬粒子，他們本來是宇宙塵中的部分，是我將之收集起來的。」

蒙德斯也登上了車子，車子向前駛去，到了小飛船旁邊，霍家姐妹利用氣壓起重機，輕而易舉地將箱子搬上了飛船。

蒙德斯也在人叢中找到了森美度，他們一齊登上了飛船，升空而去，不消多久，便來到了「瑪斯七號」的旁邊，又進入了「瑪斯七號」太空船之中。

霍倫斯將那箱子安裝在太空船的尖端部分，使之和一根電視攝像管的小孔相連接，他打開了箱蓋，調整了其中的一些儀表。

當霍倫斯打開箱子之際，蒙德斯和森美度兩人都看出，那箱子實際上，是一具小型的原子反應堆，兩人的臉上都充滿了疑惑。

霍倫斯轉過了頭來，道：「剛才我告訴你的那種金屬，你別以為放滿了這箱子，事實上，這些年來，我致力收集的結果，還是不過得到了四點六克而已。」

「只有那麼少，那有什麼用處？」

霍倫斯並不立即回答，他向他兩個女兒揮手道別，又坐在了蒙德斯和森美度兩人後面的座位上，坐在王秀梅的旁邊。然後他才道：「啟程吧！」

「是。」森美度答應著。

火箭的尾部又噴出了巨大的火焰，「瑪斯七號」破空飛了出去。

毀滅死光 決定勝利

「瑪斯七號」在此時之際略有一點震動，但隨即恢復了平靜，霍倫斯道：「四點六克，你們認為少，是不是？」

「是的，究竟有什麼用？」

「我第一次接觸到這種金屬，險將整個金梭星都毀滅，那一次，只不過是零點七克而已，這種金屬在原子分裂之際，所發出的能量，是鈾原子的十二萬倍。」

王秀梅或者不知道鈾原子分裂時放出的能量是多少，當然她也不會有十二萬倍能量的概念，但是森美度和蒙德斯兩人卻怔住了。

他們一齊「啊」地一聲，張大了口合不攏來。

森美度做了一個十分怪異可笑的姿勢，道：「奇妙，那實在是太奇妙了，這將是地球上從來也未曾達到過的能力。」

「可以說是宇宙中罕見的大能量，我們在金梭星上，強迫大股宇宙塵飛向外太空，所運用的，也正是這種金屬發出的能量。」

蒙德斯道：「博士，這種金屬你應該定名為『神奇』才對！」

「不，我將之定名為『孿生』，一則，那一年，我發現這種金屬，恰好是我孿生女兒出世的一年，二則，這種金屬的性質十分不穩定，它會隨時變化成另一種性質，但是在外表看來，卻又一模一樣，就像是孿生的兩個人一樣，外表一致，但內在各異。」

蒙德斯和森美度兩人一起點頭。

霍倫斯又輕輕地在那具原子分裂反應爐上拍了兩下，解釋著道：

「這是反應爐，隨時可以發出高到不可思議的一種烈焰，由於溫度太高，那股烈焰實際上是看不到的，它只是一股光——」

霍倫斯講到這裡，森美度和蒙德斯兩人便脫口道：「死光！」

王秀梅則應聲道：「不！」

霍倫斯沉默了片刻，才道：「可以這樣說，那是死光。」

「死光是會毀滅一切的啊！」王秀梅的面色變得蒼白了。

她是一個性子十分柔和的姑娘，再加上她所研究的科學，使她了解到人類在過去的歷史中是多麼地愚蠢，多麼地熱衷於戰爭殘殺，多麼熱衷製造各種各樣的大規模殺人武器。但總算僥天之幸，最厲害的死光武器，限於能量的來源未能製造出來。

所以如今，王秀梅一聽到「死光」兩字，心中便極其吃驚。

霍倫斯點了點頭，道：「是的，王小姐，你說得對，死光武器是會毀滅一切的。事實上，我這具反應爐所發出的死光，比較地球人所想像的死光武器還要厲害。」

蒙德斯有點不明白，道：「這怎麼可能呢？」

「可能的，地球人所想像的死光武器，能量的極限，是將地球上所有的能量聚集在一起，科學家計算過，即使是那樣，那麼死光也只不過可以發出一分鐘而已。但如今，這具小型反應爐所發出的能量卻是地球上所有能量的幾十倍，而且生生不息，永遠維持著這種巨大的能量，所以——」

霍倫斯講到這裡，搖了搖頭，嘆了一口氣，有點無可奈何地道：「所以，正如王小姐所說的那樣，它是可以毀滅一切的。」

蒙德斯興奮地道：「那麼，我們應該飛到火星去，用這種特殊金屬座發出來的能量，將火星人整個消滅，豈不是一勞永逸？」

霍倫斯緩緩地搖了搖頭，道：「火星上的人口不比地球上少，如果別的星球的人，要消滅地球上所有的人，你的想法怎樣？」

蒙德斯呆了一呆，還未曾開口，王秀梅已然道：「太可怕了，我們還是不要討論這個問題了，好嗎？」

霍倫斯將手放在王秀梅的手背上，道：「鎮定些！」

蒙德斯這才道：「可是，卻是火星人先侵略我們！」

「唉！」霍倫斯長嘆了一聲，「誰侵犯誰的問題，是很難遽下論斷的，每一個星球上的高級生物都有一個致命的缺點，這可以說是宇宙中生物的悲劇！」

蒙德斯和森美度兩人都默不作聲。

他們顯然都有點不明白霍倫斯的意思，因為他們正以一種十分懷疑的目光望著霍倫斯，希望他再作進一步的解釋。

霍倫斯道：「是的，生物的悲哀便是拚命想向外擴展，地球人在還不明白自己地心內部的成分之時，便已登上了月球。從地球表面到地心的距離，和地球到月亮的距離相比是太小了，但人類卻捨近而就遠。如果地球上不是射出了『瑪斯七號』火箭，火星人雖然準備已久了，也是不會突然發動的。」

「我們的火箭是純和平性質的。」

「火星人的行動也很和平啊——至少到目前為止，是說得上和平的。沒有一個地球人比我更清楚，火星人事實上是有著毀滅地球的能力的。」

霍倫斯呆了片刻，在他不出聲的時間，大家都保持著沉默，過了好一會，霍倫斯才道：「但是我相信火星人也十分明白地球人的性格，當地球人自知萬不是敵手，全人類將面臨覆亡之際，一定會不顧一切地引發一場最大的原子爆炸，這一場爆炸，將使地球四分五裂，天體是一個十分微妙的均衡維持，地球如果一旦四分五裂，那麼天體之間的引力發生了變化，連火星也會逸出原來的軌道而毀滅的。」

蒙德斯道：「那樣說來，火星人也只是為自己打算，而並不是特別厚愛地球人了。」

霍倫斯點頭道：「也可以這樣說，所以，我要看情形而定，當然，我盡可能不使用這種高度毀滅性的武器，但是迫不得已之際也只好試一試了。」

蒙德斯和森美度兩人不再出聲，他們的心中，都感到霍倫斯可能是在金梭星上隱居得時間久了，所以有了出世的意味。

火箭艙中保持著沉默，火箭飛行得十分平穩，也十分迅速，他們正在漸漸接近地球。

在地球的最高議會中，本來是一有人便有爭執的地方，由於民主概念的普遍，議員的意思分歧也極其驚人，議會一開會，有時甚至連想聽清是誰在講話都不可能的。

但這時，由最高當局要求召開的議會，全體議員都出席了，卻是一點聲音也沒有，沉靜得出乎意料之外，只有模漢參謀長一人在發言。

在主席台上，除了模漢站著之外，還有十來個人坐著。他們是世界最高行政、軍事、治安的領袖人物。

模漢的話已講完了。

他聽得下面一點聲音也沒有，便又乾咳了一聲，道：「我的報告完畢了，這是決定地球生死存亡的大事，請各位表示一點意思，以供最高決策當局參考。」

所有的議員，仍是沒有一個人發言。

模漢退了回來，坐到了他自己的座位上，他的面色蒼白得可怕，過了足足五分鐘才有一名議員問道：「我們的力量，絕不能和火星人相比麼？」

「不能。」模漢頓了一頓，又道：「如果再要我重覆一遍的話，那麼我再說一遍：不能比，根本是全然不能相比！」

那議員默然了，沉默又籠罩了一切。

突然間，又有人叫了起來，道：「那麼等什麼？既然打不過人家，還不投降麼？」

模漢道：「接受他們的條件？」

那議員站了起來，道：「是的，接受他們的條件——」

他的話還未曾講完，便自動停了下來。

模漢剛才的發言，是已經詳細解釋了火星人所提出來的條件的，這是苛刻得要將地球的歷史拉退一千年的投降條件。

可以說，沒有人會接受這樣條件的。

是以當那個議員叫嚷接受投降條件之際，他的話才講了一半，譴責的目光，便自四面八方向他集中，使得他再也講不下去。

那議員憤然坐下。

又靜了好幾分鐘，沒有人表示意見。

議長站了起來，以沉痛而緩慢的聲音道：

「本議會是世界上最高的民意表達機構，在這裡，我們有過許多極不愉快的爭執，但是我們如今表決的結果，不論是『是』還是『否』，這議會便將不再存在了，將失去的東西總是好的，不愉快的事件，也將成為難忘的記憶——」

他講到這裡，聲音更是欷歔不已。

「現在，我們開始表決。同意投降的，請按紅燈，表示反抗到底的，請按綠燈。」議長講完之後，便自己坐了下來。

掛在牆上的表決格上有許多燈，但是沒有一盞亮著的。

「表決開始了！」議長再一次提醒。

但是表決燈仍是沒有一盞亮起來的。這是難以決定的一個問題，許多議員的手已按在燈上了，可是他們卻決不定按下紅燈掣好，還是按下綠燈掣的好。

事實上，不論按下紅燈掣或是綠燈掣，都不是他們的意願，兩條全是死路，選擇哪一條才比較好呢？沒有一條是好的！

每一個人的面上，都極其痛苦。而議長也不再催促，只是沉默地坐著。

好一會，只見一個議員站起身來，向議會會議室之外走去，在門口，他語帶哭音，叫道：「我退出，我沒有權利表決這樣重大的事情，我授權最高決策當局去負這個責任。」

如果沒有缺口的話，即使是一盆水也會靜止不動的。但如果有了缺口的話，那便大不相同了。一個議員走了，緊接著，一半議員站了起來。

而當第二個議員走出門口之際，所有的議員都站起來了。不到十分鐘，每一個議員都退出了會場，只剩下負有實際責任的各部門首腦還坐在主席台上。

模漢參謀長緩緩地轉過身子，向著議長。

議長除下了頭上的帽子，黯然道：「我也走了，希望你們能有一個明智的決定。」

他幾乎是一步一蹎地走出了會議廳。

他空洞和單調的腳步聲，漸漸地向外傳去，像是象徵著地球上民主、自由、幸福的日子從此遠去，再也不會來到了。

模漢又苦笑了一下，道：「那是無可奈何的事，該走的都走了，不能走的，都留下來了，問題是：留下來的，怎麼辦呢？」

「你的意見怎樣？」最高領袖沉聲問。

模漢陡地立正，道：「我是軍人。首領！在軍人的字典之中，是沒有降字的。」

最高領袖沉默了，過了好一會，他才道：「如果各位沒有別的意見的話，我也需作出決策來了，因為我是人民委託的最高負責人。」

各人你望我，我望你，都不出聲。

最高領袖的聲音十分沉痛，他的話也講得極其緩慢，他幾乎是一字一頓地道：

「地球遭到了大不幸，模漢參謀長剛才的意見十分對，作為一個軍人來說，除了死戰到底之外，是沒有第二條路的。但是，我們全人類的前途，卻也就此毀滅了。」

他停頓了片刻，才又道：

「但是，接受火星人的條件的話，地球上傑出的人才，都將被押回火星去當人質，地球人將接受火星人的統治，這樣使得地球人的科學急速地倒退，然而有一點最主要的，便是：即使受盡了屈辱，地球人還可以保持下來，可以延續生命。」

他又停了片刻，觀察著眾人的反應。

每一個人都低著頭，每一個人的神情都是黯淡的。

最高領袖咳嗽了一聲，道：「秘書長，你將我所下的命令記錄起來，一切恥辱，歸於我一個人好了，因為這屈辱的命令，是我發出的。」

接著，他便命令道：「我命令模漢參謀長飛向太空，去接受火星人的條件，地球人在強大的，不可抗拒的武力前投降了！」

模漢面上的肌肉不由自主地跳動了起來。

他的身子直挺挺地站著，不說接受命令，也不說拒絕。最高領袖沉聲道：「參謀長，你聽到了我的命令沒有？你可是拒絕執行？」

模漢搖頭道：「不，但是我有一個請求。」

「你說吧。」

「在我完成了傳達你決定的任務之後，請准我率領願意和我一齊行動的人，作一次壯烈的行動，好讓敵人知道我們，並不是甘於投降，我們之所以投降，乃是一種萬般無奈的行動！」

模漢以壯烈之極的口吻，講出了以上的這一番話。

最高領袖呆了片刻，才以一種十分疲倦的聲音道：「好的，你可以去自由行動，雖然明知那是一種極其無謂的犧牲。」

模漢立正、轉身，走下了主席台，走出了會議廳。

他在議會大廈的門口，登上小型飛船，直向火箭場駛去，他將去接受屈辱的條件，他將要作為地球投降的代表人！

這是他一生以來最痛苦的時刻！他的心頭沉重得使他連頭也抬不起來。

他在火箭升空的一剎那間，甚至想到了自殺。然而，他當然不會真的自殺的，他還要率領和他同一意向的人，去和火星人一拚！

模漢的火箭，破空飛去。

那時，在太空之中，地球上的火箭船和火星的飛船仍然對峙著。

隨著火星人所下的限定時刻的漸漸接近，火星上的太空船也漸漸接近來，在二十小時之後，雙方太空船已接觸到肉眼可見的地步了。

李義德在他的太空船窗中望出去，可以看到前面，深沉的太空之中，有著無數亮晶晶的一點一點。那一點一點，乍一看來，像是一群螢火蟲。

但是那種光亮卻是紅色的，那是火星人的太空船。

李義德的手心不斷在出汗，只有四小時了。

在過去的二十小時中，地球太空船雖然未曾動過一動，但代替了總指揮的李義德，卻幾乎是可以聽到每一艘太空船中那些英勇的人們也和他一樣在心跳。他接到了不少要衝向前去的請求。

但是這種明明知道定然犧牲的命令，卻都被李義德拒絕了。事實上，連李義德自己也必須不斷克服這樣的衝動，才能使自己不向前衝去。

當對方的太空船隊接近到了肉眼可見的小紅點之際，電視螢光屏上，開始現出了一艘圓形的火星太空船向前飛來。

那太空船一直來到了近前。

那就是上次前來提出條件，並且放出紫色的光芒，毀滅了一艘地球太空船的那艘，它肆無忌憚地飛到了近前，同時，傳出了那種生硬的，聽來令人生厭的聲音，道：「二十小時過去了，地球上的人還未曾作出決定麼？」

李義德立時冷冷地道：「我們無法知道，是你們切斷了地球表面和地球大氣層之外的聯繫的。」

火星太空船上傳來一陣冷笑聲道：

「我們說二十四小時，就是二十四小時，連一秒鐘也不會延遲的，保佑你們的使節能在二十四小時之內來到。」

「或許我們的使節帶來的消息是我們寧願毀去整個地球，而不願投降！」

「不會的，如果那樣的話，那太愚蠢了！」

那飛船又緩緩地轉了一轉，向外飛去。

也就在那飛船向外飛去之際，東北方向，突然傳來了一點亮藍色的光芒，那是地球火箭固體燃料所發出來的強烈光芒！

當那點藍色的光芒才一在電視螢光屏上出現的時候，李義德便接到不少詢問：

「李博士，那是什麼太空船，參謀長回來了麼？」

「不，」李義德肯定地回答，「參謀長不應該由這個方向來的，那是……那是……」

那一枚自東北角來的火箭，前進的速度極快，只不過一分鐘，在電視螢光屏上，已經可以清晰地看到了它的輪廓了！

那是……那是……李義德幾乎直跳了起來。

「那是『瑪斯七號』！」

這實在是令人難以相信的事情，這就是「瑪斯七號」！

李義德是「瑪斯七號」火箭的主要製造人，也是「瑪斯七號」火箭計畫的主持人，他熟悉「瑪斯七號」，就像是父母熟悉孩子一樣。

他是絕不會認錯的，那是「瑪斯七號」。

但是，為什麼一發射便失蹤了的「瑪斯七號」，會突然出現呢？在失蹤之後，它在什麼地方呢？李義德的心中充滿了驚疑。

那艘即將離去的火星太空船分明也發現了「瑪斯七號」，它轉了一個方向，向瑪斯七號迎去，幾乎是立即地，另外有好幾艘太空火星飛船向「瑪斯七號」迎了上去，轉眼之間，便看到六七艘火星飛船包圍了瑪斯七號，但「瑪斯七號」卻並沒有停止，仍然在向前飛來。

「瑪斯七號」一直飛到了兩個星球大隊飛船的中間才停了下來。

當「瑪斯七號」才一出現的時候，李義德便開始和「瑪斯七號」聯絡了，但直到「瑪斯七號」停了下來，他才突然聽到了蒙德斯的聲音，道：

「地球火星船是誰在負責？」

那是蒙德斯的聲音，是他最好最好的好朋友的聲音！

蒙德斯的聲音繼續傳了過來，道：「請地球太空飛船的負責人和我們聯絡，我們的聯絡頻率是的ＳＸ—一七〇點四。」

李義德撥正了頻率，大聲音叫道：「傻瓜，是我啊！」

蒙德斯的聲音，也充滿了驚喜，道：「是你，李，老天，你改行了？你怎麼率領起軍隊來了？這究竟是怎麼一回事？」

李義德道：「一言難盡，你們究竟是怎麼一回事？」

「也是一言難盡，但我可以先告訴你兩個好消息。」

李義德苦笑了一下，他實在想不通在這樣的情形下還會有什麼好消息。

「第一，」蒙德斯道：「地球上最偉大的前輩科學家霍倫斯回來了，在『瑪斯七號』船上。第二，你的秀梅，就在我的身後。」

李義德只覺剎那之間，自己如同置身在夢中一樣。

他實是不明白這一切是怎麼發生的。

他還未及發問，便已又聽得蒙德斯的聲音傳了過來，道：「請你通知所有的人，將頻率調整在這個數字上，以便收聽霍倫斯和火星人的交涉。」

照著蒙德斯的吩咐，李義德將命令傳了下去。

他自己也立時聽到了一個莊重沉緩的聲音在道：「火星方面的負責人是誰？我代表地球方面要向你們進行交涉。」

火星太空船隊的負責人顯然就是在那艘兩次接近地球船隊的船上，因為那船上發出了聲音道：「沒有什麼可以交涉的，還有三小時四十六分，如果地球上的回答不來，那麼我們就開始進攻了！」

霍倫斯道：「我代表地球回答，地球人絕不投降的！」

這時，每一個人都聽到了霍倫斯的聲音，那是極其鼓舞人心的一句話，千來艘地球飛船突然越隊而出，排成了一列，在「瑪斯七號」之前飛過表示敬意。

霍倫斯又說道：「你們以為可以一舉而攻克地球的麼？但是我告訴你，你們不能，你們武器的優勢已不存在了。」

火星人哈哈地笑了起來，說道：「這有可能麼？」

「可能的，在我這艘太空船上，有著威力無匹滅毀性武器，任何進攻都將受到遏止，沒有一艘太空船可以逃得出它的攻擊範圍。」

火星人又笑起來，道：「我們當你是妄人！」

霍倫斯道：「我想，一千多個被你們擄去的地球人已得到了自由，這是你們已經知道的了，這件事就是我所主持的。」

「這並不說明甚麼。」

「好的，本來我不願意有所行動，但這是你們逼出來的，地球飛船隊注意，後退至適當的距離，密切注意著我的命令！」

李義德立即率領著地球太空船隊向後退去。

霍倫斯沉聲道：「我將毀滅包圍在『瑪斯七號』之旁的所有太空船，如果你們在一分鐘之內還不退回去的話，現在開始計時！」

李義德的呼吸，不由自主地急促了起來。

霍倫斯離開了地球之後，他的聲音仍然存在錄音帶上，李義德曾經聽過。他認得出那的確是霍倫斯的聲音，但是霍倫斯是不是真有這種武器呢？

二十秒鐘過去了，包圍在「瑪斯七號」旁的火星太空船，開始發出紫色的光芒來。那種紫色的光芒，是具有極大的毀滅性的。

四十秒鐘之後，霍倫斯又道：

「你們的紫色保護光，並不能挽救你們的死亡，只有十五秒了，你們應該考慮後退了，要不——」

霍倫斯的話，是突如其來被打斷的。

因為有兩艘火星太空船突然升高，自頭部的孔管之中，射出了兩股紫色的光芒來，紫色光芒射向「瑪斯七號」的船身。

在那一剎間，李義德幾乎沒有勇氣向前看去。

但是，幾乎是立即地，自「瑪斯七號」的頭部陡地閃起了一片灼亮的光芒，那一片光芒，是如此之灼亮，以致在剎那間，根本什麼都看不到。

而當那一片灼亮的光芒消失了之後，眼前仍是什麼也看不到，因為剛才那一片光芒，實在太以強烈了，所以眼前成了一片漆黑！

隨著那漆黑的一片，並沒有延續多久，便又可以看得清眼前的情形了。只見「瑪斯七號」停著，在它的周圍，有六七團白煙。

緊接著，白煙也消失了。

再緊接著，大批火星飛船又飛了過來將「瑪斯七號」包圍，霍倫斯的聲音又響了起來，他道：「你們不散開，將遭到同一命運，你們快退開去吧！」

一個憤怒的火星人聲音道：

「你是什麼人？你的武器是什麼？」

「你們不妨回去慢慢地研究，但在目前的情形下，你們是不能和地球交戰的了，你們必須派出使節來談判，來接受地球人的條件！」

那火星人並沒有回答，他以行動代表了回答，數以千計的飛船，突然一齊狂亂地向前進攻，「瑪斯七號」上的灼亮的毀滅性光芒又亮了起來。

只不過五秒鐘工夫，一大批飛船成了白煙，另一大批狼狽地逃了回去。地球太空船的飛行員，個個都利用飛行設備飛了出來，在太空之中歡呼著、跳躍著。

就在這時候，模漢參謀長到了。

當李義德向模漢報告了這裡所發生的一切之後，模漢大聲笑了起來，道：「作為一個軍人，我第一次因為沒有完成任務而高興。」

地球上人們的狂歡，已經連續了好幾日夜了。

地球的獨立得以保存，火星人的使節來到了地球上，和地球方面簽訂了一項協議，那便是互不侵犯，雙方的太空船在太空中要保持合作。

這項協議，顯然是地球人佔了便宜，因為火星人的科學實際上是在地球人之上。但是火星人對地球人卻也有莫測高深之感，因為地球人竟然有了那麼厲害的武器。

在人類的狂歡潮流中，李義德，蒙德斯，娜莎和王秀梅，都在李義德的家中和霍倫斯歡談，霍倫斯仍然要回金梭星去。

歡送霍倫斯，是狂歡的最後節目，地球上的生活又恢復了平靜了。

〈完〉

倪匡奇幻精品集 08

非常人傳奇之三千年死人

作者：倪匡
發行人：陳曉林
出版所：風雲時代出版股份有限公司
地址：10576台北市民生東路五段178號7樓之3
電話：(02) 2756-0949
傳真：(02) 2765-3799
執行主編：朱墨菲
美術設計：許惠芳
行銷企劃：林安莉
業務總監：張瑋鳳

出版日期：2019年12月
版權授權：倪匡
ISBN ：978-986-352-774-9
風雲書網：http://www.eastbooks.com.tw
官方部落格：http://eastbooks.pixnet.net/blog
Facebook：http://www.facebook.com/h7560949
E-mail：h7560949@ms15.hinet.net
劃撥帳號：12043291
戶名：風雲時代出版股份有限公司

風雲發行所：33373桃園市龜山區公西村2鄰復興街304巷96號
電話：(03) 318-1378
傳真：(03) 318-1378
法律顧問：永然法律事務所 李永然律師
北辰著作權事務所 蕭雄淋律師

行政院新聞局局版台業字第3595號 營利事業統一編號22759935

國家圖書館出版品預行編目資料

非常人傳奇之三千年死人 ／ 倪匡著. -- 初版 --
臺北市：風雲時代，2019.11-　面；公分

ISBN 978-986-352-774-9（平裝）

857.63　　108016849